鮫在水中央

孫頻 著

三民書局

作者序

世界上所有的道路

孫頻

有時候想想，人生真的是奇妙而莫測，你永遠不知道你所走的道路的盡頭是什麼，甚至不知道下一個轉彎處會是什麼。可是也因此，我們這一生才像一個擺滿了鏡子的空間，才在一個虛虛實實的空間裡，有了無盡的轉折與夢境。那些鏡子裡與夢境裡的空間也許是永遠無法走到的，卻以一種神奇的力量誘惑著我們，同時也消解著人生的種種苦難與黑暗。

我想起自己十年前剛開始寫小說的時候，一週便可寫完一個中篇，不假思索地寫，寫完也極少修改。現在我用三、四個月甚至半年來寫一個中篇，緩慢得像一只蝸牛。那時候總有人對我說，你寫得太快太多。現在又有人對我說，怎麼一年都沒看到你的小說。可是對我來說，這兩個階段都是對的。那時候一口氣寫很多小說，覺得快樂。現在慢慢吞吞、反反覆覆打磨和擦拭一些細節的時候，也覺得快樂，那種孤獨而自在的快樂，就像一個人在雪夜為自己唱起的聖誕歌，沒有人知道你為什麼快樂。寫作中那些長年累月的孤寂與枯燥都會在瞬間被這些快樂照亮和穿透。除了那些孤獨的快樂，也許每一個在這世上活過的人都會有一些小小的野心與小小的尊嚴，渴望一點存在感，渴望得到一點尊重，渴望人生的一點不虛妄。對於一個作家來說，所有的信念，除了對文學的熱愛，最重要的便是那種屬於文學的尊嚴感了吧。那就是，一個人願意付出他的全部去寫出好的文學作品。

《鮫在水中央》這篇小說中的山林背景其實並不是我所了解的，我只是為了寫這篇小說，特意進入過那些無人的深山老林。但是我明顯感覺到，在寫這篇小說的時候，我對這樣世外的山林或是桃園是充滿著感情的，包括對這虛構山林裡的一草一木、花鳥魚蟲。大約是在心底裡，我依然覺得在這樣徹底而巨大的孤寂中，無異於置之死地而後生，人會獲得另一種意義上的生命，另一條生還的道路。我寫一種與自己完全無關的生活，最初是出於對自己的挑戰，寫著寫著卻再一次把自己變成了主人公，再次把情感投入到每個人物身上，彷彿我自己就是那隱居在深山鉛礦裡半世飄零的男人。

雖然這只是一個虛構的文學人物，我卻相信在這個世界上，像他這樣的人其實並不少。從一個嶄新的、懷有各種夢想的年輕人，被時代一次一次地裹挾著往前走，雖然他一再抗爭，一再渴求能保全一點原初的生命，甚至幾十年不變地以一種牢固的穿衣方式在捍衛自己的那點尊嚴，哪怕在沒有第二個人的深山老林裡他都從沒有放棄過這種穿衣方式，是因為他明白，一旦放棄，他的精神就垮了，他的存在就會立刻化為虛妄。人與時代的關係是文學中永恆的主題之一，因為人無法脫離時代，卻終究要被新的時代所拋棄，時代的變幻與荒誕，時代對人的成全與戕害，造成了個體的命運與傷痛，而一個個體的傷痛在浩瀚的時間中只是一粒微塵，隨著親人的死去，最後連關於他的記憶都不復存在。所以我想寫出這些長河中的微塵們會為了人的尊嚴做怎樣的抗爭、怎樣的努力。

無論是小說中那駝背的老人，還是隱居在鉛礦裡的男人，或是那童心不泯的黑幫老大，他們都在以自己的方式努力發出一點屬於自己的微光，縱然道路不同，命運迥異，卻都有自己對活著的一種追問方式。我行走在那無人的深山裡的時候，覺得這個世界上只有日月星宿、山河大地、泉流溪澗、草木叢林，忽然就在心底對人世間產生了一種遠遠的溫情。我想我小說中的主人公們也是如此，在山林、在鄉野、在這些最偏僻的角落裡進行精神上的自救，也因此有了深山裡廢墟裡的唐詩宋詞。有了那首兇手們共聚之夜，在明月下吟出的「當時明月在，曾照彩雲歸」。

也是在那樣幽靜的山林行走的時候，我感受到了一種奇特的寬容，對世事的寬容，對自己的寬容，就好像，一切的一切在那一重時空裡都變得不那麼重要了。所以也有了

《鮫在水中央》裡的主人公們在知道真相的最後一瞬間裡選擇的寬容和遺忘。這種寬容從某種程度上來說，其實也是一種救贖。而無論是世外桃源裡近於老莊的超脫，無論是近似於宗教光芒的救贖，無論是以古典的書籍精神來修復自身的傳統儒家之路，都是對這個世界的不棄與和解，而這其實也是世間萬千凡人們的寫照吧。就是無論以什麼樣的方式，所有的人們在最後都會找到一條屬於自己到達彼岸的道路。而作為一個作家在寫作時的道路就是，小說中的每一個人物包括作者自己，到底需要什麼樣的精神力量。

「鮫」可以理解為水妖、水怪，也可以理解為美麗詭異的人魚。願意從哪個角度來理解，也是世間道路之一種。

痛並纏綿著——孫頻小說中的創傷與救贖

臺灣師範大學國文系教授　石曉楓

長期以來，中國當代小說家以王安憶、莫言、閻連科、余華、蘇童等較為臺灣讀者所熟知，而這批五〇後、六〇後作家確實也把握其經受大時代洗禮的寫作資源，持續活躍文壇且長期處於重要地位。然而近十年來，關於七〇後、八〇後作家作品的成熟度，也開始受到關注，較早成名的韓寒、郭敬明、張悅然等人之外，近期廣受討論的尚有雙雪濤、胡遷等。而孫頻（一九八三—）在八〇後創作行列裡，則是頗具個人風格的一位，前此在臺灣出版的作品僅有短篇小說集《不速之客》，這本《鮫在水中央》為其較新作品，由〈鮫在水中央〉、〈天體之詩〉、〈去往澳大利亞的水手〉三部中篇小說組成。

之所以言其風格特殊，如作家所言，她不屬於「歪膩」婉約的創作氣質，展讀數頁，字裡行間迅即閃現出森冷的金屬光芒，廢墟與死亡／失蹤者相伴出現，營造出冷硬派的質地。〈鮫在水中央〉裡廢棄的鉛礦、湖底的屍體，〈天體之詩〉中的工廠廢墟與殺人疑案，乃至〈去往澳大利亞的水手〉裡的廢園老宅，被埋屍桃園中的人與狗、被隱瞞的死亡種種，充斥著詭魅的氛圍與一觸即發的張力。

將推理、懸疑手法等融入嚴肅文學創作中，似乎是中國八〇後創作特徵之一，孫頻小說的懸疑重點不在情節的推進，而更多取決於充滿畫面感的經營，浩大明月、銀脆花香、葳蕤春草等固然為常見之美好景致，但小說中出現更多的是因得人身餵養而有妖氣的魚兒，花朵開得又妖又香、桃子肥碩圓潤如吸了死人之血的豔異氣息，此中包藏了身世之謎與時間的祕密。而所謂時間的祕密，正是孫頻以懸疑為餌所欲展開的存在思辨，世間真幻如何洞悉？來自時間深處的幻象如何展現其意義？邊緣人物的困境又該如何尋求解脫？

不妨以三篇中最見情感與功力的〈天體之詩〉為例，山西省交城縣卻波街為孫頻小說中常見的空間，前此的〈乩身〉、〈卻波街往事〉等，乃至本書另一篇〈去往澳大利亞的水手〉均多所演繹，顯示了家鄉小縣城與創作者血脈相連的意義。至於本篇主要的場景，可以對照七〇後作家路內從長篇處女作《少年巴比倫》開始，一系列技校和工廠生活的寫作，這些工廠生活來到八〇後雙雪濤（一九八三—）、班宇（一九八六—）以及孫頻筆下，便成了廢棄的場所、沒落的街道，他們更熱衷於演繹父輩下崗的故事。可以說，過去右派被批鬥的血淚史、文革十年的慘痛經歷，在此輩作家筆下，已漸漸轉成更前代的敘事背景，〈鮫在水中央〉裡固然有被劃為右派、被批鬥的范聽寒夫婦，〈去往澳大利亞的水手〉裡固然有被打成右派下鄉改造的宋之儀夫妻，但作家更熱衷著眼於一九九〇年代中期，中國由計畫經濟轉入市場經濟，改制後國企工廠的衰落景象與底層工人的掙扎。在此波下崗潮中，有太多如梁海濤般以「買斷工齡」方式結束工人生涯者、有自辦廠子最終失敗如范柳亭的私營企業者，亦有諸多如李小雁般下海的個體戶，或如華建明、伍學斌般誓言死守工廠的老員工，這些在時代洪流中無法順利轉變或找到位置的邊緣人，便在時間夾縫中退無所據地存在著。

〈天體之詩〉的敘事者「我」在大學講堂所拋出的質問是：「當宗教信仰不再，人類心靈麻木不仁，如何才能彌補這世界的裂痕。」然而這充滿表演意味的質問，必須等到在拍攝廢棄工廠過程中，遭逢了伍學斌、李小雁等下崗工人，才能產生參差的對照。李小雁的詩是生活的虛擬與表演，然而在殘敗的小鎮月光下，生命是塵埃，世界如幻象，荒謬苦難的現實有如不真實的夢，而夢境或許反而更能允諾最終的真實。〈天體之詩〉演繹了時代、命運與精神的種種失序，正因現實太難以逼視，「我」才需要藉由電影創造幻象，而真實或許正存在於李小雁所創造的詩與夢中。正是在這樣的立足點上，卑微的生命從而有了詩般的存在，關於電影／夢與真實的辯證也產生了詩般的哲思。

時代的作用力與邊緣人的處境，是孫頻小說中反覆出現的主題，〈去往澳大利亞的水手〉中身世不明的宋書青，覺得自己是整個社會的一個幻覺；〈天體之詩〉中的車間主任伍學斌、李小雁，焦灼於小人物發聲的艱難；〈鮟在水中央〉裡的梁海濤則如懸絲木偶般在生活中掙扎，操縱他們的究竟是命運還是時代？在錯謬的現實裡，他們那麼卑微又那麼真誠地尋找存活的縫隙，那是讀詩安心、穿戴整齊做人，越是困頓便越是鄭重的體面；那是短暫一生也要自帶莊嚴感的堅持。正是在這些不甘被命運、時代擺布的張力裡，孫頻小說裡的人物不斷演繹著罪疚、願望、彌補、諒解、贖罪與寬宥。黑暗與歡樂苦苦地共長著，但是小人物還是要那麼用力地活著，痛並快樂著、纏綿著，所有種種「不過就是為了鎮壓那一場枯而又榮、榮而又枯的徒勞」，正是在這裡，我們看到小說家如冷兵器質地般文字背後的悲憫與關懷。

目次

鮫在水中央

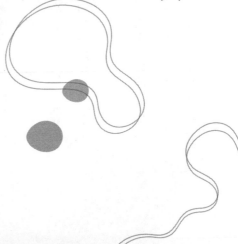

一

昨夜山間淅淅瀝瀝一場微雨，我在半睡半醒間聽到雨滴正拍打著這漫山遍野的落葉松、櫟樹和雲杉。

樹下開著野玫瑰、老虎花、莢蒿。層層疊疊、時遠時近的雨聲在無邊的森林裡遊蕩，雨滴從樹葉間滑落的回聲又冷又遠，流年在夢中暗換。

大概昨晚喝得又多了些，蠟燭都沒吹滅就睡著了。醒來才發現那支蠟燭在半夜已經自行燃盡，只在桌子上結下一堆皺巴巴的蠟淚，裡面還裹著一隻小飛蛾的屍體，琥珀一般。

我朝地上一看，那只肥大的塑料酒壺靜靜臥在我的鞋邊，裡邊還有半壺酒。我每晚都要從這酒壺裡倒出一碗酒來，點著蠟燭一邊喝酒一邊看書，跳動的燭光把我的影子扣在了牆上，比我自己大出好幾倍來，像座猙獰的建築聳立在那堵牆上。

大多數的夜晚，我都是這樣打發過去的，點支蠟燭看本書，看上幾頁抿上一口酒，再看幾頁再抿一口。下酒的多是些山裡的花鳥魚蟲；或是把山裡採來的木耳用開水焯一下，用蒜泥和野蔥拌了；或是把土豆（馬鈴薯）埋進爐灰裡埋一個下午，到了晚上把燒焦的土豆殼敲開，再往冒熱氣的沙瓤裡撒點鹽。

柳木桌上胡亂堆著一摞書和雜誌，有《老殘遊記》、《紅樓夢》、《唐詩百話》、《詩經譯注》、「三言二拍」，雜誌多是些《讀者》和《書屋》，還有幾本破破爛爛的《今古傳奇》。除了這張柳木桌，屋子裡還有橡木櫃、核桃木椅子，都是在我小的時候，我父親用這山裡的木材親手做的。

當年鉛礦倒閉後，這些家具都留在了職工宿舍裡，多年以後我回來打開這間宿舍一看，居然還是我當初離開時的樣子。如同寒潮一夜忽至，不及躲避，冰雪下到處鎖著栩栩如生的魚蝦屍體。因為地處深山，鉛礦倒閉之後連電也被停掉了，現在這整座廢棄的鉛礦裡就住著我一個人。

我朝掛在牆上的那本巨大的日曆看了一眼，二〇〇八年四月十七日，這是我住進這廢棄鉛礦裡的第四年了。每年過年買年貨的時候，我都要下山買這樣一本巨大的日曆回來掛在牆上，上面龐大鮮紅的數字隔著老遠就能跳到人的眼睛裡。一個人在深山裡待久了，會感覺像掉進了時間的黑洞，無論宇宙中又孵出多少個新鮮的日日夜夜，都會立刻被這無底的黑洞吸收進去，消化殆盡。

人被裹挾在這黑洞當中時會有一種類似要永生下去的恐懼感，無邊無涯，有時候過著過著居然連自己的年齡都會突然忘記，一時疑心自己是不是已經活了幾百歲。想想一個失去年齡的人就這麼無限地奔走在時間裡，沒有個歇腳處，甚至不知道自己什麼時候才能死去，便覺得又是可憐，又是好笑。

我穿好衣褲出門打水。鉛礦大門外的樹叢裡藏著條清澈見底的小溪，山裡的溪流都這樣，只聽見滿山環佩叮噹，似在腳邊又似在身後，卻終是無跡可尋，在這山中久居才能掌握其秉性。我提了一桶水回屋洗臉刷牙，又在門口的泥爐上熬了點小米粥做早飯。

吃過早飯之後，我對著牆上殘留下來的半面鏡子細細把下巴刮乾淨，把頭髮三七分梳整齊，再噴點摩絲定型。然後穿上一件卡其色襯衣，打好那條藍底白點的領帶，外面再穿上一件深藍色西服。我一共有三件襯衣、三套西服、兩條領帶，三套西服的顏色款式都一模一樣，是多年前請同一個裁縫做出來的。所以以前老有人以為我一年到頭就一身衣服，從來不換，其實是我來來回回已經換了多少次別人卻並不知道。

把自己穿戴整齊是我每天早晨起床之後的一個重要儀式。就算這一整天都不過是對著山林和鴿子，我也不敢在儀表上有絲毫懈怠。真的是不敢。這是一種站在斷崖邊上的感覺，稍不留神就會掉下去。一個人住在深山裡，整天除了植物和動物，沒有任何觀眾，自然是身上隨便披掛個麻袋都能出入，可是我不允許自己這樣隨心所欲地塌下去，或者，掉下去。

穿戴整齊後，我照例在荒涼的鉛礦院子裡巡視了一圈。鉛礦四面環山，如在井底，破敗的採礦車間門窗洞開，裡面住著年深日久的黑暗。當年賣剩下的幾臺鏽跡斑斑的破碎機和球磨機，如年老的象群擠在黑暗裡等待死亡。乾涸的浮選槽裡長滿荒草，槽邊是當年開採的礦石，有鐵礦石、金礦石、鉛礦石。我太熟悉這些礦石了，鉛礦石裡有紫色的晶體，黃鐵礦石裡有一種金黃色的光澤，金礦石看起來反倒沒有黃鐵礦石那麼耀眼。廢棄的高爐默立著，水塔頂上住著一大群野鴿子，只要往水塔上隨便扔塊石頭，那群鴿子就會呼啦啦從水塔頂上炸起來，倉皇地四散而去，到黃昏時分，又會在血紅的殘陽裡飛回來棲於塔頂。

我站在水塔下仰著頭看了會兒鴿子，又繼續往前巡視。山裡的寂靜所產生的壓強擠壓著我，有時候竟會把我一路擠壓向童年，我養了一黑一灰兩隻兔子做伴。我記得我小時候就養過這麼兩隻兔子，每天放學後頭一件事就是興沖沖地跑過去餵牠們。這中間的四十多年忽然被擠成了薄薄的一扇門，我推開一看，那一黑一灰兩隻兔子居然還在門後，好像從來沒有長大過，也從未離開過。

我獨自走過礦區的幼兒園、醫療室、圖書館，這些闃寂無人的廢墟散發著類似墳墓的氣息。但我走在這廢墟裡還是不由得覺得親切，像走在曾經的自己裡面，從前的那個少年包裹著如今已到中年的我，像小時候玩過的俄羅斯套娃。

我八歲那年隨父母從山東的一個海島來到這深山裡的鉛礦，父親從海島上的一名軍人轉業成鉛礦上的小幹部，母親則在礦上的圖書館做了管理員。我二十九歲那年離開了倒閉的鉛礦，四十歲那年又一個人回來了，回來時鉛礦已經是一座無人的廢墟。

我重返鉛礦的那個晚上，整個礦區沒有電，我也沒有準備蠟燭，到處是最原始的黑暗。荒草早已過人頭，礦區的骨骼和周圍毛茸茸的密林如血肉長在了一起。荒山密林之上是一輪巨大的明月，我感覺自己像忽然退回到了最遠古的洪荒時代，滿目只剩了山林和月光。月光像大雪一樣隆重地覆蓋著這片廢墟，我乘著月光重新遊蕩在闊別已久的故地。

我推開少年時代最熟悉的圖書館的門進去，所謂圖書館，其實就是兩間簡陋的平房，門口那把管理員的椅子是空的，布滿灰塵和蛛網，母親曾經就坐在那裡。幾排書架空曠荒蕪，我曾借過的那些書都已經不見了，只地上還零散地扔著一些書，月光從門裡湧進來，那些書被淹沒了，閃著銀色的磷光。

被月光淹沒的一瞬間，我又有了那種置身於水底的感覺，好像是在童年那個海島的海水裡，我一直向海底游去，直到水壓即將把我擠爆。周圍海水的顏色在慢慢變深，有大魚和燈籠般的彩色水母從我身邊游過，那時，我看到那些大魚往往會覺得敬畏和尊重，我會給牠們讓路，因為牠們看上去古老而莊嚴，像人類的祖先。

我又好像正潛在那個藏在這深山裡的無名湖的湖底，湖的周圍全是密不透風的參天古木，樹林陰森森的，看不到頭，林間飄蕩著鳥兒們各種古怪的叫聲。有風吹過時，成片的樹林在嘶吼，湖面卻靜極了，像面大鏡子，在陽光下有一種璀璨的感覺。而那湖底是幽深恐怖的，水極清澈，能看到大片大片墨綠色的水草，像女人的長髮一樣在水中鬼魅地招搖著。魚兒們在其中嬉戲，柔軟的蛇魚和水草交纏在一起，湖底到處是長滿水藻的毛茸茸的石頭、貝殼。

在這湖底還有一具人的屍體。那具屍體這麼多年裡一直就沉在這水底，是因為，他身上壓著一塊巨大的石頭，是石頭把它鎖在了這湖底。

我第一次見到他的時候，他還是完整的、新鮮的，還是一個人的形狀，呈現出石灰一樣僵硬的滯白。等我第二次再潛入湖底找到他的時候，他已經變得殘缺不全，魚兒們把他身上、臉上咬得坑坑窪窪的。他的一隻眼睛被魚吃掉了，變成了一個模糊的大洞。右手上的肉已經被魚啃噬乾淨了，露出了雪白的骨頭，那隻露出白骨的手就那麼在水中安靜地張開著，還有幾隻一寸長的小魚正叮在那手骨的縫隙裡覓食。

我仔細辨認，不是水，只有滿地的月光。我從地上撿起一本滿是灰塵的書，就著月光看到是一本破舊的《礦產資源勘察學》。我又撿起幾本書走出了圖書館，我像小時候來借書那樣抱緊它們，彷彿它們可以給我禦寒。那個夜晚，我坐在外面的石級上一根接一根地抽煙，我的背後是黑暗如古堡的圖書館。

半夜了，我聽到周圍叢林裡有沙沙的聲音，那可能是一隻野獸。巨大的月亮就懸在我的頭頂，在這無人的深山裡，月亮看上去極大極亮，如同上帝坐在那裡。因為有月亮在，我心裡靜了些，到了後半夜，居然就靠在牆上睡著了。

第二天我把我少年時代和父母一起住過的那間宿舍收拾了一下住了進去，屋裡的家具都還是我當年離開時的樣子，只是落滿了厚厚的灰塵。

安頓下來之後，又經過一番躊躇，我決定去看看它。

於是我朝著那個藏在這深山裡的無名湖走去。我一直相信，除了我，世上沒有誰還會知曉這個湖的存在。我還是個少年時就找到了這個祕密存在的湖，那時候因為剛從海島遷移到這山林裡，我渾身乾燥難忍，於是漫山遍野地找水想游泳。山裡只有齊腿肚那麼深的小河流，沒法游泳。鉛礦的工人們告訴我，這山上是不可能有湖水的。但我相信我在山間已經嗅到了湖的氣息。

就這樣，我順著彎曲的山間河流一路尋找，河流忽隱忽現，多數時候河流都是藏在柳樹林裡的，因為柳樹逐水而生，有水的地方就有柳樹。遇到石頭多的地方，河流就會變急促、變大聲，喧嘩著從柳樹林裡鑽出來。在陽光下明亮地流一會兒，忽然又不見了，再見到它時，卻是清泉石上，有一尾野生的金鱒魚在水中倏忽掠過。

我就這樣順著河走進了一片陰森的原始密林，在那不見陽光的密林裡穿行了很久。周圍的樹木越來越高大古老，越來越繁密蓊鬱，但那條河從不曾斷開，一直向前流動著、行走著。我相信，只要河流沒有斷開，我就不會迷路，所以，我一邊恐懼著，一邊卻還是緊緊跟著河流前行。忽然，樹木一下消失了，前方靜靜地、耀眼地跳出了一片湖。

湖就在這密林的中央。

後來的很多年裡我都不捨得告訴任何人關於這個湖的存在，彷彿這是一個只屬於我和這個湖之間的祕密。我一直記得我第一次跳進這湖水裡游來游去的感覺，像從乾燥陌生的生活裡擠進了一道潮濕的裂縫。

後來我一直相信這片湖就是世間留給我的一道縫隙。

我走出鉛礦的大門，再次跟著河流往深山裡走去，走進那片陰森的密林，走著走著，忽然有一片湖水像夢幻一般出現在了我眼前。無名湖看起來和五年前一模一樣，碧綠的湖面靜得可怕，一絲皺紋都沒有，似乎在這幾年時間裡它不曾被任何東西打擾過。我先是在湖邊靜坐了一會兒，然後站起身來佯裝著散步，仔細觀察了一番周圍，不見人影，只有無邊的密林和倏忽掠過的鳥影。我脫了衣服慢慢潛入水中，以免驚起太大的波紋。

平靜的湖面下存在著另外一片叢林，有植物，有動物，也許在這樣的湖底還有一位維護秩序的統治者，類似龍王或者水妖。我在鬼魅般的水草間游來游去，尋找著記憶中的那塊大石頭。終於，我在幽暗的湖底看到了那塊大石頭，它依然在那裡，輪廓沒變，只是身上已長滿青苔，這使它看起來變臃腫、變柔軟了。

然後，我看到了壓在石頭下面的那具屍體。墨綠色的湖底上一點刺目的白。他還在原地，只是已經變成了一副乾淨的白骨，上面居然連一點皮肉都沒有了，那白骨像瓷器一樣潔淨，安寧肅穆，竟讓人不再覺得恐懼。有一條小蛇魚從他頭骨的左眼眶鑽進去，又從右眼眶裡鑽了出來，擺擺尾巴游走了，看上去天真無邪。

在我身邊游來游去的魚兒們看起來似乎都格外肥大，這使得牠們身上有一種妖氣。我開始使勁划動雙手雙腳，向泛著微光的湖面升去。

轉眼間我已經獨自在這深山裡住了四年。四年裡我開墾了十幾畝山地，種上土豆和莜麥，因為這山上早晚溫差很大，特別適合土豆和莜麥的生長。秋天收穫了以後拿到山下去賣，平時在山上採的木耳、蘑菇曬乾了也拿到山下去賣。我太了解這片山林了，每個季節有每個季節的蘑菇，我還知道在這山林裡只有橡樹可以長出木耳，而且只有冬天砍倒的橡樹長出的木耳最多，有時候一棵倒在地上的橡樹密密麻麻地長滿了木耳，像長出了無數隻耳朵。所以在每年冬天的時候，我會砍倒十來棵橡樹，好等到來年採木耳。

我還在下面半山腰三條路的岔口處開了家小飯店，掛了個木牌，白底上四個紅字「岔口飯店」。那是公路還能通到的地方，路邊有間廢棄的護林人住過的小屋子，灶臺是現成的，還有炕，屋裡只夠擺一張飯桌。

我的飯店裡平時只做四個菜：過油肉、醬梅肉、野雞燉山蘑、燴土豆。只在春天和夏天的時候偶爾用香椿、苜蓿和蒲公英拌點涼菜。我從不用鳥銃打野雞，響聲太大，我的辦法是把糧食拌上酒，撒在山林的空地上，野雞吃了糧食之後就會醉倒，躺在那裡就睡著了，如果是冬天，睡著之後就被凍死了。第二天撿到的野雞已經硬梆梆的，一碰還叮噹作響，像用玻璃做的。而且醉倒的野雞都是一對一對的，因為牠們喜歡夫妻結伴而來。偶爾，如果捉到一條蛇，我也會把蛇燉了吃。當我一剪刀下去把還在扭動的蛇剪成兩截時，我心裡還是會暗暗一驚，為自己身上那些已經暗中發生的變化而吃驚。我曾經可是連隻蟲子都不忍心踩的人。

去我飯店吃飯的人不算多，多是些進山拉木料的大車司機和進山採木耳的人，偶爾還有些專門趕過來找我的故人。因為我沒有電話，這裡便成了我和昔日故人們唯一的隱祕的聯絡處。

在礦區裡巡視完一圈之後，我從大門出去，沿著山路往林子裡走了幾步路，準備給兔子割些苜蓿。進鉛礦的這條僻靜的山路沒有通公路，早已被世人遺忘在深山裡，又經過山洪的沖刷和野草的侵略，已變得越來越窄，有些地方幾近於消失。在這條山路上我從來沒有碰到過任何人，如果真的碰到一個人，他看到一個穿著西裝、打著領帶、戴著眼鏡的男人正在那裡割兔草，估計也會嚇一跳。

我回去把兔子餵了，又在水塔的周圍撒了些玉米粒餵鴿子，然後便準備下山一趟。我半個月左右會下一次山，所謂下山就是到山下附近一些村莊的小賣部裡買些日用品，那些村莊，即使最近的也要三十里路。我有時候用錢買，沒錢時就用我在山上採的木耳來換。木耳的價格很高，山下的村民都認木耳，所以木耳在這一帶就像貨幣一樣好使。

我背上包，騎著一輛舊摩托車往山下駛去。剛開始的時候我下山都是靠走路，一走就是半天時間，往回趕的時候還得走夜路。據說在山上走夜路的時候，會碰到有人在背後拍肩膀，這時候千萬不要回頭，因為那多半是狼在用牠的爪子敲你的肩膀。狼在當地被叫作麻虎。我倒不怕遇到狼，因為我知道所有的動物其實都是怕人的，牠們不會主動攻擊人。而且動物能看出人身上的火焰，遇到火焰高的人，牠們就會遠遠避開。所以我走夜路的時候從沒碰到過任何野獸。

走完那段崎嶇的山路就上公路了，在這山路與公路連接的地方，常年有一處淺淺的水窪，這水窪附近便成了蝴蝶的家園。夏天每次走到這裡都有成千上萬隻蝴蝶在我身邊飛來飛去，有的還會落在我頭上、身上。回來的時候又是一身蝴蝶。

這次下山我要去的村莊離鉛礦有三十多里路。這個村莊有一個雅致到奇怪的名字——落雪堂。不知道是不是和村口的那棵大杏樹有關。這村口有一棵巨大的千年杏樹，因為年老，樹根盤結突出，竟可以供十幾個人同時坐在樹根上乘涼。樹冠則龐大得有些遮天蔽日，好像整個村莊都不過是這老樹孕育出來的子嗣。每年到了清明前後，一樹杏花如雪，有風吹過的時候，落花幾乎要把整個村莊都埋起來，一直要到五月，這個村莊才能漸漸從花醉中蘇醒過來。

我先是騎著摩托車去了一趟村裡的小賣部，買了一支牙膏、一塊肥皂、兩包蠟燭，然後再騎到村西的范聽寒家門口。

二

村西有處十間瓦房的大院子就是范聽寒家的。這座院子在整個村子裡顯得鶴立雞群。范聽寒在院子的周圍種了很多垂柳。

正是四月，門口的一排垂柳綠得如煙似霧，在層層鵝黃煙障的最後面，是一扇帶著小飛簷的街門，門口左右各一個鼓形石墩，門的後面是一個幾米深的狹長門洞，一個瘦小的老人正獨自坐在門洞裡飲酒。這個老人就是范聽寒。我放下摩托車，站在門口恭敬地打了個招呼：「范老師，這是吃午飯呢？」

范聽寒聞聲連忙站了起來，走到門口迎接我。他有七十五六歲，但看起來比實際年齡更老些，奇瘦，而且在我看來，他似乎一年比一年瘦，好像正試圖慢慢地從這個世界上隱遁而去。駝背，背上扣著一只巨大的「駝峰」，走路的時候整個人簡直就是一把折尺，從腰那裡向前彎成了九十度，所以總是身體還沒走過來的時候，頭已經自己先到了。

又因為駝背，他走路的時候總是把兩隻手高高搭在背後，不然一垂下來，兩隻手都快碰到地面了，估計他是怕給人一種感覺，好像他是在用四肢走路。他背著雙手，馱著一座大「駝峰」，像隻年邁的駱駝一般慢慢踱到我跟前，努力朝上翻起兩隻眼睛看著我，用大同口音說：「你過來啦？來，進來喝兩杯吧。」

我也不推辭，跟著他走進門洞，在小木桌旁的竹椅上坐下。木桌上有一碗手擀麵，還有半玻璃杯白酒。認識也有四年了，我大概知道他的一些生活習慣。他一日三餐只吃手擀麵，絕不吃一口稀的，一大把年紀了還是頓頓自己擀麵。

他每天早晨天不亮就早早起來，光是穿衣服對他來說就是一項難度不小的工程，得穿很久。因為駝背，他穿上衣的時候必須拼命把衣服向空中甩起來，就像中世紀的騎士甩斗篷一樣，甩得越高越好，這樣衣服才能比較準確地降落在駝背上。他穿好衣服後背著手出門散步，趁著天還沒亮，在田間地頭溜達一圈，採兩把野菜或幾朵蘑菇，走出汗了就回家開始洗漱。他很愛乾淨，每日洗漱的程序非常隆重，要把好不容易才穿上的衣服全部脫掉，脫光之後把自己渾身上下擦洗一遍，然後再把衣服甩一次，披掛上去。每天如此。

洗漱完之後，他開始動手給自己做早飯，他孫女范雲岡在鎮上的小學教書，週末才回來一次。五年前他的老伴去世了，據他說，他老伴活著的時候，兩個人經常吵架，但從不會為吃飯吵架，因為他們吃飯的口味出奇地一致，那就是——手擀麵。他說他兒子和孫女也是只認手擀麵，好像在他們一家人眼裡，世上只有手擀麵才算得上飯，別的都是假的，都是唬人的。

早飯就是一碗手擀麵，一定要和成那種硬得像鐵一樣的麵團，然後用九牛二虎之力把麵團擀開。因為麵團實在太硬了，擀的時候一定要整個人不時跳起來，把全身的重量都壓到擀麵杖上才能擀動。擀好後再切成鋼絲一樣硬的麵條，下鍋煮熟，拌點茄子、白菜、豆腐之類的，然後就著一二兩酒把麵條吃下去。他是一日三頓都要喝點酒的，頓頓不落，且每天都要準時到村裡的豆腐攤上割一塊豆腐吃，風雨無阻。每天上午割了豆腐往回走的時候，村裡人照例要問一句：「范老師又出來割豆腐？」他一邊點頭一邊微笑道：「豆腐好，既能當糧，也能當菜。」

他和我說過，他那老伴過世前終日病病歪歪卻酒癮極大，煙癮也不小。她每天早晨起來二話不說，先抱住酒瓶灌自己兩大口，再歪到炕上抽根煙，一根煙抽完才算正式起床了。一天當中，趁老頭不注意就抱起酒瓶子咕咚咕咚偷喝兩口，而且不管把酒瓶藏到哪裡，她都能聞著酒味找出來。吃飯的時候還要和老頭對飲幾杯，兩個人有時候就著麵條下酒，有時候一根黃瓜、一根蔥、一只梨、一把花生，統統可以下酒。

有時候她呻吟自己腰疼、腿疼、肚子疼，老頭把酒瓶遞過去，她只要喝上兩口就停止呻吟了，老頭得到了暫時的安寧，卻又得防備她一會兒之後重新開始呻吟：「哎喲，哎喲，就不如早點死了好。」

有時候喝多了，她會哭著上街，見個人就拽住問：「你看見我家范柳亭去哪裡了？他怎麼走了就不回來了？」有時候喝得更多，她乾脆就歪在自家門口的石墩上睡著了，夕陽打在她臉上，透亮的涎水從嘴角流下去，一直掛到胸脯上，蛛絲一般。

後來她病重，臨死之前已經昏迷了好幾天，昏迷中一直在說胡話，一會兒說「我在幾千人的大會上都講過話，我不怕你們鬥我」，一會兒又是「同學們，馬上就是期末考試了，要抓緊時間學習，把時間都用在刀刃上」，再過一會兒是「范秋紋、范柳亭，站住，你們要往哪裡去？」。

昏迷了幾天，她忽然醒過來了，眼睛一睜開倒像是開過刃的鋼刀，亮得嚇人。她向唯一守在她身邊的老頭招招手：「老頭子你過來。」范聽寒便駝著背，兩隻手背在身後，趕緊走到床前。老伴說：「給我口酒喝。」老頭猶豫了一下，把酒瓶子抱過來遞給她，她兩隻手抓過酒瓶子咕咚咕咚就嚥下去兩大口，這才說：「老頭子，我要先走了，以後就不能陪你喝酒了，你自己喝吧。老頭子，我年輕的時候寧可和父母斷絕關係也要嫁給你，又跟著你被發配到這窮鄉僻壤，多少年裡連碗小米稀飯都喝不上，兒女都沒了，你說我恨不恨你……我又丟東西了，肯定是來串門的老太太們偷走的，農村老太太都不識字，人沒文化就是不行哪……你這麼多年都哪兒去了？你怎麼瘦成這樣？快坐下，我給你擀麵去。擀完麵我還要去開會，又快期末考試了……要恢復高考了。」說完抱著酒瓶子又閉上眼睛睡了過去，此後再沒有醒來。

范聽寒不是本地人，是大同人，那是晉蒙交界之處，北魏遺留下來的痕跡濃重，他孫女的名字大約就是出自大同的雲岡石窟。

大約是第三次來他家借書的時候，我就問過他：「范老師，你是怎麼來的這落雪堂？」他說，他祖上世代都是讀書人，他原來是大同師專中文系的老師。一九五八年的時候學校在轟轟烈烈地打右派抓典型，有一個做臨時工的老師向教育局檢舉揭發范聽寒用的是一支進口的派克水筆，還成天向別人誇讚外國造的水筆就是好用。那臨時工看來也不是觀察他一天兩天了，謀劃已久的樣子，把他說過的話都記在筆記本上，還注明年、月、日，大約是想頂替了他的工作崗位。教育局很重視，專門成立了調查小組去學校查這件事情，結果一調查證實不少老師確實都聽到他說過這樣的話。

於是，他的右派身份很快就被確定了，站在全校師生面前被批鬥了幾次，之後又被發配到地處晉西的偏遠的落雪堂進行改造。他老伴當時是個中學的校長，辭職跟著他一起流落到落雪堂。後來雖然平反了，但年齡已經大了，城裡的房子早被沒收充公了，除了落雪堂竟也沒有別的地方可去，便留下來在此終老。

我又問他：「范老師，你這麼大年紀了，怎麼頓頓都吃手擀麵，還擀這麼硬，不怕消化不了？」他不好意思地說：「早些年餓著了，幾年吃不上一口乾的，頓頓喝湯。後來我們全家都是一看見稀飯就害怕，每頓飯都要看見麵心裡才覺得這是吃過飯了，如果是吃了菜啊、粥啊之類的，總疑心自己剛才其實並沒有吃過飯。」末了他又補充道：「我兒子范柳亭小時候老是吃不飽，只能喝米湯，所以個頭才長了這麼點。」

他用手比畫到我胸前，范柳亭才長這麼高。手比畫完放下去了，臉上卻抱歉地笑著。

這是第一次聽他說起他的兒子，我腦子裡轟隆一聲巨響，久久沒有說出話來。呆了片刻，我又有些疑心自己是不是聽錯了，便用一種驚訝得有些過頭的語氣說：「你還有個兒子？怎麼從來沒有見過他？他叫范什麼？」

他又說了一遍，范柳亭。

我的心臟幾乎要蹦出胸腔了，我懷疑自己此刻看起來是不是臉色煞白，因為他忽然就問了一句：「你怎麼了？」

我勉強按捺住自己擂鼓般的心跳聲，想抽支煙，摸了半天卻連煙盒都沒有摸到。我一隻手揣在口袋裡，虛弱地笑著說：「哪兩個字？是柳樹的柳，亭子的亭？」

「是的。」

「哦，柳樹的柳，亭子的亭，范柳亭，好聽，讀書人家起的名字就是好聽。」

也是因為我一向喜歡柳樹。

「好聽，這名字真是好聽。范老師，你兒子他……是做什麼的，能蓋起這麼大的院子？」

「他呀，成天就折騰著辦廠子，什麼鐵廠、油廠、鑄造廠都辦過，就是瞎折騰。」

我終於費力地把煙盒掏出來了，準備點煙的時候看到自己的那隻手正在發抖，便又把煙放下了，只是很驚訝地反覆說：「是嗎？你兒子原來還是企業家啊？還辦過廠子哪？」

我忽然發現他好像正看著我那隻拿煙的手，那隻手還在輕微地發抖，我一緊張就這樣。我把那隻手重新塞進口袋裡，一邊假裝掏東西，一邊找話說：「那范老師你就這麼一個兒子嗎？怎麼不見他在家裡啊？」

說到這裡，他說話的語氣反而平靜下去，像在說別人家的事情。他說他本來還有一個女兒的，叫范秋紋，比兒子大好幾歲，當初因為要求進步，沒跟著他們來落雪堂，後來才二十多歲就自殺了。范柳亭是他唯一的兒子，幾年前外出做生意就再沒回來。又過了幾年，他老婆都去世了，兒子還是沒有回來，至今生死不明。

我聽了又做出非常驚訝和惋惜的表情，嘴裡連連說：「嘖嘖，這樣啊，唉，真是的。」

後來我斷定范聽寒頓頓都要吃手擀麵的另外一個原因就是，吃得下手擀麵證明他身體還硬朗，還可以堅持到他兒子范柳亭回來的那天。

那天我敬了他好幾杯酒，自己也喝了一杯又一杯，他說：「你這麼遠跑過來借書，不賴，愛看書，真不賴。」我說不出別的話來，只是一遍一遍地重複道：「有緣分，范老師，我和你有緣分，這就是緣分。」

喝完酒之後，他背著「駝峰」走到院子裡一輛改裝過的三輪小推車旁邊，推車裡是一只垃圾桶。他抱歉地對我說：「你先坐著，等我把垃圾倒出去，放久了招蒼蠅。」說著便弓著腰低著頭使勁推那輛三輪車，我先是呆呆看著他，然後像忽然清醒過來一樣，猛地起身，幾步走到三輪車前，拎起那只垃圾桶就往出走。

我把垃圾倒到垃圾池裡，又在垃圾池旁邊蹲下來，抖著手抽了一支煙才走回去。他弓腰站在門口，像是一直在等我，見了我卻只說了一句：「謝謝你了。」我拎著空桶茫然地立在院子裡，不知道接下來該做什麼，手裡明明還拎著那只空垃圾桶，卻忽然扭頭對他說：「范老師，我這就幫你把垃圾桶倒掉。」

他沒有接話，只是駝著背站在門洞的陰影裡靜靜地看著我。

此刻，又是在他家的院子裡，我坐在小木桌的一旁，看著駝背的老人又拿出一只杯子，杯子裡有半杯白酒。他把酒遞給我，說：「鍋裡還有手擀麵，你自己吃多少就盛多少吧。」我說：「我是吃過飯才來的。」他說：「你老是這樣。」

然後他坐下來繼續喝酒吃麵，背著大「駝峰」，上身折疊在膝蓋上，下巴幾乎要擱在桌子上了。從某一個角度看過去，我忽然驚悚地發現，他已經老得不大像人類了。儘管沒有下酒的東西，我還是默默陪著他喝完半杯酒，是當地打的五十三度的散酒，叫梨花春。這酒入口烈，但餘味爽淨，喉間有清香。

杯裡的酒都喝完了，他才問我：「書又看完了？」我恭敬地說：「都看完了。」說完就從身上背的包裡取出幾本書和雜誌，雙手還給他。他接過書，連連搖頭：「像你這麼愛看書的人卻開個小飯店，也真是可惜了，你就沒想過再做些別的？」我忙說：「人各有命，看書也不能當飯吃。」他又搖頭：「可惜，真是可惜了。」

他背著手踱回屋又取出兩本書和雜誌給我，他有每年訂閱新雜誌的習慣。兩本書是《古詩十九首集釋》和《雪堂集》。我每次來他家的時候都要先把上次借的書還掉，然後再借幾本新的帶回鉛礦去看。我把新借到的書裝進包裡，順便掏出一包曬乾的木耳放在了桌上，說：「范老師，你要多吃點木耳，對身體好，吃完了我再給你帶過來。」

他點頭，又遞給我一張疊好的冷金宣紙，說：「我又給你抄了首詩，讀唐詩就是要多體會那種水中之月的意境。唐詩看起來寫的都是些山水，其實那是自然之道，就是天地間本來的樣子，所以唐詩裡寫的其實是一些最恆久、最牢固的東西。相比之下，你看我們人的一生反而短暫多變，是最不牢靠的。所以讀詩能讓人心安。」

我打開那張紙，是一首用毛筆小楷抄寫的〈春江花月夜〉。我重新疊好，很小心地裝進包裡，然後開始滿院子找活幹。這幾年裡我已經習慣了，每次來了都要幫他把院子收拾一遍，把垃圾桶倒掉，把廚房的水甕蓄滿水，把菜園子裡的雜草除淨，給蔬菜和花卉澆澆水。幹完活我又低頭巡視一遍院子，發現甬道上的一塊紅磚翹起來了，容易絆倒人，便把這塊磚挖出來又仔細鋪平了。

好像已經差不多該走了，但我還是想和他多待一會兒。見桌子有點不穩，我就地做了個楔子插進榫卯裡就穩當了。有穿堂風從門洞裡經過，風裡帶著杏花的香味。我看到他在院子裡種的兩棵海棠樹也開花了，海棠花香很淡，不到跟前是聞不到的，走近了卻能感覺到一縷陰柔的冷香。

樹下有一口大水缸，缸裡養著兩條鯉魚。我朝那水缸裡微微瞟了一眼，兩條鯉魚正在缸裡游來游去。我只看了一眼便像是感到很嫌惡一樣，目光飛快地移向別處。窗臺上臥著幾只去年收的大南瓜，還有一只潔白如玉的西葫蘆。估計都是村民們送給他的，村民們都恭敬地叫他范老師。

這時候我像想起了什麼，猛一回頭，發現他還坐在門洞裡，似在靜靜地觀察我。他臉上半明半暗，看不出是什麼表情。我不由得愣了一下，暗暗悔恨自己在這裡又待久了。

每次都這樣，總是怕自己在這裡待得太久。

三

我記得四年前我第一次出現在他的院門口也是在這樣一個春天的午後。柳枝新染，杏花滿天，我也是穿著這身西裝，打著領帶，他當時也是這樣坐在門洞裡駝著背正喝著小酒。恍惚間我真的有了一種錯覺，覺得中間這厚厚的幾年時間原來不過是薄薄幾頁，風一吹就輕輕翻過去了。

當時我站在門口，有些緊張。為了能在與世隔絕的鉛礦裡待下去，我能想出的最好的辦法就是看書。我想問他借書，又怕被拒絕。在門口躊躇半天，終於還是主動上前跟他招呼道：「你就是范老師吧？我聽說你家的書特別多，就找了過來，不知道我能不能借幾本看看，我保證一看完就給你還回來。」

他用略有些混濁的眼睛打量了我一會兒，慢慢說：「以前從沒有見過你，聽你的口音不是這村裡人吧？」

我避開他的眼睛說：「我小時候是在山東長大的，後來父母調動工作，我跟著來到這裡，我就是在這附近長大的，也算當地人，只不過不會說當地話。」

我說的是實話，這些經歷沒必要說假話，況且，我確實是異鄉口音。

他一直沒有放下手裡的空酒杯，把目光從我身上移開，似在對著酒杯說話：「你父母是從外地調過來的？那是不是縣裡的晉華紡織廠？那裡的外地人多。」

我第一次聽說縣城裡還有個晉華紡織廠，我甚至不知道這個廠是不是真實存在的，但我還是回答了一句「是」，我不想讓人打聽太多關於我的事情。

這時又聽他說：「你是山東長大的，山東什麼地方？」

我稍微猶豫了一下，說：「日照。」

他說：「哦，海邊長大的。」

我心裡亂跳，不知道他為什麼要強調海邊。我只好不語，表示默認。

他又問：「那你現在做什麼工作？我記得晉華廠在一九九八年就倒閉了吧。」

我說：「沒工作了，我就自己開了個小飯店。」

他問：「在哪兒？」

我又猶豫了一下，說：「在鳳城鎮。」

他說：「鎮上啊，我孫女就在鎮上的小學教書。那學校你知道吧？離你的飯店遠嗎？」

我有些口乾舌燥，但還是聽見自己盡量平靜地說：「不算遠，不過我沒進去過那學校。」

他又說：「在鎮上開飯店，那你也住在鎮上吧，十幾里地，你怎麼會找到我這裡？」

我說：「聽有個去我飯店裡吃飯的人說起過，說你書特別多，大概是你們村的人去鎮上趕集吧。」

我確實是在鎮上聽別人說起范聽寒家裡有很多書的，但不是在我的飯店裡，而是在我擺攤賣木耳的時候。

他還是沒有放下那只杯子：「哦，這麼說，你喜歡看書？」

我忙說：「從小就喜歡，我十幾歲的時候，只要能逮住一本書，連夜就看完了。」

他說：「你上過幾年級？」

我說：「我當年高考落榜了，沒上過大學。」

他說：「你來我這裡是專門為了借書？」

我說：「是的。」

他翻起眼睛看了我一眼，我忍不住又一陣緊張，只聽他說：「你今天是為了借書專門打的領帶嗎？」

我忙說：「不是，我平時就這樣，習慣了。」

他說：「講究點是好習慣。你想看什麼書？」

我說：「什麼書都可以。」

他說：「什麼書都可以？喜歡看書的人可不是這樣的。」

我說：「我是來借書的，哪還能挑三揀四。」

他說：「詩詞能看懂嗎？」

我說：「懂得不多，但心裡喜歡。」

他說：「那你等一下，我進屋給你找幾本。」

他終於放下那只杯子，起身回屋。我坐在那裡悄悄看著他那只杯子，卻仍然發現它真的只是一只再普通不過的杯子。他拿著幾本書出來，駝著背慢慢走到我面前，又把我上下打量一番這才把書遞給我，說：「你看看能不能看進去。」我連忙把書接住，有些惶恐地說：「范老師，我保證一看完就還回來。」他緩緩掉轉了伸在最前面的腦袋，跟在後面的是大駝背，只給我留下了半截背影。他邊往裡走邊說：「你這麼喜歡看書，要是不想還回來就當送給你了。」

我出了門，走過那排柳樹，向自己的摩托車走去。他的最後一句話讓我眼睛一陣濕潤。

四

這時候又是一陣微風吹過，海棠花如胭脂粉團一般簌簌落了一地，有幾片花瓣飄進水缸裡，那兩尾鯉魚便游上來爭相啜食花瓣。

我曾在他借給我的一本書的扉頁上看到他用鋼筆寫下的幾行字：「遵四時以嘆逝，瞻萬物而思紛，悲落葉於勁秋，喜柔條於芳春。心懍懍以懷霜，志眇眇而臨雲。」

那一刻我忽然有些明白我為什麼後來還要一次次地去找范聽寒了。這幾年裡，其實我已經不止一次下過決心不再去那院子裡，可事實上，只要過一段時間，我還是會再一次出現在他家門口。

告別范聽寒之後，我騎著摩托車出了村，一直向西，一路爬山路來到那個三條路的岔口。這個地方在半山腰，經常有一些拉木料的運輸車會經過這裡，我的小飯店就開在這岔口處。因為顧客來得不固定，我開張的時間便也不固定，另外就是，這樣別人也不容易找到我。

停好摩托車開飯店門鎖的時候，我一低頭忽然發現一隻西服袖口已經磨破了。這才想起這件西服已經穿了好多年，我已經多年沒有為自己添置過一件新衣了，這讓我有一種突如其來的悲涼和恐慌，但我還是脫下西服小心翼翼地掛在門後，正了正領帶，挽起袖子開始準備做晚飯的材料。

兩天前，我在飯店的門縫裡收到楊曉武塞進來的一封短信，說他來過一次，我不在，兩天後的晚上他還會來岔口飯店找我。我一邊做飯一邊等著他來。

我把昨天捉到的一隻野雞砍掉頭，無頭雞又蹒跚著走了幾步才倒下，沒有了頭的脖子像龍頭一樣噴著血。我等著牠徹底不動了才開始拔毛，收拾乾淨，剁成塊，和發好的山蘑一起在鍋裡燉，放的野茴香和月桂葉都是我在山裡採的，快熟的時候再撒上一種叫紙末花（學名檵花）的香草，香味奇異。雖然它容易招徠回頭客，但我又暗自擔心這奇異的香味會吸引來更多人。燉上雞肉之後，我在灶洞的爐灰裡埋了幾個土豆。土豆是去年秋天收的，我專門挖了個土豆窖存放土豆，這樣就可以一直吃到來年秋收。

暮色在一層層加重，漸漸地，外面的山林又一次墮入了巨大的黑暗之中，從這小屋的窗戶望出去，幽暗的山林正張著血盆大口欲吞噬一切。遠處的山路上亮起兩束燈光，燈光蹒跚著漸漸逼近，是進山拉木料的大卡車。大卡車沒停，從飯店門口呼嘯著過去了，剛才從窗戶裡打進來的燈光支離破碎地塗在牆上，飛快地繁殖出各種形狀，在一個瞬間裡長滿了這間小屋，轉瞬之間又凋落下去。

野雞的香味近於蠻橫，溢滿整個房間，我沒有點蠟燭，隻身坐在黑暗中抽煙。

楊曉武是我當年在監獄裡認識的。那是一九八三年，那年我十九歲。前一年剛剛高考落榜，又沒有合適的單位可去，便整天窩在家裡寫小說，為了熬夜寫小說還學會了抽煙，煙癮竟越來越大。寫好的小說再工整地抄一遍，然後去郵局投給雜誌社，那時候我成天夢想著能成為一個作家。

我記得那是一個黃昏，礦上已經下班了，人聲寂靜，我寫了一天小說也累了，便走到礦區的院子裡散步。這時候迎面走來一個姑娘，我不認識，估計是礦上的新職工。那姑娘可能剛去澡堂洗完澡，頭髮濕漉漉的，穿著一條碎花長裙，抱著臉盆正往過走。平時在礦上看到的基本是清一色的工作服，在那個黃昏忽然看到一條這樣的碎花裙，我忍不住盯著那裙子多看了幾眼，等姑娘走過去了，我又回過頭看著她穿長裙的背影。第二天我正趴在窗前寫小說的時候，礦上保衛科的人忽然來我家找我。原來是昨天穿碎花裙子的姑娘告到保衛科了，說我耍流氓。

我並不知道當時正在「嚴打」，礦上的保衛科正愁名額不滿的問題，就這樣我被關進了監獄。鑒於我確實沒有具體的肢體觸摸，但畢竟已經用目光對女性進行了一番猥褻，流氓罪已經坐實，只是刑期不算太長，判了我三年有期徒刑。能和楊曉武在獄中成為朋友，是因為他和我一樣，也是高考落榜生，比我還早了一年。一九八三年那年他正在第二次復讀，準備再考一年。那天他正在家裡複習功課，他表哥忽然在窗外大聲喊他出來幫忙，表哥在和人打架又打不過，叫他出來幫忙，他拎著擀麵杖出來打算幫表哥，結果只是站在邊上觀望了一會兒，還沒來得及上手就被趕來的警察逮捕了。

我坐在黑暗中又點上一支煙，爐灰裡的土豆已經烤熟了，散發出一種植物肉身的芳香。我想起那幾年獄中的生活，幹活、打架、刷尿桶都不算什麼，我最怕的就是看不到字。監獄裡只允許看《人民日報》和《山西日報》，就這兩份報紙，被我反反覆覆看了一遍又一遍，我看的時候不是一句一句地看，而是一個字一個字地看，很小心地把每一個字含在嘴裡，不捨得嚥下去，生怕看完就沒有了，像在冰天雪地裡趕路，必須儲備好足夠的糧食。

幾支煙抽完，估計時間差不多了，我點上一支蠟燭，把燉好的野雞扣在一只粗瓷大碗裡，把烤熟的土豆從灶洞裡掏出來，拍了拍上面的灰，堆在盤子裡。它們看上去像一堆醜陋的卵石，但是恬靜簡樸，讓人覺得心安。這種心安，我在問范聽寒借的一本書中也曾讀到過：「村舍外，古城旁，杖藜徐步轉斜陽。殷勤昨夜三更雨，又得浮生一日涼。」

我拿出一壺散裝高粱白倒進一只白瓷酒壺裡，擺在桌上，又洗了兩只酒盅。這套酒具是我父親當年在礦上評上先進工作者時發的獎品，他到死都沒捨得用過一次，多年以後被我從床底下翻了出來，居然還完好無損。

就在這時，門外傳來了一陣很輕的敲門聲，敲得小心翼翼的，不仔細聽還以為是風聲吹過。我問：「誰？」門外的聲音說：「海濤，是我。」他不知道我現在的名字已經改成了郭世杰。

我拉開門，裹著一團黑暗鑽進來的果然是楊曉武。他來回搓著手，埋怨自己道：「都怪我，其實我已經到了好一會兒了，遠遠看著你這飯店裡一直黑著燈，以為你不在，就在附近的林子裡等著你來。這林子在晚上還真是瘮人，看到屋裡忽然有亮光了，我這才敢過來敲門。」我有些不客氣地說：「你一個大活人長著兩隻囫圇手就不知道先過來敲敲門？你說好要來，我能不等你嗎？」

我們在桌子兩邊坐下，我給他倒了一盅酒，又扔給他一個烤土豆，說：「餓了吧，先墊墊。」他把土豆掰成兩半，輕輕吹著熱氣，也不蘸鹽，很小心、很斯文地咬了一小口，慢慢嚥了，然後才說還行。我不想再多看他，我看著他，他就不敢放開吃。我說：「來，先喝上一盅，又有一年沒見了吧。」他連忙舉起酒盅，我們連著乾了三盅酒，他還是不敢放開吃，一個土豆吃了有一個世紀那麼長。他開始是慢慢把土豆瓤掏出來吃，吃到最後就剩下了兩半薄薄的土豆皮，貝殼似的。他猶豫了一下，把土豆皮也撕開放進了嘴裡。大碗裡的菜他只敢挑著吃蘑菇，雞肉卻半天沒動一筷子。我說：「吃肉啊，別光吃蘑菇。」他嘴裡嗯嗯著，筷子還是繞過雞肉挑著蘑菇。

一支蠟燭快要燃盡的時候，他才勉強說了一句：「海濤，你這飯店現在生意怎麼樣？」我使勁抽了一口煙，就著猛然跳動起來的燭光打量著他，他穿著一件灰撲撲的舊夾克，裡面是一件看不出顏色的圓領秋衣，眼睛下面掛著兩個大黑眼圈，嘴角還沾著些土豆泥。

在跳動的燭光裡，他看上去好像渾身只剩下這一張臉，這張巨大的臉發著光，而其他的部位都已經被黑暗消化掉了。我不忍心告訴他去擦一下嘴角，只說：「吃飽了嗎？土豆還有。」他低著聲音，不太確定地說飽了。我說：「再吃一個。」他猶豫了一下才說：「算了，飽了。」我又抽了口煙，說：「這麼小的飯店你說能怎麼樣？有口飯吃就算不錯了，我們這樣的人還想怎麼樣。」

他坐在那裡半天沒言語，我也不說話，等著他開口。其實我知道他此行來的目的，無非就是借錢。他比我在監獄裡多待了一年，自打出來之後，每次找我基本上就一件事——借錢。說是借錢，其實根本不會有還的那天，所以和乞討也沒多少區別。正是因為和乞討差不多，我才沒法拒絕他。出獄之後不知道他靠什麼為生，他也不說，多半是些非法的事情，卻又常常連飯都吃不起，四處借錢，然後被要債的人追得東躲西藏。但我知道，他變成如今這個樣子並不是什麼奇怪的事情。我當年在監獄裡的時候，正是因為嗅到了一種危險，才拚命想找到一切有文字的東西來保護自己，拚命寫稿子給獄裡辦的報紙投稿。

猛烈地跳動之後，蠟燭徹底燃盡了，蠟屍裡冒出的嗆人青煙彌漫在重新黑暗下來的屋子裡。我沒有再起身點蠟，還坐在原處不動，桌子另一邊的人也坐著沒動。突然而至的黑暗緊緊包裹著我們，讓我們都感到了某種奇妙的輕鬆和熟悉，好像我們昨天還一起在獄中的大通鋪上挨著睡過。

那時他一次次對著我的耳朵講，他第一次高考就差了1.5分，後來又變成只差了1分。「就1分啊，」他反覆說，「就1分啊。」似乎只要說得足夠多，那1分就會像壁虎的斷尾一樣再自行長出來，長成完整的肢體。現在，他和我之間就隔著一張木桌，隔著這木桌，我都能感覺到他緊張的心跳聲，好像他的神經已經像榕樹的氣根一樣長滿了這張桌子。

外面又過去一輛大卡車，車燈的餘光掃進屋子裡，飛快地掠過他的臉，他的那張臉便在黑暗中短暫地浮現了一下，很快又沉下去了。光緊接著照到了我的臉上，我被晃得閉上了眼睛。就在這時候他忽然開口了，語速很快地說：「海濤，有點急用，能不能再借給我一千塊錢？」

我終於還是等到了他這句話，果然沒有任何意外。我反倒放心了些，明明已經放心了，卻扭過臉對著他那團黑乎乎的影子說：「你不能一直就靠著借錢活吧，你也得自個兒想辦法掙錢啊。」

他坐在黑暗中忽然低低地短暫地笑了一聲，這笑聲讓我打了個寒顫，只聽見他說：「說是容易說，你說像我這樣的人去哪裡掙錢呢？」

我的聲音忽然高了幾度：「那你也得自己想辦法啊。」

說完這句話之後，兩個人都靜了下去，半天沒一點聲音。我有些後悔剛才自己虛張聲勢地拔高嗓門，其實，在他來之前我已經把要借給他的錢準備好了。我曾聽說當年我們的一個獄友在出獄後四處流浪，不知怎麼跟著人吸上了毒，後來為了問人討要五十塊錢，隨時可以跪下來喊人家一聲爸爸。

楊曉武坐在桌子那頭像塊生鐵似的，冰涼，一動不動，我忽然很害怕他會跪在我面前，我連忙從口袋裡取出準備好的一千塊錢遞給他。我說：「這是一千塊，拿去用吧。」他不作聲，默默地把錢接住，裝進了自己的口袋裡。然後我又說：「你趕緊下山吧，你看我這裡根本住不下兩個人，我就不留你住了。哪天再來，提前告訴我。」

我不想讓任何人知道我住在哪裡。

他仍是沉默著，站了起來。我不打算再點蠟，免得看到彼此的表情。他在黑暗中朝我坐著的方向看了幾秒，又對著窗外黝黑的山林愣怔了幾秒，卻沒有再說話，然後嘎吱一聲打開屋門，很快便消失在了陰森森的山路上。

我獨自騎著摩托車回到深山裡的鉛礦，整個鉛礦沒有一點亮光，萬頃碧空中斜掛著半輪焦黃的月亮。我回到宿舍點起一截蠟燭，倒了一碗酒喝了兩口，身上有了暖意，才慢慢在桌子前坐下，抖著手打開今天白天范聽寒送我的那首詩：「春江潮水連海平，海上明月共潮生。灩灩隨波千萬里，何處春江無月明。」

那一晚，我一直不敢脫掉身上的西服、摘掉領帶，就這身衣服似乎還能給我一點點做人的體面。我就那麼穿得端端正正地坐在燭光裡，高聲把這首詩讀了一遍又一遍。「不知江月待何人，但見長江送流水。白雲一片去悠悠，青楓浦上不勝愁。」我不敢停下，似乎只要一停下，就會發生化學變化，我就會在瞬間變成楊曉武，或者變成那個給人跪下四處討錢的獄友。一直讀到半夜，終是累了，夜空澄澈，燭光闌珊，最後竟趴在桌子上睡著了。

五

幾年前，那是我第四次出現在范聽寒家門口。

我停好摩托車，從那排柳樹下走過。微風過處，無骨的柳梢從我臉上拂過，柔軟得不像是這人世間的東西。我閉上眼睛，仰著臉任由它撫摸。從上次知道他是范柳亭的父親之後，我就知道我不該再來這裡了。可是，一個月後，我還是又一次來到了他的家門口。

他正戴著一副老花鏡坐在門洞裡看書，看書的時候，他的上半身往前趴著，整張臉幾乎要埋進書裡去了。我站在門口無聲地看著他，我想，就這麼站一會兒也是好的。可他像是已經嗅到了我的到來，把臉抬起來向門口看過來。

我走進來把上次借的書還給他，又給他帶了一包乾木耳和一包羊肚菌。我說：「范老師，看書呢？我還書來了。」

他摘下老花鏡，說：「是你啊，可有段時間沒來了。」

我忙說：「最近事情多，老抽不開身。這是上次問你借的書，都看完了，還想問你再借幾本，不知道行不行。」

他說：「你都什麼時間看書呢？」

我說：「晚上。」

他說：「晚上就不看電視？」

我說：「我不愛看電視。」

他說：「也不用給孩子做飯什麼的？」

我略略遲疑了一下，說：「有我父母和老婆給孩子做，用不上我。」

他說：「怪不得有時間看書，家裡都不用你管。這些天你也讀過一些詩了，和我說說有什麼感受。」

我聽到自己的聲音裡忽然跳動著一種喜悅，我知道這樣也許並不好，卻也不想太掩飾。我說：「在晚上讀詩，讀完後心裡覺得既安靜又亮堂，連心裡的害怕都少了。」

對面的老人手裡拿著老花鏡，忽然抬起頭盯著我仔細端詳了幾分鐘。我背上一下繃了起來，意識到剛才還是有些忘形了。我一陣後悔，不知道該坐該站。這時只聽他慢慢說：「也不知怎麼，我總覺得你不大像是開飯店的，但我也說不好你到底像幹什麼的。」

好像被什麼笨重而巨大的東西狠狠地往前推了一把，我猛地站了起來，像是急於要離開，卻終究沒有邁出步子，只是口乾舌燥地辯解道：「我真是開飯店的，別的我都幹不了，又沒文憑，正經單位進不去，我也想去坐辦公室，人家哪會要我。我就做飯還可以，所以只能幹這個。我看書真的是為了打發時間，真的，沒事幹的時候，看看書就是個消遣，和別人打牌、看電視是一樣的，就是個消遣。」

他盯著我看了半天，忽然就笑了那麼一下，只是極短促。他說：「看來你那飯店也忙不到哪裡去啊。」

我有些疲憊地坐下，說：「小飯店。」

他扛著自己的大駝背慢慢站起來，順勢把兩隻手背在身後，說：「你倒真是個喜歡看書的人。不少喜歡看書的人都想過要自己也寫一本書出來，你想過沒？」

我飛快地搖搖頭：「沒，我不是那塊料。」

我感覺他的眼睛還一直盯在我身上，只聽他說：「確實，大部分人都寫不好的，我那兒子年輕時也想過寫書當作家呢，後來發現自己不是那塊料。其實看書不光是為打發時間，養心最重要。你等一下，我進屋給你找書去。」

聽到他再次提起他兒子，我打了個激靈（受驚而猛然抖動），像是忽然感到了一股寒意，整個人卻又變得異常興奮，沒話找話道：「那他後來怎麼就不寫了呢？要是一直寫著，說不來也成作家了。」

他沒搭話，慢慢走過去掀開竹簾進了屋。我也跟著起身，獨自站在寂寂的陽光裡，陽光煦暖，卻感覺自己彷彿又沉入一片湖水中，而范柳亭坐在一隻小船上正漂過湖面，他恰好就位於我的頭頂，我能窺視到他的身影，他卻看不到湖中的我。我沒想到，他年輕時居然也想過寫書當作家。我獨自冷笑了一聲，抬起臉來看太陽，陽光蠕動在我臉上，忽然就一陣難以抑制的心酸，不知究竟是為他還是為我，又差點掉下淚來。

這時范聽寒抱著兩本書出來了，把書遞給我，書裡夾了一張冷金宣紙，他說：「看你還挺喜歡詩詞，讀多了你就知道了，好詩都是有蘊光的，有一種山水之外的東西，讀完以後會覺得心性寧靜疏朗。」

兩本書是《納蘭詞》和《二十四詩品》。我放好，道謝。他忽然指著放在桌上的木耳和蘑菇說：「每次都帶木耳來，你都從哪裡弄來的？」

我鎮靜地說：「山上採的。」

他費力地抬起頭看了我一眼，說：「這麼說你經常上西山？」

我沒有看他，其實我很討厭自己不看著對方的眼睛說話，但我更討厭自己盯著對方。我聽見自己說：「只是偶爾去一趟，採點木耳、蘑菇什麼的回來，我飯店裡做菜也要用嘛。」

他的聲音忽然有些異樣，我懷疑只是我聽錯了，只聽他緊接著問道：「那山上都有什麼？」

我感覺自己插在口袋裡的手又在發抖，我悄悄吞吐了一口氣才故作輕鬆地說：「山上嘛，都一樣，到處都是樹，有的樹下有蘑菇，有的樹上長著木耳，對了，山上還有野雞。」

他說：「到處是樹，那你進山裡採木耳不會迷路嗎？」

我說：「我會看樹葉，樹葉長得密的是東面，稀的是西面。這也是我聽別人說的。」

他說：「聽人說那山上還有狼？你也不怕？」

他說的是狼，不是麻虎，這讓我再次感覺到我們兩個其實都不過是異鄉人，是某種同類，讓我有一種虛弱的安全。我攥緊的拳頭在口袋裡略略放鬆了些，說：「好像確實有吧，不過我沒見到過，狼也得晚上才出來吧。」

我沒有說野獸其實都是怕人的。在他面前，我生怕哪一句話忽然就說錯了。

他說：「唉，這麼多年裡我一直想著要上那山上看看究竟有什麼，因為腰不好，一直沒去成，現在老了，就更去不了了。」

我從自己的聲音裡聽出一種虛假的客套，我說：「不怕，哪天你想上去了，我帶你去。」

他笑笑，只說：「這兩本書你先拿去看吧，看完再來。」

我裝好書並不急著走，先幫他把垃圾桶倒掉，又在院子裡轉了一圈。我發現菜園子裡的兩架豆角已經枯死了，便和他商量，拔掉豆角種些別的菜吧。他拿出一把芫菜籽。我拔掉豆角，在菜園子裡種了兩排芫菜，又進廚房把水甕接滿水。這時看見他駝著背要往出走，說要出去打點散酒回來，我忙說我幫你去買。我去小賣部買了一桶五斤裝的梨花春，又買了一斤五香豆腐皮和一包滷花生米拎了回來。我說：「范老師，你晚上自己慢慢喝點，這是些下酒的，今晚就不要擀麵了，省點事。要不要我留下來陪你喝點？」

嘴裡這麼說著，我卻不肯再坐下。他轉身去看海棠樹，駝背上落了兩片葉子，因為駝背幾乎是水平的，如果不幫他摘掉，估計這葉子就會被他這麼馱一整天。再加上他走路的姿勢，倒像是剛剛加入人類的一隻天真的老龜。

他沒有回頭看我，只說：「天黑了路上就不好走了，你先回吧。」

我對著他的背影說：「范老師，那我走了。」

他像是沒有聽見，還是不回頭，只是翹首默默看著海棠樹。

他的背影看起來分外瘦小，「駝峰」卻奇大。

我注意到他坐的那把椅子已經很老了，一坐上去就嘎吱作響。

六

晚上我給自己倒了碗酒，先喝了一口，然後在燭光裡展開范聽寒夾在書裡的那首詞。「十年生死兩茫茫，不思量，自難忘。」一句讀罷，腦子裡轟的一聲，他難道是故意讓我讀這首詞？難道他已經覺察到了什麼？我沒有心思再讀下去了，披上衣服，走到外面去抽煙。

山裡的溫度要比山下低出好幾度，入夜之後涼意更重。我一邊抽煙一邊在草叢裡徘徊，荒草上的露珠打濕了我的鞋襪也不覺得。大約已到半夜，山中蟲鳴越發幽咽，風入廢墟，草木蕭瑟，我甚至能在夜風中聞到藏在深山裡的無名湖上傳來的潮濕氣息，這縷潮濕的氣息像隻從黑暗中伸出來的柔軟的手，只那細細的指尖從我臉上輕輕劃過。我出了一身冷汗。抬頭一看，一輪金色的大月亮正壓在頭頂，月光澄淨，好像要逼著這山間所有的鬼魅都現出原形。

我回到宿舍，又喝了兩大口酒，然後就著燭光，壯著膽子把那首〈江城子〉讀了一遍：「十年生死兩茫茫，不思量，自難忘。千里孤墳，無處話淒涼。縱使相逢應不識，塵滿面，鬢如霜。夜來幽夢忽還鄉，小軒窗，正梳妝。相顧無言，惟有淚千行。料得年年腸斷處：明月夜，短松岡。」

一遍讀罷，算是讀懂了，我的眼淚忽地就下來了。我少年時，母親總對我說，一個男孩子家不能老是哭，沒出息。沒想到這麼多年過去了，我依舊稟性難改。我披衣出門，在青銅器一般古老的月光下又高聲吟誦了一遍，這次彷彿是專門為了那早已葬身湖底的人讀的。如果可能，我倒真的希望他能聽到這首詞。

在這個深夜裡，我覺得自己像個神祕的信使，正往返於明冥兩界傳遞著什麼。

七

又到了鳳城鎮趕集的日子，我一大早起來把兔子餵了，把鴿子也餵了，自己吃了一口昨晚的剩飯，然後把這幾個月攢下的乾山蘑、乾木耳裝了半口袋，準備拿到集上去賣。

臨出門的時候我站在半面鏡子前猶豫了一下，我知道這樣穿著西裝打著領帶蹲在集市上賣木耳會讓我顯得過於扎眼（惹人注目），而且看起來多少會有些怪異。但也就猶豫了那麼一下，我終究還是不能允許自己脫下這身西服。我打了那條暗紅碎格的領帶，頭髮上噴上摩絲，梳成一絲不亂的三七分，戴上眼鏡，這樣的裝束雖散發著危險的氣息，卻也給了我某種與世絕緣的安全感，好像在這樣的外表下我就可以自行繁殖，在最內裡處生生不息下去。穿戴好之後，我把蘑菇、木耳和折疊馬扎綁在摩托車上便出發了。

鳳城鎮離鉛礦大概要四十里路，逢每月的農曆十五都是趕集日。我趕到集市上的時候，大大小小的攤位都已經擺出來了，把街道的兩邊塞得密不透風。攤主大多是附近的村民，也有遠道而來的游販，他們以趕場子為生，像獵狗一樣，只要嗅到哪個村子裡有集就會趕過來，開著改裝過的三輪車或「四不像」（一種又像摩托又像拖拉機又像汽車的鄉間交通工具），晚上就貓在車廂裡睡覺。

集市上有賣襪子、內褲、秋衣秋褲、紗巾、小孩衣服的，還有賣老人們死前要穿戴裝裹的。這些衣物都用竹竿子高高挑起來好引人注意，因為要競爭，竟是一家挑得比一家高，使整個集市看起來像座搖搖欲墜的巴別塔。一有風吹過的時候，掛著的衣物便你追我趕，迎風招展成一大片，有種富麗堂皇的感覺，硬是把下面趕集的人都淹沒了。

也有賣蔬菜的、賣水果的、賣乾貨和零食的，就不像賣衣服的那麼招搖凶悍，很自覺地聚集在另一片，畫地為牢一般在各自面前擺個小攤，人就在後面招攬生意。我放好摩托車便也問人們擠了一小塊地盤加入進去。

果然，我在一群小販中間很是扎眼，來來往往趕集的女人們都會朝我多看兩眼。有的走過去了還要回頭看一眼，有的邊看我邊竊竊私語，有的在捂嘴偷笑。還有的本來正聚精會神地挑乾貨，一不小心眼睛在我身上瞟了一下，就像看空氣一樣，繼續低頭挑木耳，低下頭去卻像忽然感覺到哪裡不對，連忙又抬起頭補看了我一眼。這一眼，才真正看到了我。對方直直地盯住我看了有一分鐘，然後先感到不好意思，慌忙低下頭去，買了木耳後匆匆離去，又忙把走在前面的一個女人叫住，回頭把我指給她看。

我一點都不覺得奇怪。前些年裡，我即使在公園裡看湖水，也會有年輕的女孩子故意把我拍進照片裡做背景。早年在廣州還遇到過兩個有錢的中年女人提出要包養我，因為我不僅對著裝有要求，對自己的體重和身材也一直控制得比較嚴格。我知道這麼多年裡一直保持這個樣子其實對我並不利，最好的辦法是我能讓自己在十年八年之內變得面目全非，完全變成另外一副模樣，直到沒有人能認出我。可是我終究不忍心那樣去放逐自己，那是一種被趕入時間黑洞的感覺，我將徹底失去最後一點尊嚴。

我一低頭又瞥見了那已經磨破的西裝袖口，它像一道盔甲上的破綻，又像一種從我身體內部蔓延出的疾病。我居然遲遲不肯再為自己添置一件新西服。這不是什麼好兆頭。我心裡一顫。

正午時分，趕集的人們紛紛回家做飯，集市上冷清了不少。小販們也開始吃午飯，大都是隨身帶的乾糧，饅頭、火燒之類，就著涼水吞嚥下去。我也不例外，隨身帶了兩個饅頭、一瓶蘑菇醬。只是，蒸饅頭的時候我在麵裡摻了些山上摘來的槐花，所以饅頭裡有一種槐花的清香。蘑菇醬也是我用山上採來的蘑菇自己做的。

在山上隱居的幾年時光裡，我悟到一點，人只要隨四季而動，便能獲得一點心安。我會在春天的時候去採摘山中的榆錢、槐花、野韭，夏天的時候採摘山蘑、木耳、各種野菜。秋天的時候，漫山遍野的野果，我會把沙棘熬成果汁，把山桃做成罐頭，把松子剝下來在爐子上炒熟了。冬天的時候，我會在雪地裡捉野雞，捕獾煉油，還會把藏了一年的好酒拿出來，在冬夜圍著爐子喝掉。

在我慢慢嚼饅頭的時候，周圍的幾個小販都好奇地瞅著我。可能一個穿西裝、打領帶、戴眼鏡的人蹲在這裡嚼著涼饅頭確實滑稽了點。這時我旁邊一個擺攤賣粉條的老頭湊過來搭訕：「夥計，你不是這裡人吧？看著你是個高級人，怎麼也來趕集掙這兩個小錢？」

我眯起眼睛看了看正午的陽光，金色的會繁衍和滋生一切的陽光，和二十二年前的陽光並沒有任何不同。

一九八六年，我從獄中被無罪釋放，陸陸續續還有些當初被錯抓進去的人也被放了出來。出獄後的第一件事自然是找工作，沒有工作就意味著沒有收入，但工作還是很難找，又是從監獄裡出來的，雖說是無罪釋放，但各種單位還是避之唯恐不及。當時社會上正流行下海從商，很多有公職的人都辭職下海做生意。經過再三考慮，我決定也下海經商，便和一個也是剛剛放出來的獄友趙勝利結伴南下廣州販賣小商品。

第一次去廣州的時候，我倆坐了三十二小時的綠皮火車一路蜿蜒到嶺南，下了火車，手腳都是腫的。廣州的植物葉子闊大，藤蘿交纏，看起來都殺氣騰騰，到處是榕樹、木棉、棕櫚這些寬嘴大眼、長相奇怪的植物。我們靠路邊小攤上的腸粉和魚蛋充飢，用麻袋把當時北方還沒有的那些小商品販回去。兩塊錢一個的電子錶，回去後賣四十塊，零售則八十塊。十五塊錢一副的麻將回去後賣一百五，零售價三百。《金瓶梅》一套三十塊，回去後賣一百五，零售價三百。一塊五一身的童裝，回去後賣十五。三十塊錢一盤的錄像帶回去後可以賣到一百五。回去之後，一下火車就已經有小販們在車站祕密等著接貨，我們偷偷把帶回來的貨物批發給他們，他們販到手後再到解放大樓前、五一大樓前、海子邊這幾個據點高價零售掉。

此後一年多的時間裡，我和趙勝利就這樣坐著水泄不通的綠皮火車一趟一趟往返於山西和廣州之間做著二道販子，在當時也被稱為倒爺。

有一次，我和趙勝利正走在廣州的街頭，有一個乞丐過來向我們討錢，讓我們吃驚的是，他討錢時說的竟是山西方言。一問才知道，他也是早幾年南下廣州做生意，結果錢被騙光，自己身無分文，又沒有親戚朋友在廣州，無處投靠，想回家連張車票都買不起，最後只好流落街頭靠乞討為生。乞丐在聽到趙勝利發出鄉音的那一瞬間，淚嘩嘩地流了一臉，把一張髒臉沖得溝壑縱橫。

那次我們回山西的時候就把那乞丐也一起帶了回去。後來偶爾也會聯繫一下，前幾年他告訴我他當上會里鄉的鄉長了，讓我儘管過去玩，他包吃包住包玩，還說要讓我甩開腮幫子好好吃幾頓會里鄉的柏籽羊肉。

這樣來回跑了一年多之後，我們手裡漸漸有了些錢。那次在廣州過夜的時候，趙勝利說要帶我去找小姐。那時正趕上嶺南的回南天，廣州的雨下得無日無夜，到處都是雨滴的滴答聲，滴答滴答，滴答滴答，水珠像淚痕一樣順著潮濕的牆壁緩緩往下爬。

那是一棟破敗的廣式小樓，小姐住在樓上，斑駁的牆壁長出了滑膩的青苔，腐朽的木樓梯上生出了蕈子，陽臺上養的一棵三角梅像蛇一樣爬滿了整個陽臺，有一根水紅色的花枝還爬進了房間，像蛇芯子一樣。窗外是一株巨大的木瓜樹，掛滿了大大小小乳房一般的木瓜，熟透的木瓜在雨中跌落到紅土裡，發出沉悶笨拙的回響。

那個小姐是個廣東土著，矮個子，高顴骨，大嘴巴，嘴唇血紅，褐色皮膚，戴假睫毛。我不問她的年齡，因為她不會說自己的真實年齡。也許在半夜，我會看到她忽然現出原形，銀灰的頭髮、嘴角的皺紋，竟然像我慈祥的母親，盤腿坐在這雨中的閣樓裡。

我說：「就和我聊聊天吧，這樣下雨的夜晚最適合聊天。」她說：「大佬，傾計都要畀錢慨（哥哥，聊天是要給錢的）。」我說：「我會付你錢的，你要多少？」她說：「二百蚊（兩百元）。」我說：「我給你，你陪我聊天就行，你要不願說話就聽我說。」她說：「好慨，多謝喇（好的，多謝了）。」

窗外的雨一晚上都在滴答、滴答，滴在塑料棚蓋上，滴在木瓜上，滴在三角梅上，榕樹的氣根在雨中吐出舌頭，欲纏住一切。我整個晚上都坐在那閣樓的木床上不停地說話，我的聲音像雨滴一樣滴在腐朽的木地板上。

「我討厭這樣的雨，都快發霉了。」

「哦。」

「我喜歡小時候待過的海島，不過後來我更喜歡大山，你不知道，在山林裡有多好，就是掙不到錢也不會餓死。我可以一個人在山林裡一躺一天，什麼都不想。」

「哦。」

「我討厭廣州，討厭粵語，像到了外國。」

「哦。」

「我要說我坐過監獄，你會不會怕我？」

「系咩（是嗎）？」

「幹這個真的不適合我。」

「哦。」

「我覺得世上最好的工作是當個圖書管理員，像我媽那樣，清靜自在，還有書看。你覺得做什麼最好？」

「哦。」

「我也討厭我自己。」

她忽然就說了一句：「邊個唔憎自己（哪個不討厭自己）？」

「……」

這是我最後一次跟著趙勝利到廣州，此後就再沒去過。在家賦閑半年之後，我頂替父親成了鉛礦上的一名正式工。二〇〇四年我獨自隱居到廢墟般的鉛礦上時，趙勝利已經搖身變成了資產數億的開發商。

二十二年後的陽光不多不少地落在這個小鎮的這條街道上，落在我和一群小販的身上、臉上。身邊賣粉條的老頭見我不想說話，便轉頭與別人聊去，一邊聊一邊喝著裝在大罐頭瓶裡的涼開水。

我挺直腰板坐在一堆蘑菇和木耳的後面，努力遮掩著那只磨破的西裝袖口，怕被人看到。

我忽然想起很久以前在哪本書上看到的一句話：「一旦我想要向另一個人訴說它，它就立刻變成烏有。」

八

我再次來到范聽寒家門口。那晚讀完那首〈江城子〉的時候，我又一次以為我再不會來了。

天氣已經熱起來了，我還是穿著那件卡其色的襯衣，打了那條藍底白點的領帶。我把前幾天剛做好的一把核桃木椅子從摩托上卸下來，走過柳樹下，柳葉已經長如小魚。我正了正領帶，門大開著，門洞裡沒有人，我提著椅子穿過陰涼的門洞走到了院子裡。

菜園子裡，黃瓜已經躥了很高，其中一棵已經掛了一只頂著黃花的小黃瓜。他穿著一件改過的斗篷一樣的白汗衫罩住駝背，一條鐵灰色大短褲裡，露著兩條爬滿青筋的秸稈腿，腳上卻規規矩矩地穿著襪子和皮涼鞋，正站在院子裡的水缸邊低頭看魚。

我恭敬地立在那裡，說：「范老師，我來還書了。」

他艱難地把頭髮白花花的頭顱連帶著整個上身都向我轉了過來，像在掉轉一輛重型卡車的車頭。他說：「過來啦？又有陣子沒來啦，快坐。」

我把新做的椅子擺在地上，說：「我看你的椅子太老了，就抽空給你做了一把新椅子，核桃木的，用得住。」

他彎腰盯著新椅子看了好幾分鐘，說：「原來你還會木工？手真是巧。這木料是從哪兒來的？」

我被誇了一句，略有些忘形，張口說：「木頭是從山裡找的。」說完這句話我一陣後悔，慌忙打岔：「范老師你坐下試試，本來早該過來還書了，就是最近又比較忙，老是抽不出空來。」

他摘下那只頂花的小黃瓜遞給我，說：「忙著打理你的飯店？說明生意還不賴。」

我惶恐地連連擺手道：「黃瓜還這麼小，你留著下酒吧。生意就那樣，我也就是混口飯吃，現在幹什麼都不好幹了，不比八十年代，錢越來越難掙了。」

他那隻乾枯的手還在空中伸著，我只得把那黃瓜接住了，咬了一小口，忽然感覺到他坐在對面的椅子上正看著我的一舉一動，我額頭上出了一層細細的汗，便索性幾口下去把那黃瓜吃掉了。只聽他坐在椅子上說：「八十年代你也就二十多歲吧，那時候你在做什麼呢？」

我把那根黃瓜嚼完，緩了口氣才說：「當年我不是沒考上大學嘛，就在家裡閑了兩年，每天在家裡跟著我媽學做飯，後來就頂替了我父親的班去廠裡當工人了。一九九八年的時候工廠不是都倒閉了嘛，我下崗之後就出來自謀職業開了家小飯店。」

他點點頭：「那時候能頂班算是好出路了。」

額頭上的汗珠悄悄涼了下去，我唯恐他話裡再有埋伏，便主動問道：「范老師，你最近身體還好吧？」

他的目光不再看我，只看著院子的某個角落說：「身體還行，就是怕躺著，晚上睡下之後要想翻個身，那實在太困難了。這駝背太大，像個龜殼一樣都翻不過去，必須坐起來，再換個方向躺下去。我看見你們這些能躺著翻來翻去的人就羨慕。現在年紀越來越大，腰越來越彎，連坐起來都開始費事了，得用兩隻手慢慢拄著自己，半天才能起來。」

我說：「范老師，你這背怎麼駝成這樣？」

他說：「當右派被批鬥的時候脊梁骨被打傷了，後來又得了骨質增生，也沒治，脊柱都變形了，就徹底直不起來了。」

我說：「可不是，那時候還有人都被打死了的。」

他說：「其實我也差點要被打死了，不過當時我鑽了個空子。我剛被下放到落雪堂的時候，村裡人知道我原來是個讀書人，到了晚上沒事做就湊過來讓我給他們講《紅樓夢》、講《三國演義》。那時候又沒電視，村裡人識字的也少，晚上沒什麼娛樂，我就講書給他們聽，從《紅樓夢》講到《水滸傳》，他們把我當成了說書人，把我家原來住的那間破房子圍了一圈又一圈。後來我挨批鬥越來越厲害，晚上關在牛棚，每天挨打呀，就快要撐不住了。一天晚上，忽然有個村民進來悄悄把我帶了出去，但他不讓我回家，而是把我帶到他家藏了起來。他家是老房子，有個以前挖的地道，他就把我藏在裡面，每天白天的時候給我送兩頓飯，到了晚上他就去地道裡找我。你猜他要幹什麼？他讓我講書給他聽，他不識字。我就憑著記憶，把看過的書一本一本地講給他聽。在他家地道裡藏了幾個月，出來後才知道，當時和我一起挨批鬥的那幾個右派，已經有好幾個都死了。我能活到今天，你說這不是鑽了個空子是什麼？」

手指間已經只剩下一個煙屁股，就快燒到指頭了，我還是就著煙屁股狠狠又抽了兩口才踩滅。然後我說：「真不容易啊！」

他忽然緊盯著我那兩根熏黃的手指說：「你抽煙一直這麼省？」

我略微點了一下頭，淡淡地說：「就是個習慣，要不一年下來煙錢也要花不少。」

這個習慣是我在監獄裡養成的，在監獄裡沒有煙抽，等母親從外面送進煙來又遲遲等不到，煙癮犯了就在地上撿別人扔掉的煙頭抽，有的煙頭已經小得可憐，可我還是有辦法讓自己從最小的煙屁股上再抽上一口。

他還是盯著我的指頭說：「我以前也抽煙，後來我老伴抽得比我還厲害，我就戒了，省下給她抽。她抽煙喝酒都比我厲害，我都由著她，人家年輕時候跟著我私奔出來，沒享過什麼福，還落了一身病，成天七病八痛的，要不抽點煙喝點酒，活著還有什麼樂趣。」

我說：「你們老兩口每天在一起抽煙喝酒，也挺有意思的，像哥們兒一樣。」

這時候毫無預兆地忽然就聽見他問了我一句：「你覺得我兒子還會不會回來了？」

我並沒有看他，只是很專心地又點上了一支煙，想了想才說出一句：「這個不好說吧，主要是誰都不知道他到底去哪兒了。」

他好像正盯著我的臉說話：「有時候我覺得他肯定還會回來的。你看我不就活下來了嗎？你知道為什麼我能活下來？有時候，只要能找到一道縫隙，人就活下來了。」

我只是專心抽煙，並不言語。

他又說：「可有時候我又覺得他可能再也回不來了，他不回來也有他的道理。其實他並不是塊做生意的料，卻總以為自己什麼都比別人強，大概是因為活在一個小村莊裡，沒見過世面卻偏偏比別人多看了幾本書，也是被我害的，還不如踏實地做個農民。」

我抬起頭眯著眼睛裝作在看天上的雲。我漫不經心地說：「都是為掙錢養家嘛，做生意也沒有錯的，只要不坑蒙拐騙就好。」

他一動不動地看著我：「你說誰？」

我從天空裡收回目光，笑著說：「這年頭騙子還少嗎？有些人為了賺錢什麼事都能做出來。我看現在有些騙子還專門跑到村裡來騙老人，范老師你可要當心啊。」

他還是坐著一動不動，嘴裡說：「我都這把年紀了，沒錢沒家產，還怕被騙？倒是我那兒子，我就怕他是在外面被人騙了。」

我忽然就無法克制地冷笑了一聲，說：「怎麼會呢？他那麼聰明的人怎麼會被人騙，估計只有他騙別人的份。」

他的頭猛地從駝背上昂了起來，他急切地問了一句：「怎麼，你認識我兒子？」

我意識到自己剛才太愚蠢了，便抽了兩大口煙來平復表情，我聽見自己終於平靜地說：「不認識。但像你讀過這麼多書的人，以前又是大學老師，你的兒子怎麼能不聰明。」

他復又嘆氣道：「他呀，初中上完就沒再上過學，成分不好，老被人欺負。閑在家裡倒是看了不少的書，後來我平反後託關係給他安排了個中學英語老師的工作，可他根本教不了。在學校混了兩年，實在混不下去了，後來就辭掉工作跟著別人下海去了。」

我嘴角還掛著一絲冷冷的笑容，說：「還有人離家十幾年了又回來的，說不來哪天他忽然就站在家門口了。」

想到范柳亭可能已經在我之前把范聽寒的這些書都看過了，我不禁生出了幾分奇怪的恍惚和悲傷，還有一種憤怒，好像我身上的某些部分和他已經交纏到了一起，我連甩都甩不掉。正胡亂想著，忽見正屋的竹簾一挑，從裡面走出一個人來。

我嚇了一跳，因為每次來都是范聽寒一個人守著個空蕩蕩的大院子，沒有想到屋裡竟還藏著個人。這人站在屋簷下，肩膀倚著牆，手搭涼棚，朝我們坐的方向張望了一會兒才走過來。走近了才看清楚，是個二十多歲的女孩，薄嘴唇抿著，眼睛看人直愣愣的，長著和范聽寒還有范柳亭如出一轍的瘦長臉，上身一件半袖T恤衫，下身一條低腰牛仔褲，中間露著一截白晃晃的腰，光腳穿著拖鞋，露出的腳指頭用指甲花染成了紅色。

只見她一走過來就衝范聽寒說：「爺爺，我和你說過多少次了，不要見人就說我爸的事，你又不知道他到底在哪兒，誰也不知道他是不是還活著。我又不是沒出過門，出門在外的人怎麼可能幾年不想和家裡聯繫？」

她講的既不是落雪堂的方言，也不是范聽寒的大同口音，她講的居然是一口異常標準的普通話，字正腔圓，顯得略有些滑稽。在這樣一個小村莊裡，忽然聽到有人用這麼字正腔圓的普通話說話，倒好像這普通話是偷來的，聽的人只覺得比說的人更不好意思。

聽她說完這幾句話，我心裡明白了，大約這就是范聽寒說起過的他那個叫范雲岡的孫女，她平時在鎮上小學教書，只有週末才回來。原來今天是個週末，在山中待久了，早沒有了週末的概念。以前雖沒見過，但老聽范聽寒說起，我倒也大致了解了一些她的情況。范雲岡八九歲的時候，范柳亭做生意賠了，還欠了不少債，范雲岡的母親便和他離了婚，遠嫁他鄉。范柳亭又經常在外做生意，所以范雲岡基本就是由爺爺奶奶帶大的。一九九五年的時候，范雲岡十六歲，因為范柳亭的生意再次虧本，家裡用錢緊張，范雲岡為給家裡減輕負擔，便考取了一所中等師範學校。

事實上，她是這個國家最後一批中師生中的一個。因為在她剛剛讀完三年中師的時候，該類師範學校就或被取締或經過合併被改成了大專。她畢業那年，政策剛剛由國家包分配改成雙向選擇，她說「憑什麼只能你選我不能我選你」，便一個人跑到省城去找工作。在省城跑了兩個月之後，又灰頭土臉地回到了落雪堂，只要有人問她工作找得怎麼樣，她便暴躁地吼道：「當初是誰讓我去上中師的？是我自己願意去的嗎？」後來村裡人明知道她會怎麼回答，還是故意要一遍一遍地問她，像免費看馬戲一樣。

吼多了以後她漸漸疲軟下來，不再像個母金剛，索性連門也不怎麼出，成天賦閑在家，不是陪著爺爺奶奶喝酒，就是翻范聽寒的書解悶，倒也練出了一身酒量。有一年過年前她和奶奶一起出門買年貨，在村裡碰到了幾個放寒假回家的大學生正聚在雪地裡一起聊天。她連奶奶都不要了，不顧奶奶在雪地裡走不動，自己像個石頭雕成的英雄一樣，大義凜然、面無表情地從他們身邊經過，又面無表情地走到了自己家的院子裡，直著腿進了屋，關好門窗，方才撲到床上號啕大哭起來。她上中學時有個要好的女同學，後來因為這女同學考上了大學，她便自此和那女生絕交了，連面都不再見，只要遠遠看見疑似對方的影子就趕緊撒腿往回跑，一進院子就關門關窗。

除夕夜，爸爸仍是沒有回來，她和爺爺奶奶三個人包好餃子，煮熟了，端上炕桌，然後三個人便盤腿坐在炕桌邊上吃著餃子喝著酒。窗外有鞭炮聲稀稀拉拉地響著，海棠的枯枝上掛了一盞紅燈籠，映著漫天的大雪。三個人喝了一番，漸漸都有些醉了，她奶奶不吃餃子，喝幾杯酒，抽一根煙，然後再喝幾杯酒，再抽根煙，煙就是下酒的。她搶了奶奶的一根煙，點著，叼在嘴角，吐了個煙圈，對爺爺奶奶說：「看我像不像個女流氓？」爺爺奶奶都看著她笑，奶奶說：「你還真是橫了心地要做個女流氓。」她又道：「爺爺，你好歹也是讀書人家出來的，以前還是個大學老師，半輩子就窩在這落雪堂，甘心不甘心？」

她爺爺抿了一口酒，咂咂嘴道：「前半輩子是不甘心，後半輩子倒覺得在落雪堂也挺好，每天種花、讀書、喝酒，哪有比這更好的日子。」她又問奶奶：「奶奶，你從前也是有臉面的人家的小姐，你甘心嗎？」她奶奶撲哧撲哧吸了兩口煙，眯著眼睛看著她，笑而不語。她抽完一支煙，拿起酒杯，裡面有半指深的白酒，她一口都喝下去了，大概喝多了，倒在炕上又是流淚又是撒嬌：「你們倆也有一天會像我爹媽一樣丟下我不管的，肯定會的！等你們都不在了，我就一個人天南海北地去流浪，死在哪裡算哪裡，好不好？」

她奶奶叼著煙拍著她的腦袋說：「我陪你一起去，我們去那遙遠的地方，半個月亮爬上來。」一根煙還沒抽完就醉倒在范聽寒的駝背上。范雲岡在炕上打著滾叫道：「爺爺快給我讀《紅樓夢》，就讀黛玉和湘雲在凹晶館賞月那段，我最喜歡那段。」『二人遂在兩個湘妃竹墩上坐下。只見天上一輪皓月，池中一個月影，上下交輝，如置身於晶宮鮫室之內。』」

范聽寒弓腰坐著，只是慈祥地看著炕上老少兩個醉鬼笑。過了午夜十二點，窗外鞭炮驟響，大雪初歇，燈籠如血，形狀各異的煙花爭相躥到夜空中把午夜照得亮如白晝。炕上一老一少已經睡得東倒西歪，范聽寒披上衣服，駝著背，踏雪走到院子裡放了一串鞭炮。然後又走到門口，借著飛起來的煙花看著院門口的那條路，路上蓋著一層厚厚的原封不動的大雪，上面沒有一個曾走到家門口的腳印。

范雲岡在家賦閑了近一年之後，還是范聽寒捨下臉皮去求了些熟人，最終把她安排到鳳城鎮小學當了個語文老師。

上班以後有人勸她參加個成人高考，好歹混個文憑，畢竟中師文憑是個正在被淘汰的文憑，估計很快就要淪為古董。她嗤之以鼻，好像對自己即將淪為古董這件事毫不驚怯。她上課並不認真，總是有些失魂落魄，有一次一隻腳上穿著一隻黑色皮鞋，另一隻腳上穿一隻白色坡跟鞋就去教室上課了。上課中間覺得有些納悶，怎麼有幾個小孩不看黑板只顧偷偷地往她腳上看，她自己低頭一看，看到一黑一白兩隻鞋正像兔子一樣伏在她腳上咧嘴笑著。然而，她假裝什麼都沒看到，硬是淡定地把一堂課講完了，又等學生走光了，她才踢著黑白兩隻「兔子」走出教室溜回了宿舍。

還有一次是上課中間，老覺得最後排的幾個高個子男生盯著她的胸在看，她心裡嘀咕，莫不是這些高個子的男生發育得快，已經萌生春情了？她反倒不好意思起來，想把胸盡量藏起來，不料偷偷往自己胸前一看，才發現是早晨出門時沒照鏡子，胸前的鈕扣都扣錯了。

范雲岡在鎮上小學教了一年多的時候，范聽寒在落雪堂聽到了關於孫女的謠言，說她和鎮上的一個黑社會老大好上並同居了。范聽寒一大早給自己擦了澡，穿戴整齊，拎著一只二十多年前的人造革黑皮包，坐著一路上哇哇唱兒歌的公交車去鎮上找孫女。他像隻老龜一樣，背著大龜殼，慢慢地從公交車站挪到了鎮上小學，又和門衛解釋了半天他是來看孫女的。門衛一聽找的是范雲岡，嘴角輕輕一抿，似笑非笑，讓他進去了。

他找到單身宿舍的時候，范雲岡正拿著手機在屋裡和人罵架，大約電話裡的也是個女人，因為他聽到范雲岡罵了幾句忽然就把怒氣剎住了，換了一種嬌媚的濕答答的腔調，像蛇一樣軟軟地、瘆人地對著電話裡說：「不用急，你還沒見過我和他在床上的樣子呢。」

范聽寒扭頭就走，又像隻老龜一樣慢慢挪回到公交車站，一口飯沒吃，一滴水沒喝，坐著唱兒歌的公交車顛顛地回到了落雪堂。連著好幾個星期范雲岡都沒有回家，而他直到死前也再沒有去過一趟鎮上。大約又過了半年時間，范雲岡忽然回家來了，臉色灰黃，頭髮都不梳，只隨便在腦後綰了一只「大丸子」。她變得越發不喜歡說話，只喜歡在那些人少的角落裡隨便把自己發酵成一團，沒有形狀，可是旁人還是遠遠就能嗅到她身上散發出來的牙齒般的氣息，酸涼堅硬，讓人不得安寧。

又過了幾天，范聽寒才聽村裡有人告訴他，那鎮上的黑社會老大前幾天忽然暴屍街頭，是在驅趕幾個外地來的毒販時被對方拿刀砍死的。對方拿著劈柴的砍刀，一刀砍在他胸前，劃了個大口子，血噴出幾尺遠；又一刀砍在他臉上，腦袋頓時飛出去半個，連著頭髮落在路邊一個老頭的南瓜攤上。

我正想著她說話的口氣聽起來既驕傲又天真，一副見過世面又未老先衰的樣子，卻接著又聽見她說：「我看我爸只有兩種可能，要麼他自己犯了什麼罪，怕被抓起來，不敢回家，只能隱姓埋名躲起來，不讓人知道他在哪裡。要麼就是他已經死了，被別人害死的可能性更大。」

聽見她最後那句話，我的手一抖，一截煙灰齊齊掉到了褲子上。這時只聽范聽寒說：「小孩子家不要亂說話。」我撣掉煙灰忙接話道：「這就是范雲岡吧，聽范老師說起過。」只聽范聽寒嘆氣道：「不是她是誰。」

這時范雲岡抬起眼睛直直看了我一眼。一雙眼睛黑白分明，目光倨傲冰涼，裡面還漂蕩著一縷水草般模糊的東西。我忽然覺得一陣熟悉，再一想，當年在范柳亭臉上也見過這種眼神。我不知道她為什麼會喜歡上那個比她大十幾歲的黑社會老大，只是隱約覺得應該與她無父無母有關。我心裡一陣感慨，一時竟說不出一句話來。這時只聽見她對我說道：「你就是那個老來我家借書的人吧，老聽我爺爺說起你。我爺爺說你每次來借書都打著領帶，還真是。」

我心裡對她有些憐憫，卻也只是對她點點頭，說：「習慣了，對別人也是一種尊重。」

她像凶猛的鳥類一樣一眼又一眼地上下打量著我，忽然問：「你真喜歡看書？」

我說：「打發時間而已，我不喜歡看電視，電視劇我都看不進去，看半天也不知道什麼意思。」

她慢慢晃到了我面前，目光有些挑釁。我不再看她，低下頭去點煙，只聽她又問：「喜歡看書，你為什麼不去書店裡買書，倒總喜歡跑到我家來借書看呢？」

我吐了個煙圈笑道：「為省錢唄，借書看一年也能省下不少錢。書店裡的書賣得死貴，我哪有那麼多閑錢買書。」

她並沒有撤退的意思，還在我眼角的餘光裡頑固地晃動著：「聽我爺爺說你開了家飯店，生意好嗎？」

我淡淡地說：「小本生意，勉強糊口，掙不了幾個錢的。當老師多好，旱澇保收，還有寒暑兩個假期，我羡慕你都來不及。」

她的目光還像刺一樣釘在我臉上，她又問了一句：「你是不是還經常上西山？我吃過你帶來的木耳，都是山裡的吧。」

我說：「偶爾上山採點蘑菇、木耳，飯店裡做菜要用嘛，順便捎給范老師一點，總不能白看人的書。」

說完我看了看天色，做出想走的樣子。她卻像隻小狗一樣，緊咬著褲腿追著跑：「西山上好玩嗎？我從來沒去過，哪天你能不能帶我上去看看？」

我笑著說：「好啊，隨時都可以。」

說罷我再次看看天色，然後站起來說：「范老師，我還有點事情要辦，得先走了。我能再問你借幾本書嗎？下次來了還你。」

那次從范家出來之後，我沒有直接回鉛礦，而是順著河水穿過山林又到了那片無名湖邊。我在湖邊呆坐了好一會兒之後，起身脫掉了衣服。西邊開始下沉的夕陽在湖面上鋪下了一層碎金，扔進去一塊小石子都能看到金色的湖面被犁開了一圈又一圈。仔細看看周圍，確實不見別的人影，我便緩緩潛入湖中。

我像上次一樣游到湖底，找到那塊大石頭，因為黃昏的緣故，湖底看起來更加昏暗陰森，長長的水草幾乎要纏住我的手腳，把我永遠留在湖底，那些游在湖底的魚看起來似乎更加肥大猙獰了。我還是就著夕陽最後的光線看到了壓在石頭下面的那具白骨。它還在那裡，還是那個姿勢，好像已經在這裡一千年了，看起來一點都沒被動過。看起來這世界上根本沒有第二個人會找到它。

我游上岸時，鐵青的暮色已經籠罩四野，周圍的密林黑壓壓地朝著這湖圍攏過來。我感覺自己正在一口井的井底，抬頭看到遙遠的夜空裡亮著那麼幾點稀薄的星光，沒有月亮。

我回到鉛礦的宿舍，點起一支蠟燭，喝了兩口酒，一邊隨手翻著一本剛問范聽寒借的《南北朝詩文》，一邊在腦子裡反覆想著今天范雲岡說的那些話。難道她已經覺察到了什麼？她為什麼提出要跟著我上山？也或許，她真的只是覺得山上好玩？

為保險起見，以後真的不能再去范家了。

我合上書本，盯著跳動的燭光發呆。燭光昏暗，把我和幾件家具的影子都拉長、拉虛，看上去滿屋子都是影影綽綽的人，都在暗處悄無聲息地看著我。夜已深，窗外山風呼嘯，我走過去把窗戶關上，把燈花挑了挑，使燭光更明亮了些。我又想起了今天范聽寒說過的那句話，有時候只要有道縫隙，人就活下來了。不錯，總有些人是在這樣的縫隙裡求生的，范聽寒能活下來，或許我也能。他希望范柳亭也如此吧。

我呆坐了一會兒，又喝了幾口酒，身上熱起來，心裡卻仍不寧靜。忽然，那本《南北朝詩文》裡掉出一張紙來，我撿起來一看，上面用鋼筆抄了一首詩，詩的開頭寫著「父親」二字。「明月何皎皎，照我羅床幃。憂愁不能寐，攬衣起徘徊。客行雖云樂，不如早旋歸。出戶獨彷徨，愁思當告誰。引領還入房，淚下沾裳衣。」然後在詩的結尾處，我看到：「以詩一慰思念之情，先此馳稟，敬叩福安。兒范柳亭叩稟，二〇〇二年八月十五夜。」

我悚然一驚，差點把手中的書扔掉。因為，早在一九九九年，范柳亭就已經離開人世了。燭光再次昏暗下去，屋子裡明明滅滅地多出了很多影子，都在牆上、在角落裡無聲地站著，看著我。

九

我拎著一瓶酒、一碗餃子和一籃果子獨自在寂靜的山林裡穿行，我要去看我的父親。

大約在山路上走了半小時，我停下了，前方林間稍微稀疏的地方出現了兩座墳墓，一座是我父親的，旁邊那座是我母親的。今天是我父親的忌日。當年他在得病之後為了能讓我盡快頂班，連病都不肯治，也不肯去醫院，只求速死。只是，他已經無法知道，現在的鉛礦已經是一片廢墟，這廢墟裡如今只住著我一個人。我把餃子和四色果子擺在他墳前，又在墳前倒了三盅酒，點了一支煙給他插在墳頭。

我在墳前的草叢中躺了下來，陽光從樹枝的縫隙裡篩落下來，雨點一般灑在草叢上和我身上、臉上。在這山裡，我知道在每一棵香椿樹的旁邊都陪伴著一棵臭椿樹，知道有一種叫沙和尚的鳥會吐人言，知道各種草藥的名字，知道榛蘑和猴頭菇長在哪裡。我想起父親去世前的那個白天，他忽然有了些精神，把我叫到床前對我說：「人在這山裡就算沒有一分錢也餓不死的，你哪天要是走投無路了，就回到這山裡來。」

當天夜裡他就在昏睡中走了，再沒有和我說過一句話。

現在想想，難道他當時就有某種預感？或者，他只是明白了這山林的牢靠與人世的無常？我靜靜地躺在他身邊，還有一旁的母親。我們一家三口相對無言，像極了多年前那個夏日的午後，在鉛礦的宿舍裡，父親躺在涼席上閉著眼睛搖著蒲扇，母親在縫紉機前為我趕製一件襯衫，我坐在桌前正翻著一本從圖書館借來的《包法利夫人》。宿舍前紫藤的花香從青色的竹簾裡鑽進來，飄得滿屋裡都是，如苔侵石井。那個寂寥的午後，我們彼此之間沒有說一句話，現在我卻忽然明白，那其實便是世上最堅固恆久的時光了。

此刻的父親再不會和我說一句話，而我果真如他多年前的預言，終是有一天回到了這寂靜的山林。

那是一九八七年，父親去世後，我頂替他成了鉛礦上的一名正式工。我第一次穿上鉛礦的工作服站在鏡子前看自己的時候，覺得鏡子裡的人完全是從父親身上複製下來的，甚至因為父親屍骨未寒，我從這鏡子裡的人身上似乎還能聞到血腥味。而除了複製，我別無他路。在鉛礦，我一開始做的是採礦工，每天下井採礦石，要在井下齊膝深的水裡推礦車，每天十六七趟。

幹了半年之後，因為受寒腿疼，改做了風鑽工，做了風鑽工之後才知道為什麼沒有人願意做風鑽工。因為每天拿著大功率電鑽鑽礦石的時候，整個人都會跟著電鑽一起震動，然後在工作的時候不知不覺就會射精出來，一天好幾次，自己根本無法控制。反覆如此，沒過一段時間人的身體就垮了，渾身無力，狀如肺癆。我只好又改做了爐前工，終日在高爐前守著高溫煉矽。

當時鉛礦的領導可能已經開始意識到礦產資源會枯竭的問題，所以也做了一些防備工作，但到了一九九二年的時候，終於還是因為礦產資源徹底枯竭，鉛礦宣布倒閉。這鉛礦上的一切——車間、學校、醫療室、圖書館等，都跟著結束了自己的使命。我的母親就是在這一年去世的。

我把她葬在了父親身邊。

母親下葬那一日，山林極其靜美肅穆，濾掉了人世間所有的悲喜，恍如另一個遙遠星球的表面，在那裡，一個腳印可以保留上百萬年，而每粒微塵皆可盡享永年。那一日我坐在父母墳前久久看著他們，就像看著兩個嬰兒，我想著他們在地下如植物種子般幽暗生長，或許他們會長出這地面，長成兩棵樹，也或許會永遠如種子塵封在地下的世界裡。我忽然覺得這一切都不重要，因為我們的團聚是必然的。到時候我的新墳就陪伴在他們身邊，看上去就像是一個大人領著兩個滿臉皺紋的老小孩在山林裡玩耍。

鉛礦倒閉後領導要賣機器設備，便把我留下做一些善後工作。那個白天，因為機器價格，我和那群來買機器的人爭執了一番，晚上，我正一個人在宿舍裡睡覺，門忽然被踢開，擁進一群黑影，拿著鐵棒就使勁敲我的腿，把我右腿敲骨折了方才離去。在醫院接右腿的時候，醫生說這右腿肯定是要殘疾的，就算恢復得好，也會比左腿稍短一截，變成個跛子。

石膏拆掉後，右腿果然比左腿短了兩厘米。在練習走路的那段時間，每天起床後我都要有一個漫長的梳洗穿衣的儀式，穿上襯衣打上領帶，再套上西服，頭髮三七分開，打上摩絲，穿上黑色的三接頭皮鞋。越是困頓，我便越是隆重。我扶著牆練習走路，昂首挺胸地邁出一步，再邁出一步，白天晚上我都一遍一遍地告訴自己，我不會就這樣垮掉的，我絕不可能成為一個跛子。

半年之後，我走路時已經沒有人能看出我一條腿長一條腿短，連我自己也不再相信我的右腿比左腿短了兩厘米。這使我在以後的很長一段時間裡都相信，也許就連人的相貌也是跟著人的心在生長的。

十

范聽寒家門口的柳樹已是濃蔭匝地，被包裹在一片柳蔭裡的院子看起來也不再那麼真實，像是用水墨幻化出來的一幅卷軸。

我忽然有些明白他為什麼要種這片柳樹了。

門是半掩著的，推門進去，門洞裡空蕩蕩的，我親手做的那把椅子也是伶仃的，好像久久沒有人坐過的樣子。穿過門洞，一院寂寂的花樹，卻並不見人影。我正站在那裡疑惑，忽聽見屋裡有人在咳嗽，便走到竹簾下，隔著竹簾問了一句：「范老師在家嗎？」裡面有人回應道：「在，進來吧。」我挑起竹簾進了屋，這是我第一次走進他的屋裡。

屋裡有一種墨汁的寒香和老年人身上的葷腥混合在一起後的奇怪味道，滯重、遙遠，像黃昏裡開始生鏽的金屬，又像月光下緩緩朽壞的竹簾。屋裡有幾件簡單的木製家具，書架上密密麻麻的全是書，牆上掛著幾幅他寫的書法，白紙黑字，有一種鐫刻在古老石碑上的肅穆。然後我看到了范聽寒，他披著件夾衣歪在炕上，看起來出奇地枯瘦，顯得那個駝背越發巨大而堅不可摧，好像他整個人都不過是寄生在這駝背上的一株植物。我走過去，彎下腰說：「范老師，你這是怎麼了，怎麼大夏天就穿上夾衣了？」

他指指地上的椅子讓我坐，嘴裡說：「病了有段時間了，還沒全好，身上老是覺得冷。你可有陣子沒來啦，我以為你不會再來了。」

我坐下，從包裡掏出那幾本上次借的書放在桌上，又掏出一包黨參。我說：「怎麼會呢，我還借著你的書，怎麼能不還回來？最近的事情多，有點忙。這包黨參你留著泡酒喝吧，人參吃了會上火，但黨參不會。」

他盯著那包黨參微微動了一下，看得出他整個人都被背上那隻龜殼扣押著，動彈不得。他說：「這黨參也是你從山裡挖的吧？」

我只點點頭，不想多說什麼。看來這座山在我身上留的痕跡太重了，躲都躲不及。

他說：「你給我倒杯水吧，范雲岡今天早晨回去上課了，明天才能回來。」

我連忙起身找到暖壺，裡面是空的，於是我又捅開爐子燒了一壺水，倒了一杯遞到他手中。我看到他的手指甲已經很長了，開始向裡捲曲，像是某一種獸類的指甲。我忽然明白，他其實正與人的世界漸行漸遠。我心裡一陣難受，呆坐了一會兒，終於開口道：「范老師，我給你剪一下手指甲吧，指甲長了不方便。」他沉默了一會兒，終於還是點點頭，說：「剪刀在中間那個抽屜裡，我用不慣指甲刀，就用剪刀吧。」

我用了很大的力氣才撈起那隻蒼老的手，上面布滿褐色的老年斑，青色的血管散發著植物根莖腐敗的氣息，老化的指甲則變成了一種堅固的貝類。我剪下去，手卻一滑，差點剪到他的指頭。一定是因為我們其中的一個人太緊張了，我以為那個人是我，後來才發現那個人其實是他。因為在後來剪指甲的過程中，他的那隻手一直在微微發抖，而我的手也越發笨拙，只勉強剪了兩片指甲便停了下來。

我裝作不在意地放回剪刀，心裡卻沉沉的，我一時不明白他為什麼會忽然如此緊張，而這種緊張顯然壓迫著我。上次來過之後我已經決定不再來看他，可後來我發現不行，我還是必須再來看看他。

這時候我才發現身上已出了一層汗，和襯衣黏在了一起。我鬆了鬆領口，並沒有試圖要解開領帶。他在炕上看著我說：「你一年四季都穿襯衣打領帶啊？」

我說：「習慣了。」

他說：「在這鄉下，別人看你這麼穿都覺得有點彆扭吧？」

我又說了一句：「習慣了就好。」

從竹簾裡透進來的陽光已經開始西斜，桌上的一只老式「三五」座鐘的秒針咔嗒咔嗒地貼著我們走過去，腳步幽深古老，自有一種莊嚴感。我坐在那裡聽著這時間的腳步，忽然就有了一種很深的沒有指向的無力感，在這些年裡，這種無力感時不時就會發作出來。我下意識地摸出一支煙來，想了想又放回去了。

這時只聽歪在炕上的范聽寒咳嗽了幾聲，又說：「其實我早想對你說，要是就為了來借書，你不用穿得這麼隆重的。」

我也有些急了，忙說：「不是為借書，平時我一個人的時候也是這麼穿的，就連在山上給兔子割草我都這樣穿。」

炕上的人忽然就不說話了，屋裡的空氣驟然黏稠緊張起來，連呼吸都有些不暢。我說：「范老師，我先出去抽根煙，沒辦法，煙癮犯了。」

說罷我走到院子裡點了一支煙，狠狠抽了兩口。落日熔金，西邊的群山上烈烈燃燒著一大片金紅色的晚霞，浸泡在晚霞裡的村莊祥和而詭異。院子裡的門大開著，我盯著那扇門出神地看了幾分鐘，坐下來繼續抽煙。

我悄悄打量自己身上的襯衣和領帶，其實我早有預感，我身上的這些衣服遲早會出賣我的。

可是就算如此，就算到了現在，我仍然不願脫下它們，脫下它們我怕自己只會加速質變、消失，到最後連自己都不再能辨認出自己。

院子裡添了些野氣的波斯菊，菜園子裡的黃瓜像青蛇一樣吊了很多，茄子閃著紫色的光，南瓜藤上盤了一只金黃的大南瓜。俯仰四季而動，也許還能獲得一點心安。我的眼睛濕潤了一下，我明白，他想要的，其實不過就是這一點心安。

我走到那口水缸邊，往裡看了一眼，裡面的兩尾鯉魚又大了一圈，正笨拙地在缸底嬉戲玩耍。我看著那兩尾魚，身體裡面一陣不舒服，想要嘔吐，連忙往後退了幾步。這時候屋子裡又傳出幾聲咳嗽。

我回到屋裡對炕上的范聽寒說：「范老師，范雲岡不在，今天我給你做晚飯吧，你想吃什麼？」

他縮在自己的龜殼裡說：「不用，不用，你忙你的去吧。」

我說：「今天我不忙，你想吃稀的嗎？要不我給你煮點小米粥，燒個茄子？」

半晌他才說：「你要是真不忙，就給我做點手擀麵吧。」

我來到廚房燒水擀麵，故意把麵擀得很硬，因為聽他說過，必須吃到這鋼絲一樣的麵條才算是吃過飯了。擀麵的時候，我想到他頓頓必吃手擀麵，連生病時都不例外，恐怕是不敢例外，不由得一陣心酸。我盯著那燒紅的爐子出了會兒神，水燒開了，把麵下鍋，出鍋，澆上茄子西紅柿滷，拌上黃瓜絲，給他端進屋裡。

果然，他只吃了兩口就實在難以下嚥了，卻還是掙扎著又添了一口下去。我給他舀了一碗麵湯，說：「不想吃就不要吃了，吃了反倒難受。」他捧著湯碗對我說：「謝謝你。」我坐在對面看著他像個嬰孩一樣小口小口地喝湯，心裡忽然有什麼東西洶湧而過，脫口就說出一句：「范老師，范柳亭要是一直不回來，我會一直照顧你。」

他突然就沉默下去，連湯也不喝了。我自知又失言，暗暗悔恨。相對沉默半天，他終於說了一句：「老是麻煩你，你也快去吃一碗麵吧。」我說：「我中午吃多了，還不餓。」他的聲音似有些不滿：「你從來不在我家吃飯，是怕什麼？」

我看不清他的臉，只能感覺到他的目光正游動在我的臉上。我坐在一團透明的黑暗中，想起了當年范柳亭的目光落在我臉上的感覺，卻反而心平氣和地說：「我不太喜歡給別人添麻煩。」

過了好一會兒，他才慢慢說：「如果你只是來借書，是不需要為我做這麼多的，我喜歡愛看書的人。」

我努力驅趕那些翻湧上來的陳年的委屈，笑道：「不能白看人家的書。」

他若有所思，說：「你和當地人確實不太一樣。」

我說：「我記得以前就和你說過的，我小時候是在海邊長大的，大概八歲吧，我父母調動工作，我就跟著過來了。」

他的聲音忽隱忽現：「我沒見過海……給我講講海邊吧。」

我看著窗外的夜色說：「小時候我常在海邊撿貝殼、撿螃蟹什麼的，海邊每天有漁船出海打魚，你在海邊的小飯店裡能吃到很新鮮的牡蠣、蟶子、海瓜子。吃魚的話就架一口大鐵鍋，把剛撈上來的魚蝦剁成塊，魚嘴還在動呢就扔進鍋裡焯一下，鮮得很。如果燉魚的話，把玉米麵餅子貼在鐵鍋上，燜一會兒，魚好了，餅也熟了。」

他的聲音更加隱幽：「海邊長大的，那你游泳一定好吧？」

我盯著窗外的夜色微微一愣，說：「馬馬虎虎吧。」

他的聲音好像一隻手一樣在黑暗中神祕地尋找著什麼。他說：「不知怎麼，我最近老在想那西山，那山上到底有什麼？我們這一帶雨水稀缺，但那山上能有那麼密的原始森林，真是有點奇怪，會不會是因為山上根本不缺水呢？你說，那深山裡會不會藏著一條大河或大湖什麼的，只是沒上去過的人根本不知道那山上到底有什麼。」

我在黑暗中聽到自己的心臟嗵嗵一陣劇烈地狂跳，疑心是不是連范聽寒也聽到了這可怕的心跳聲，然而我的嘴角只是微微笑了一下，用過於輕鬆的聲音說：「那誰知道呢，反正我上去採木耳是從來沒見過，要是有人看見了大河大湖，那還不都上山撈魚去了？只聽過有人上山打獵，沒聽過有人上山撈魚的，是不是？」

我乾笑了一聲，笑完覺得不妥，於是又補充道：「山裡怎麼可能有大河大湖呢？山裡是長樹的地方，只有森林，對了，還有野獸。」

他的聲音還倔強頑固地立在我面前：「你上山採木耳的時候，除了野雞，就真的沒有見過別的，比如會吃人的野獸？」

我說：「還見過鑽山鼠，山裡的老鼠個頭真大，比貓還大，我覺得牠們能把貓都吃下去。可能野獸們都是晚上才出來吧，晚上誰還敢上山？那不是把自己往麻虎嘴裡送嗎？」最末一句話，我故意把狼叫成了麻虎，似乎這樣多少能證明我並不是一個完完全全的外地人。

他的聲音終於肯委頓下去一點了，他說：「是從沒聽人說起過。」

這時候我故意開了一個玩笑，我說：「范老師，你到處找湖做什麼？是不是想吃魚了？改天我給你帶一條大魚過來。」說完眼前又出現了無名湖底的那些大魚，不禁胃裡一陣翻滾。

他像是立刻嗅到了什麼，問了一句：「你怎麼了？」

我說：「胃疼，可能是餓的。」

他嗔怪道：「讓你吃飯你死活就不吃，現成的飯吃一碗怕什麼呢？」

我想了想，說：「鍋裡還剩點麵條，那我就吃了，要不放到明天也不好吃了。天黑了，屋裡的燈要給你打開嗎？」

他說：「不用開燈，招蚊子，你快去吃吧。」

我起身立在黑暗中忽然說了一句：「范老師，我覺得你住在落雪堂也挺好，沒有什麼甘心不甘心的。」

他沒有吭聲。

我挑起竹簾出了屋子，來到廚房端了一碗麵，就蹲在廚房前面的臺階上哧溜哧溜幾口倒進了肚子裡。我蹲的這個位置正好就在正屋對面，中間隔了幾道影影綽綽的花影，我知道躺在炕上的范聽寒隔著竹簾便能看清我的一舉一動。我大口吃完麵，喝了麵湯，又進廚房刷碗，動作幅度都略有些誇張，似乎我正站在曠野中燈火昏暗的古戲臺上演一齣不為人知的戲，而下面坐在陰影中的范聽寒是我唯一的觀眾。

我刷了鍋擦乾了灶臺，走出廚房，在院子裡點了一支煙，邊抽煙邊在花影中徘徊，做出賞花狀。我發現，只要是離開鉛礦的夜晚，我就會變得緊張煩躁，甚至連燈光都無法適應。

我開始想念深山裡的燭光，燭光之外是廢墟，廢墟之外是群山，群山之外是人世間，那燭光似乎就是這個世界的心臟。

院門仍然洞開著，我隨時可以離開。可是一支煙抽完之後，我做出了決定，我在范聽寒的目光注視下挑起竹簾進了屋，說：「范老師，你一個人連口水都喝不上，范雲岡不是明天回來嗎，今晚我留下來陪你吧。」

炕上的那團影子一動不動，我都疑心他是不是已經睡著了，忽又聽他在黑暗中低聲說：「你還是回家吧，省得你老婆不放心。」

我走到他平時看書的一把竹躺椅旁躺了上去，說：「沒事，我出來前就和他們說過，要是天太晚了，我就不回去了。」

他卻說：「裡屋就有電話，還是給你家裡打一個吧。」

我後悔剛才做出要留下的決定，有時候我像個透明的魂魄一樣，明明看到了自己正在做什麼、正要做什麼，卻無力阻止。有時候我又覺得我身上所有的苦行都不過是為了讓那個魂魄安寧。

如果此時站起來要走又實在唐突，我只好說：「沒事的，你放心吧，我又不是頭一次晚上不回家。」

他不再堅持。

我們兩個在夜色中平行躺著，如風平浪靜的海面上遠遠漂來兩隻小船，月亮從雲層後面爬出來，海面上鋪滿碎金碎銀，海天一色。我在半睡半醒之間又想起范聽寒抄給我的那首詩：「不知江月待何人，但見長江送流水。」這詩竟像是從波光粼粼的海面上一路漂過來才漂到了我面前。我閉上了眼睛。

我以為這個夜晚就要這樣過去了，卻忽聽見炕上的人又開口道：「我總感覺你不像是有家人的人。」

我一驚，睡意全無。半晌，我聽見自己乾巴巴地笑了一聲：「范老師，你這話就奇怪了，我有老婆有孩子還有爹媽，一家人都生活在一起，我老婆和我媽還成天鬧矛盾，這婆媳關係啊，怕是在哪家都是個難題，可是你說還能怎樣？難不成一輩子不娶老婆就打光棍？無兒無女的，成天獨來獨往的，又有什麼意思？」

他沒有言語，咳嗽了幾聲，我連忙起來給他倒水。他喝了兩口，隱入了黑暗中。沉默了片刻，他又道：「我早就想問你一句話了，你是不是和范柳亭認識，起碼見過他？」

我越發認識到這個晚上留下來的錯誤，與此同時，卻又有一種被懲罰之後的奇異快感。這懲罰遲早都是要來的。窗外一陣晚風拂過，樹影和花影匍匐在窗戶上，窺視著屋裡的兩個人。

我沒有再猶豫，很乾脆地回答了一句：「不認識。」兩個人又沉默了一會兒，我主動打破沉默：「范老師，給我講講你兒子吧，老聽你說起，但從來沒有見過他這個人。」

他嘆息道：「唉，他這個人啊，沒什麼好說的。我原來就和你說過的，他因為教不了書就去做生意了，我也攔不住，就隨他折騰去。開始的時候還賺了些錢，這院子就是他當年剛有錢的時候蓋的，一定要蓋個村裡最大的院子，說這是對我和他媽早年在村裡窩房簷的補償。後來生意大約就越來越不好做了，時好時壞，他也從不和我說真話，我都不知道他每天在外面到底忙些什麼，賠了錢也不會告訴我，從哪裡弄錢我也不知道。後來那次，他只說要出去談生意，可出去了就再沒有回來，活不見人，死不見屍。要是能找到他的屍體，我倒也死心了。我已經老了，可是你看他那閨女，誰也管不了。別看她咋咋呼呼，從小就沒了媽的孩子，根本沒有安全感。」

我也嘆了一口氣：「他要是真在外面被人害了，估計那凶手也逃不了。可是你說好端端的，人家為什麼要害他呢？」

他沒有言語，半天才說：「誰知道他在外面幹了什麼事。」

我聽到自己的聲音裡忽然略帶嘲諷，我說：「范柳亭不是很愛看書的嗎？我記得你說過他是很愛看書的。」

他回道：「年輕時候是愛看書，可是看那麼多書有什麼用呢？」

我忽然就失態起來，噌地從躺椅上坐起，聲音陡然變高變粗：「怎麼沒用呢？愛看書的人起碼變不成壞人，起碼不會為了錢去坑蒙拐騙。」

我們之間嘩的一下就安靜了。

大概已是半夜時分了，沁涼的夜色像水一樣淹沒了整間屋子，我恍惚又來到了幽暗的湖底，到處是女人頭髮一般的水草和毛茸茸的青苔，我和范聽寒在這幽暗的湖底對視著。終於，我小心翼翼卻又萬分疲憊地問了一句：「范老師，如果范柳亭真的不會回來了，你會怎麼樣？」

他沉默了很久很久，我才聽到他用一個真正的老人的聲音對我，或者是對黑暗中的另一個影子說了一句：「那也是他的命。」

我幾乎淚下。我在黑暗中閉上眼睛，假裝睡著了。

十一

幾天來，我每天都在山裡轉悠，終於捕到了兩隻野雞，還用夾子夾到一隻獾，順便採到了些榛蘑。我把去年收的莜麥磨成莜麵，做成莜麵魚，準備和土豆片放在一起蒸一大鍋。又把那隻獾剝了毛皮，把肉切成塊，先用獾油炸一遍，再放上茴香、大料、肉桂、草果、芫荽籽，最後倒進去一瓶紅腐乳，在泥爐上用小火燉了整整半天，做成醬梅肉。次日又把兩隻野雞殺了，和榛蘑燉了一大鍋。

準備就緒之後已經是農曆七月十四這天。林中短暫的黃昏之後，天色漸漸暗了下來，岔口飯店很快被黑黢黢的密林吞沒。我坐在小飯店裡，一邊抽煙一邊等著客人們到來。

今晚要來三個客人，孫口心、文剛、劉國棟。平日裡我們彼此之間沒有任何聯繫，互相杳無音信，但幾年前我們就曾約好，每年的農曆七月十四見一面。近三年來我們四個人的見面地點就定在了入夜之後的岔口飯店。

這三個人是我當年在太鋼工作時關係最好的幾個工友，一九九八年我們四人是同一撥下崗的。

一九九二年年底，我的腿傷痊瘉之後不久，鉛礦就把我們這些失業的礦工統一調到了太鋼，當時還沒有出現下崗這個說法。我從八歲來到鉛礦，到二十九歲離開，在這深山裡已經待了二十一年，我的父親母親都葬在了這大山裡。太鋼則地處平原，周邊是一片荒蕪的曠野，只在廠區院子裡種了幾排大白楊。廠裡到處是巨大的機器，轟鳴的鋼爐，搖擺的天車，噴著白氣出出進進的小火車。

冬天，一場大雪之後，那些黑色的車間在白雪中愈加刺目蒼涼。大白楊的頂端基本都築著一個或兩個鳥窩，樹葉早已落盡，在冬日陰鬱的天幕下，鐵畫銀鉤的枯枝小心翼翼地托著白雪覆蓋的鳥窩，好像是大樹把自己的心臟掏出來了。偶見一隻大喜鵲離開樹枝，張著黑色的翅膀，露出白色的肚腹，一個俯衝飛到雪地裡覓食。

在太鋼時，我一直想念著那座大山，想念那無邊無際的森林，想念鉛礦裡的工友們。因為在深山裡外出不便，他們倒比外面世界的人安靜很多，閑暇時間不是在看書就是在下棋，心煩了就去山林裡遊走一遭，採蘑菇、採野花，聽一會兒蟲鳴鳥叫。

一九九三年，能在太鋼做工人還是件被很多人羨慕的事。剛進廠的時候，我做的工作是鑄板工，半年之後我做了班長，然後是副鍛長、鍛長。我為太鋼擬出了一套新的交接班制度，一直到一九九八年破產之前，全廠用的都是我這套制度。

進太鋼的第二年，就是我三十歲那年，我和本廠的一個女工認識三個月便匆匆結了婚，兩年之後我們離了婚，沒有生育子女。後來又短暫地談過兩個，都吹了，此後就一直獨身一人。一九九八年五月二日，太鋼宣布了第一批下崗名單。那時候我還叫梁海濤，我、孫口心、文剛、劉國棟都在名單裡。太鋼讓我們買斷工齡，一人兩萬塊錢便捲鋪蓋回家，從此和太鋼再無關係。

下崗之後我折騰過很多事情，在太鋼門口開過錄像廳，不料後來下崗的工人越來越多，來看錄像的人越來越少。後來我又開了家刀削麵麵館，卻因為利潤太薄，也沒掙到幾個錢。冬天的時候我雇大卡車販賣白菜，一斤白菜五分錢，晚上還得睡在冰窖一樣的車廂裡，第二天繼續賣。後來身邊的下崗工人越來越多，隨便什麼小生意，都有人一擁而上搶著去做，彼此之間還惡性競爭。為了搶生意，昔日的工友們彼此在背後謾罵使絆子（耍手段），看對方的攤子上多了一個顧客，便恨得咬牙切齒，一定要賣得比對方更便宜來拉客。對方見他賣便宜了，只好又賣得比他更便宜，以至於賣一樣東西只有幾分錢的利潤。

和我一起下崗的孫口心、文剛、劉國棟三人隔陣子便過來找我喝頓酒，互訴衷腸。我們四人經常坐在麻葉寺巷口狹窄的五元火鍋店裡，一位五元，酒錢另算。正值三九天（冬至後第三個九日），大雪已經下了幾天幾夜，把門都封了，早晨開門的時候還得用力往外推。窗外飄著漫天大雪，火鍋店裡我們四人圍著一張油膩的桌子，桌上的火鍋沸騰著，雪白的蒸氣吞掉了我們四人的面孔，撞到玻璃上之後，頃刻便化作水珠一道一道流下去。

我們吃著火鍋裡的白菜和豆腐，幾乎看不到肉，喝著廉價的散裝白酒，紅著眼睛一遍一遍商量著該去哪裡掙錢。那段時間，我們唯一的話題就是怎麼掙錢。幾乎每次吃完都會有人喝醉，醉了便滑到椅子底下，抱著椅子腿哭。有一次我也喝醉了，吐得衣服上到處都是，我倒不記得自己哭過，但是他們後來告訴我，我那天哭得站都站不起來。我打破頭都想不起來，看來是根本不想讓自己想起來。

就這樣折騰了一年，到一九九九年夏天的時候，忽然有一個一起下崗的太鋼工友要拉我們幾個入夥做生意，說他認識一個企業家，從八十年代就開始做生意，先後開過油廠、鐵廠、鑄造廠，賺了不少錢，而且人家父母都是知識分子，人肯定可靠。現在這人要擴大鑄造廠的規模，需要融資，找人入股，入股後一年分一次紅。又說他這鑄造廠已經開了好幾年了，銷售渠道多得是，絕對是穩賺不賠的生意，急等著擴大規模呢。我們幾個又跟著那工友去他說的那個鑄造廠考察了一番，果然是個中等規模的廠子，有幾十個工人正在車間裡忙乎著。我們又和這個企業家見了一面，瘦長臉，個頭不高，但很會說話，確實像個文化人，印象很好。這次見面之後我們四個人就約好一起入股，同進同出，隨後便各自把從太鋼出來時買斷工齡的兩萬塊錢都投了進去。

兩個月之後，這個企業家忽然就聯繫不上了，他的鑄造廠也忽然像《聊齋》裡現出原形的鬼宅，廠房還在，裡面卻空無一人。

這個企業家叫范柳亭。

窗外夜色已至。

正當七月，玉衡指孟冬，正是促織和鳴蟬聒噪的時節。我靜坐在小飯店裡聆聽著入夜之後大山裡的各種蟲鳴。蟲鳴裡還摻雜著幾聲鳥叫，我能從中分辨出貓頭鷹、烏鴉、布穀和喜鵲的叫聲。我還曾在最幽深的山路上趕過夜路，夜空中沒有月亮也沒有星星，路兩邊的森林已經變成了沒有任何縫隙與光亮的黑森林。

可是我連害怕都感覺不到了。自從在湖底見過那具屍體之後，就算在世上最幽暗的地方走路，我都感覺不到害怕了。

我記得，即使在那最幽深、最黑暗的山路上趕路，我也還是看到了幾點微弱的光亮，很細、很小，在我周圍飛來飛去。那是幾隻螢火蟲。

有人在敲門，我點起一支蠟燭，開了門，是文剛先到了。他進來坐下，我們先抽了一會兒煙，一支煙快抽完了，我才開口問他：「這次是從哪兒過來的？」他說：「二連浩特。」

我想了想，那邊地廣人稀，倒也是一個好去處。我說：「那你老婆孩子怎麼辦？」他說：「都接過去了，小孩就在那邊上學。」

正說話的當兒，孫口心和劉國棟也陸續趕到了。我趴在窗前仔細看著飯店外面還有沒有別人跟過來，觀察了一會兒不見別的人影，便放下窗簾，把門從裡面閂住了。

我把煨在泥爐上的醬梅肉盛在大盆裡上了桌，把燉好的野雞榛蘑也上了桌。然後擺上一大籠屜熱氣騰騰的莜麵魚蒸土豆，配上一碗燉好的西紅柿醬，好蘸著醬吃莜麵。最後把爛在爐灰裡的幾個烤土豆掏出來，像敲蛋殼一樣敲出裂紋，也上了桌。我拿出兩罈三十年的青花瓷汾酒，也是早早為今天的聚會準備下的。

桌子的中間立了一支蠟燭，燭光忽明忽暗，四個人的臉都若隱若現。我們圍桌坐定，一時都不知道該說什麼。飯店之外的世界像一場大寐，我們幾人遺世獨立在這裡。不知為何，坐在這世外的燭光裡，我忽然想到的並不是別的，而是晏幾道的那首〈臨江仙〉裡的最末兩句：「當時明月在，曾照彩雲歸。」

如今我們四個人都分散在不同的地方，也都不再是原來在太鋼上班時的名字。一九九九年電腦還沒有普及，不像現在什麼都上了網，那時候改個名字還是比較容易的，在派出所找個人，偷偷塞兩百塊錢就把名字改了。每年到了農曆七月十四這天，不管各自正在哪裡謀生，我們四個人都會趕到這深山老林裡來喝上一頓酒。

文剛去了二連浩特，孫口心後來去了榆林，在小煤礦裡做礦工，劉國棟則躲到方山和臨縣的交界處種紅棗去了。

我挑了一下燈花，燭光照亮了我們四個人的臉，每張臉上都看不出太多表情。灰白的牆壁上坐著我們幾個人巨大的影子，像神廟裡畫像上的祖先一樣，正從另一個世界裡神祕地看著我們。燭光常年到不了的那些小角落則住滿黑暗，不知道那些角落裡究竟住著多少祕密。

我們閑扯了一番紅棗和土豆的收成，又聊到現在的小煤礦都要不行了，估計很快就會被吞併到那些大煤礦裡，煤老板們一鏟煤出來就收入百十塊錢的日子估計也不多了。幾圈酒喝完，紅棗、土豆、煤礦這些話題也被說了一圈，四個人圍著燭光再次安靜下來。這時候，在這安靜中，文剛忽然怪異地笑了一聲，說：「現在我很快活。」

劉國棟接了一句：「你快活個屁。」

文剛笑嘻嘻地舉起酒杯看著周圍說：「我們幾個還能在一起吃肉喝酒，這不是快活是什麼？」

劉國棟說：「你老娘的三七過了吧。」

文剛拿手裡那杯酒敬了一下屋裡某個黑暗的角落，好像那裡還靜靜坐著一個人。他仍是笑嘻嘻地舉著杯子說：「我老娘死在我前面是好事呢，我高興，我最怕的就是我死在她前頭了。」說完仍是笑，只是越笑眼睛越亮。我把一個烤土豆扔給他，說：「趁熱吃。」

這時忽聽見孫口心壓低聲音說：「海濤，你這做派怎麼多少年都改不了呢，非得穿西裝、打領帶、抹頭油不可？你說你這身打扮，走在人堆裡還怕沒人注意你？」

我低頭不語。

劉國棟接話說：「海濤，你這年齡了還沒個一兒半女，這事也過去七八年了，我看不是很要緊了，要是有合適的人，你還是找個女人生個一兒半女吧。女人不可靠，但兒女總是自己的，不然你以後老了連個依靠都沒有。」

我冷笑一聲道：「我們這樣的人還要什麼依靠。」

四個人一時又沒了言語，像是集體沉到水底下去了。蠟燭已經燃成了一個矮矮的燭頭，垂死的火苗卻忽然肥大起來，撲啦啦地上下跳動著，感覺空氣裡有很多隱形的飛蛾正在橫衝直撞。這時候我忽然聽到一個聲音，小心翼翼地，陌生地，像蛇一樣正探頭探腦。

「海濤，你可……把他藏好了……你也不告訴我們到底藏到了哪裡。」

我獨自飲下一杯酒，說了一句：「你們放心就是。」

但那個聲音還繼續在我們四個人中間緩緩爬行著：「可千萬不能被人找到了，一旦找到了，我們就都完了，你也知道的。」

我手裡仍捏著那只酒杯，朝那三個人的臉上輪流掃了一圈，才慢慢說：「他藏在哪裡，還是我一個人知道的好，這樣，我死了就能直接帶進棺材裡。」

這時候忽然有另一個聲音不知從哪裡斜著刺了進來：「聽人說你去過他家？」

「我去他家借過書。」

「借書比命還重要？」

這時候最後一點燭光倏地熄滅下去了，整個屋子咣噹一聲掉入了黑暗中。我的眼睛在適應了最初那種轟隆隆的黑暗之後，開始能分辨出在我面前立著的三尊黑影了，他們一動不動。我忽然打了個寒顫，想起自己宰野雞、宰蛇的手也是不曾哆嗦過的。畢竟我是坐過三年牢的人，那點血無論對他們還是對我，都真的不算什麼了。

一種奇異而巨大的悲傷忽然襲擊著我，我卻在黑暗中連著笑了幾聲，然後說：「我有點喝多了，我想給你們讀首詩，你們不要笑我。」

我當真在黑暗中昂首讀道：「夢後樓臺高鎖，酒醒簾幕低垂。去年春恨卻來時。落花人獨立，微雨燕雙飛。記得小蘋初見，兩重心字羅衣。琵琶弦上說相思。當時明月在，曾照彩雲歸。」

窗外一輛大卡車的車燈像閃電一樣劈過去了。

吱嘎一聲推開飯店的門走出去，我們都被頭頂的大月亮駭了一跳。馬上就十五了，大雪一樣的月光落滿了無邊無際的山林，腳下銀色的山路看起來纖塵不染，沒有一片樹葉，也沒有一隻飛鳥。整個世界潔淨得像是回到了遠古，在那裡，大地正靜靜等待著必將到來的一切。

十二

這天我剛剛騎著摩托車來到岔口飯店前，就見門上貼著一張白紙，紙上還有字。我心裡一怔，從未有人以這種方式聯繫過我。我連忙放好摩托車，一把扯下這張紙，四顧無人，便迅速開門進去又關上門，這才站到窗前看了起來。紙上只有十幾個字，每個字有兩厘米大：「我爺爺病危，想見你最後一面。范雲岡。」

看到上面的話，我簡直大吃一驚，她居然能找到這裡？她怎麼會知道我在這裡？她居然敢一個人進這樣的深山老林？

我立在窗前一根接一根地抽煙，把那張紙上的每個字都翻過來倒過去地看了幾十遍，竟好像一個字都不認識。抽完的煙頭就往磚牆的縫隙裡一插，過了一會兒一抬頭竟嚇了一跳，前面的牆上長出一大片煙頭，毒蘑菇似的。我又使勁盯著那片煙頭發了一會兒呆。紙上說的話可能是真的，但也可能是她在騙我。他們也許已經報了警，很多人正埋伏在那院子的各個角落裡等著我。我可以假裝沒看到這張紙，甚至，我可以以為自己連日來都沒有來過岔口飯店，我本來就不是固定營業的。

我透過窗戶看著外面蒼莽的山林。

沒有人比我更熟悉這片山林。不可能有人找到我。

我把飯店又關了，騎著摩托車在山路上盤旋著往上爬。車速開到了最高檔，山路兩邊的樹貼著我的耳朵嗖嗖往後疾飛，它們一邊後撤一邊死命把我往前推，我覺得我的加速度越來越快、越來越快，好像馬上就要彈起來飛到另一個闃寂無人的星球上去了。飛出公路，飛進蝴蝶谷，然後是那條崎嶇的土路，就這樣一路狂奔到鉛礦門口方才停住。

我扔下滾燙的摩托車，回到宿舍坐在床上喘氣。外面的世界終於又被我甩在了身後。這時候一低頭忽然又看到了西裝的袖口，那隻已經磨破的袖口。前日立秋了，山中早晚涼意頓生，我又穿上了這件西裝。遙遙想起似乎早在春天的時候就盤算過，應該換掉這件衣服了。沒想到，等到秋後還是把這件衣服穿上了。這個秋天和那個春天沒有任何縫隙地對接上了，也就是說，對我而言，時間正在失效。我低頭愣愣地看著那隻袖口，像看著一道可怕的傷口，我能從裡面聞出一種腐敗的氣味。我打了個寒顫。

然後我一抬頭，正好看到幾本書擺在桌上，是我上次去范聽寒家時問他借的。我隨手打開一本，假裝專心致志地看了半天，卻是一頁沒翻。我眼前出現的一直是他那彎到九十度的駝背，看上去非人非獸。到了下午，我不再掙扎，終於把書合上了，又坐在那裡抽了支煙，最後把幾本書都裝進了包裡。

我騎著摩托車往落雪堂趕去。他家門口那排柳樹依舊，我卻有一種久別經年之感，恍惚覺得已物是人非。穿過陰涼的門洞，又是那熟悉的院子，只見幾個陌生人在院子裡忙乎著什麼。一見有陌生人，我本能地想退避出去，卻忽見海棠樹下橫著一個龐然大物，色彩豔麗又鬼氣森森，再仔細一看，居然是一口棺材。黑漆上描畫著亭臺樓閣，桃紅柳綠，仕女稚童。我一驚，心想，莫不是人已經入棺了？

正在這時，我又看見范雲岡站在屋簷下使勁向我招手，便急急走過去。雖然已立秋了，竹簾還沒有來得及卸下，我挑起竹簾進去，范雲岡並沒有跟進來。屋裡光線幽暗，彌漫著一種秋後才有的蕭索和灰敗。炕上靜靜躺著一個人，一動不動。我心裡一陣害怕，朝外面張望一番，見並沒有人注意我進來，便慢慢走過去，走到炕頭。我看到他側身躺在那裡閉著眼睛。

他越發奇瘦，四肢縮小如嬰孩，只有背上的那「駝峰」如龜殼一般更大、更堅固了，看起來他整個人很快就要縮進那只龜殼裡去了。

我輕輕喚了一聲：「范老師。」

他慢慢睜開了眼睛，全身上下就只有這雙眼睛還能動，他身上的這唯一的活物看上去多少有些瘮人。我不由得後退一步，說：「范老師，我來還書了。」

他目光模糊呆滯，像是眼睛裡有一層障子擋住了他。他忽然聲音發抖：「是范柳亭回來了嗎？」

我呆呆站著，半天才說了一句：「范老師，是我，我來還書了。」

他的眼睛慢慢眨了幾下，好像終於看清我是誰了，這才說了一句：「你來了？不用還了，留個紀念吧。」

這句話忽然讓我很傷感，我把幾本書整整齊齊擺在他面前，說：「借了就得還，要不你下次就不借給我了，等你身體好了，我再來借書。」

他躺在那裡，用混濁的眼睛又看了我好一會兒才慢慢說：「你來了就好，我是想告訴你，其實人這一輩子都說過假話，都騙過人。我本不叫范聽寒，我本名叫范福星，我上面有四個姐姐，我父母老來得子，所以叫我福星。范聽寒是我上師專之後自己改的名字。我也沒有家學，我的父母都是不識字的農民。就是當年在師專當老師的時候，我也只是一個最普通的老師。」

我只覺得被他兩束微弱的目光箍著，動彈不得，又是煩躁又是緊張。我口乾舌燥地說：「范老師，不要亂想。」

他忽然笑了一下，眼睛還想緊緊盯著我，目光卻已經聚不到一個點上了，這使他看起來就像正拼命看著我身後的一個遙遠的地方。只聽他又說：「我說過假話，范柳亭說過假話，你也說過假話。萬物芻狗，所以，誰也不要怪誰。」

我腦子裡轟的一聲，張開嘴又閉上，又張開又閉上，只覺得有千言萬語要說，卻是一個字都沒有說出口。

這時只見他又閉上了眼睛，嘴裡開始發出一些奇怪的破碎的譫語，我輕輕抓著他的手，不停地叫他范老師、范老師。我忽然想把很多話都告訴他，這些話已經藏了太久。然而連他的譫語也漸漸熄滅下去了，我更用力地握著他的手，那隻手正在我手心裡迅速變涼、變硬。

我連忙挑起竹簾叫人，院子裡幫忙的村民們一擁而入，卻見床上的老人已經過去了，便七手八腳地開始給他換老衣。有人和范雲岡商量，說：「范老師這駝背太大，老衣穿不上去，過會兒進了棺材也躺不平，要不要把彎曲的脊椎骨壓斷了？」

我躲出去了。豔麗的棺材躺在海棠樹下，一陣秋風吹過，幾只血滴一樣的海棠果叮叮噹噹落在了棺材上。西山上的天空被夕陽染得鮮紅。

旁邊的花圃裡不知什麼時候已經換成了一片翠菊。

十三

一九九九年九月，梁海濤從這個世界上消失了，取而代之的是郭世杰。

變成郭世杰之後，我先是坐火車躲到福建，在永定開了家刀削麵麵館。一年之後麵館生意漸漸冷清，我又從福建輾轉來到廣州做小生意，那時候的小生意已經遠沒有八十年代好做，做了兩次小生意就把身上僅有的一點錢全部賠光了，只好應聘到一家歌廳做服務生。當時是歌廳生意最紅火的時候，在我做服務生期間，有兩個中年富婆每次去歌廳都提出要包養我。為了躲開這兩個女人，在廣州只待了半年我便又辭職去了珠海，在那裡找了個偏僻的小漁村做了一年漁民。之後又向西輾轉到了貴州、雲南。我在每一個地方都不會待太久，所以我的行李總是少得可憐，不管走到哪裡，行李箱裡只有固定的三套西裝、三件襯衣、兩條領帶，還有幾本書。

一直到二〇〇四年，我終於做出決定，一個人回到鉛礦。

十四

我一個人在大山裡走著。

秋天的山林斑斕而安靜，似乎全世界的寂靜都聚集在這山林裡了。我走到一棵榆樹下的時候，一陣風吹過，滿樹金黃的葉子像場雨一樣落了我一身。我抬頭看著這棵樹的時候，便也看到高天上的雲正變幻著無數種面孔。

我向那山頂爬去。黑龍峰，是方圓幾百里之內的最高峰，我從未上去過，也不知道在那上面究竟能看到什麼。從早晨一直爬到黃昏時分才終於上到山頂，一上山頂我就先被那輪巨大的夕陽擊暈了，它看起來那麼大、那麼近，血淋淋的，似乎只要我一伸手就能搆著它。從這山頂上看下去，整片山林都被染得血紅，有風吹過時便狀如波濤。就在這一片洶湧的波濤中，我卻看到了一塊凹進去的癩疤，我很快明白了，那是鉛礦的位置，也就是我的藏身之處。然後，換了一個角度，我看到血紅的波濤裡居然亮著一面閃光的鏡子。我盯著那鏡子看了很久，終於明白，那鏡子其實就是密林中的無名湖。原來，只要有人能登上這山頂，無名湖便不再是這世上的一個祕密。

我本能地抬頭看了看天空，玫瑰色的晚霞正在迅速消散，取而代之的是正在我頭頂聚集的一大團雄壯的雲堡。雲堡中間開了一處小洞，夕陽最後的光線從裡面射下來，照著我和這片森林，宛如一隻巨大的無所不知的眼睛。

頃刻間，又狂風驟起，雲堡坍塌，一場大雨將至，森林裡有怒濤滾滾而來，那林間的癩疤和鏡子似乎轉瞬間便會被吹得支離破碎，無跡可尋。

這一日，我騎著摩托車下山，又來到落雪堂，來到范家門口。穿過那排柳樹，見門正開著。幽深的門洞裡空無一人，那張小木桌和我做的那把椅子卻還在原處，好像上面還坐著一個隱形的老人。我對著那桌子和椅子默默站了一會兒，然後走進院子裡。

我嚇了一大跳，院子裡一片狼藉。一只箱子在陽光下敞著蓋子，裡面是一堆五顏六色的衣服。房簷下的臺階上橫七豎八地鋪了一地書，都曬著太陽。有幾張寫著毛筆字的條幅也被扔到院子裡，好像正在閑庭信步。各類生活用具零散地扔了一地，彷彿這院子剛剛被洗劫過。我站在院子裡問：「有人嗎？」

竹簾晃了一下，閃出一個人影來。我一看，不是別人，正是范雲岡。如今這整個院子裡就剩她一個人了，她遠遠站在那裡，看起來分外瘦小，竟把這院子襯得空曠了好幾倍。我心裡一陣難過，口氣倒更蠻橫了：「你家這是怎麼了？被強盜打劫了？」

她向我走過來，腦後還是梳著一只蓬亂的「大丸子」，眯著眼打量了我好幾眼，好像這才勉強想起我是誰，說：「是你啊，打領帶的那個。你又是來借書的嗎？你還真敢來。」

這最末一句話讓我對她又有了幾分警惕，但我還是不動聲色地問了一遍：「你家到底怎麼了？」

「這些書都是我爺爺的，你喜歡哪些隨便拿去，反正我都是要送人的。」

我驚詫道：「你爺爺的書你怎麼能送人？他自己保存了那麼多年，還給好多書包上了書皮。」

她聳了聳肩，兩手一攤，說：「我算看透了，他再愛書，死了還不是一本都帶不走。留這麼多東西做什麼？都是累贅，不如早些送了人，還算做了好事。」

我的口氣忽然有點氣急敗壞起來，像個長輩一樣大聲訓斥她：「你爺爺允許你把他的書都送人嗎？」

她挑起一邊嘴角嘲笑我：「你是我家什麼人？」

我自覺失言，便坐下點了支煙猛抽起來。她立在我旁邊說：「喂，給我一根。」我瞪她道：「小姑娘家抽什麼煙，抽煙抽多了連肺都能被熏黑。」她叫道：「那你怎麼還抽啊。」我又抽了兩口才說：「我煙癮大，年齡也大了，戒了就沒什麼樂趣了。」說著遞過去一支煙。她點著了，裝腔作勢地抽了一大口。我估計她的很多動作都是從電視上學的。

她一邊抽煙一邊說：「我要出門了，說不來一走就是幾年，我把工作都辭掉了。一個人守著個十間房的大院子，晚上都覺得瘮人。」

我猛抽了幾口煙，把自己嗆得直咳嗽。我痛心疾首地說：「你爺爺費多大的勁才給你找的這份工作！」

只見她叼著煙在滿地狼藉裡游弋著，說：「我八歲就沒有媽了，跑了，以後再沒看過我。我二十歲的時候我爸失蹤了，生死不明。我二十四歲的時候我奶奶病死了，然後，就剩了我和我爺爺，我知道他也會走的。我在心裡早就做好準備了，我知道他們一個一個都會離開我的，最後只剩下我一個人。所以我早就想好了，只剩下我一個人的時候，我該怎麼辦。我總不能一輩子就在一個饅頭大的小鎮上待著吧。大城市我也不去，累得慌，我可能去西藏、新疆，還可能去內蒙古。你看人家那些少數民族，成天騎著馬在草原上跑來跑去地放羊，喝著酒唱著歌，不用找工作，不用巴結人。死了就拉倒，活人也不用為死人哭，因為人人都要死。每當我想為我爺爺大哭一場的時候，我就想，我也會死的，反正大家都一樣。」

她說得並不傷感，我的眼淚卻差點下來了。默默抽完一支煙，我把眼淚硬憋回去之後才說：「人家是游牧民族，和我們不一樣，那種生活在電視上看看就行了。人最後都是需要安穩的，我年齡比你大好多，你聽我一句，其實在一個小鎮上當個小學老師真的就挺好的。」

她叼著煙看天，不吭聲。

我以為剛才的話起了作用，忙又繼續道：「不要以為自己比別人多看了幾本書就和別人不一樣了。你爺爺還是希望你有份穩定工作，找個好人結婚，再過幾年你就知道了，其實安心比什麼都好。」

她忽然冷笑一聲道：「既然結婚這麼好，你怎麼不去結？」

我心裡一驚，嘴上卻硬撐：「誰說我沒有結婚，我兒子都十幾歲了，個頭比你還高。」

她並不說話，只是嘎嘎大笑。我這才想到，雖然我還是願意把她當成一個孩子，但事實上，她已經二十九歲了。我忽然想到，范聽寒在去世前會不會已經把他所知曉的祕密告訴了他的孫女。

我心裡一動，卻不再有以前那種動輒一身冷汗的激靈。我想到了那天站在黑龍峰上看到的無名湖，它像面小小的鏡子一樣裸露在大地上，反射著血紅色的夕陽。也許，這世界上根本不止我一個人知道它的存在。想到這裡，我反而有了一種莫名的輕鬆。

秋天的陽光烤著我，我微微閉了會兒眼睛，陽光裡飄著翠菊最後的花香。再睜開眼睛時，忽見她抱著兩只酒瓶子站在我面前，她把酒瓶朝我晃晃，說：「你看我爺爺存下的老白汾也帶不走，我不是說嘛，人活一世就是個過客。怎麼樣，中午一起喝點吧？」

她把菜園子裡最後一個茄子和最後兩根黃瓜摘了，把茄子蒸了，拌上蒜泥，又把黃瓜拍了，淋上香油。她說她爺爺在缸裡還養著兩條鯉魚，要不要也燉了下酒，我連忙說我從不吃魚，她便只把茄子和黃瓜端上來，兩只酒杯裡都倒滿酒，然後我們就在門洞裡的小木桌前坐下來對飲。

秋風帶著劍氣從門洞裡鑽過，已經明顯有了涼意。她舉起杯子，我也舉起，我們碰了一下。她說：「以後要是去了新疆、西藏，怕是就喝不到這麼好的酒了。」我說：「去了哪裡都有好酒喝的，就是過了陽關玉門關，照樣有好酒。不管去哪裡，我還是希望你能找個好人，一個人真的太孤單了。」

她挑起一邊嘴角，看著我說：「一個人太孤單了？」

我不再接話。

我們默默地喝了三個來回，我放下杯子，忽然正色問道：「你爺爺去世前，你是怎麼找到岔口飯店的？」

她用一根修長的手指輕輕敲打著桌面，意味深長地看著我說：「因為鎮上去山裡採木耳的人曾經在你那飯店裡吃過飯，你那飯店根本不在鎮上。而且你那飯店裡只做四樣菜，過油肉、醬梅肉、野雞燉山蘑、燴土豆。我沒說錯吧？」

我不語，咬了一大口黃瓜，滿嘴咔嚓咔嚓脆響。她補充了一句：「我早和你說過，一個饅頭大的小鎮能瞞住什麼，鎮東吃肉，鎮西就能聞到。」

我仍不說話，又咬了一口黃瓜，正使勁地嚼著，忽聽她淡淡地說了一句：「我男人也去你飯店裡吃過飯。」

我的咀嚼猝然止住，我抬頭看她，我們正好四目相對。我腦子裡努力拼湊著那個男人的樣子，卻怎麼也聚攏不成一個人形。她說的應該就是那個鳳城鎮上暴屍街頭的黑社會老大，他居然去過岔口飯店？而我根本不知道坐在那裡吃飯的人可能是誰。

我不寒而慄，卻忽然咧嘴笑了一下，牙縫裡露出綠色的黃瓜。

她給我倒上酒，我又和她喝了一杯，才假裝漫不經心地問道：「他去我那裡吃飯也是要進山採木耳嗎？」

她那根指頭似乎閑得發慌，還在不停地敲打桌面。她說：「他倒不採什麼木耳，他只是對你好奇，覺得你是有些來路的人。一個人為什麼要把飯店開到山裡去呢？」

我聽到自己的心臟在胸腔裡很響地跳了幾下，但我的聲音反倒越發輕快，我說：「進山裡拉木料的大車司機也要吃飯吧，總不能所有的人都把飯店開到城裡去。」

那根指頭還在敲，發出單調可怕的聲音。她並不接我的話，只說：「你不是經常去鎮上賣木耳嗎？他早就注意到你了，因為你的穿著就和別人不一樣。」

我想到直到那個男人被砍死在街頭，我都沒有見過他一次，甚至至今都不知道他長什麼樣。而當我在鎮上賣木耳的時候，他可能就坐在我對面仔細打量著我。

看來今天我根本不該來，范聽寒已經不在了，我卻又放心不下他這個孫女，畢竟，她沒有了父親，又沒有了爺爺。聽她的口氣，她像是已經知道什麼了。

我下意識地朝著門的方向看了一眼，離我並不遠，我斷定隨時可以從這扇門裡離開，她畢竟只是一個年輕姑娘。做好打算後，我不動聲色地給她倒了一杯酒，又給自己倒了一杯，然後笑著問她：「注意到我？就因為我喜歡穿西裝打領帶？」

她也笑了一下說：「他說他還沒有想明白你到底是什麼來路，如果是一個犯過事的人，大概也不敢穿成這樣。他覺得你很奇怪。」

看來她並不確定。我又想到那個男人既然能找到岔口飯店，會不會也已經知道了我住在哪裡，便試探道：「他在我飯店裡吃完飯都不和我打個招呼？既然都認識，怎麼能不去我家裡坐會兒呢？」

她微微一笑，把杯裡的酒一飲而盡，說：「你家？你家在哪裡？」

我不說話，看著她的眼睛。

她回看著我的眼睛，說：「我男人那次下山後曾對我說，他猜你很可能就住在山裡。」

我紋絲不動，說：「他還說了什麼？」

「他還說他覺得你沒老婆沒孩子，應該是一個人過。」

我竭力用平靜掩飾著內心的狂風巨浪，我看到自己端起酒杯的手又在發抖，但我還是勉強和她手裡的酒杯碰了一下，一口喝乾，這才說：「其實他要是早說的話，我一定請他去我家裡坐坐，讓我老婆給他炒兩個菜，我和他好好喝頓酒。」

說完這話，我又點了一支煙，又遞給她一支。

她把煙點著了，叼在嘴角，鋒利的眼神忽然就鈍下去了。她極安靜地說：「沒機會了，後來他死了。」

我沒有說話，只是埋頭抽煙。

她抽了幾口，不再看我，只看著門外說：「他這個人吧，你可能沒見過，長得特別像個壞人，打架鬥毆，還蹲過監獄……他只是長得像個壞人。你不知道，他其實還像個小孩，喜歡撿樹根做根雕，會用麥秸編籃子，會把南瓜刻成燈籠。」

她沒有聲音地流著淚，嘴角還叼著那支煙。

我感覺自己身體裡滾燙，手腳卻冰涼，便走到水龍頭前把頭伸下去灌了幾口涼水，一抬頭，正看到那只大水缸裡盤著的那兩條大鯉魚，牠們不知吃了些什麼，越發肥碩。我胃裡一陣抽搐，又伸頭灌了兩口涼水。

我又回到桌前坐下，她臉上的淚跡已經收起，那根手指重新在桌上可惡地敲了起來，她邊敲邊忽然想起了什麼，說：「對了，你還有個奇怪的地方，你和我爺爺說過，你小時候是在海邊長大的，對吧？但是你並不吃魚。」

我盯著她那根手指看了一會兒才說：「這世上不是所有的事都能解釋清楚的，有人討厭吃雞肉，就會有人討厭吃魚肉。」

她詭異地笑了一下，說：「是嗎？那你覺得我爸爸還可能回來嗎？他已經消失八年了。」

我說：「我記得以前你自己不是說過嗎，覺得他只有兩種可能，要麼是他犯了什麼罪躲起來了，要麼就是已經被人害了。」

她目不轉睛地盯著我，說：「那是我說的，不是你說的，你覺得哪個可能性大？」

我攤開自己的手心比畫著，說：「我不會算命，這個我不知道，真不知道。」

她又獨自飲下一杯酒，然後，那根可惡的指頭繼續在桌上有節奏地敲著，咚咚，咚咚，咚咚。她慢慢說：「你想知道我男人是怎麼看待這件事的嗎？他跟我講過，一個人幾年不回家的可能性有很多，比如他以前的一個獄友，判刑之後被發配到新疆戈壁灘改造，刑滿之後也不能回來，就只能在那戈壁灘裡待著，和家裡人也多年沒有聯繫，家裡人都當他已經死在新疆了。又說他知道有一個年輕女的離開家裡去呼和浩特的一家飯店打工，她在工作的第二天就被奸殺了，公安通知了她父親，她父親不敢把真相告訴她母親，就騙老伴說女兒跟著一個有錢男人跑了，過上了好日子，吃穿不愁，就是不記得往家裡打個電話。這一騙就騙了三十年，一直到他老伴去世前還在等著他們的女兒回家，而殺人犯在那女的死了十多年後才被抓住。他還跟我講過有個生意人被人搶錢害命，幾年裡就是找不到屍首，家裡人和公安局方圓十里地找，怎麼都找不到，就成了無頭案。結果你猜後來是怎麼找到的？鄰村有個人喜歡釣魚，有段時間老去一個很遠的廢水塘釣魚。他發現釣起來的魚都比別的地方的魚肥大，就感覺有點不對勁。那人膽子大，決定到水下看看究竟有什麼，結果看到水底有一具被大石頭綁著的屍體，屍體上的肉已經被魚吃光了。」

我剛端到嘴邊的酒杯忽然停住了，她也忽然住了口，整個世界像被一把利刃齊齊剁了開來，沒有一點多餘的聲息。我端著那杯酒，再次迅速朝那扇門的方向看了一眼。

片刻的死寂之後，我說：「你那男人，死了真是可惜了。」

在幽暗的門洞裡，她目光灼灼地看著我，忽然驕傲地微笑起來，說：「我一直都這麼覺得。」

我還是舉著那杯酒，說：「我想敬他一杯。」然後，我一飲而盡。夕陽西下，我們兩個人都喝得有些醉了。我心中想著還是快些離開吧，便搖搖晃晃地站起來，說：「天快黑了，我該走了，把你爺爺的書送我一本吧，用他的話說，留個紀念。」

她重複了一遍：「我爺爺說過，是要讓你留個紀念。」

我拿起一本《花間集》，打開，裡面居然也夾著一張寫字的紙，看起來又是一首范柳亭致父親的家書：「誰道閑情拋棄久？每到春來，惆悵還依舊。日日花前常病酒，不辭鏡裡朱顏瘦。河畔青蕪堤上柳，為問新愁，何事年年有？獨立小橋風滿袖，平林新月人歸後。」落款時間是二〇〇六年三月十八日。我想我真的是喝多了，我竟對范雲岡晃著這張紙說：「看，你爸爸的信，你看他一直在給你爺爺寫信呢。」

她神祕地笑了，說：「我爺爺經常給自己寫信。」

我把那本書小心翼翼地揣在懷裡，然後終於向那扇門走去。她跟在後面，一直把我送到門口，門口不見人影，只有我的摩托車停在那排柳樹下。我又是怕她，又是感激她。我知道這一定是我最後一次來這裡了，我覺得我應該說點什麼，把那些本想和范聽寒說的話都說給她聽，我甚至想和她聊聊她的父親，我畢竟認識他。最後我卻只客套地說了一句：「你走的時候，我來送行。」

她又習慣性地挑起一邊嘴角，看著我的眼睛說：「不用賣我人情，你走了就走了，反正我也是要走了。」

我一隻腳已經跨在了摩托車上，另一隻腳踮著。這時候我發現她是真的在讓我走，是真的。我反倒猶豫了片刻，最後還是使勁一踩油門，摩托車突突突地發動了起來，就在那一瞬間，我心裡彷彿有山洪湧過。我忽然扭頭對她喊道：「你上不上車，我現在帶你去一個地方，就在這山裡，我帶你去看一個你從來沒有見過的湖。」

她愣了一下，眼睛裡忽然波光閃閃，卻依然站在柔媚的柳枝下，沒有動。然後，她假裝什麼都沒有聽到，只用更大的聲音喊：「回來，你說什麼，我聽不見，我一點都聽不見。」在摩托車飛出去的同時，我看到她轉過身去，消失在了幽深的門洞裡。

十五

我潛入水中，再次向著無名湖幽暗的湖底游去。

天體之詩

我試圖真實地還原多年前這個北方縣城裡的一起殺人案，但我不是警察，不是醫生，不是法官。

二

我只是一個自由拍紀錄片的人，自己攝影，自己剪輯，大部分時候我的電影是沒有多少觀眾的。我走過很多地方，有時候徒步，有時候搭汽車，有時候乘火車，幾年前我在甘南草原拍片的時候還養了一匹馬在草原上騎著。我在一個牧民家裡借宿了一段時間，老牧民熱情地問我結婚了沒有，我說沒有。他連忙說：「那我把拉卜楞寺住持的侄女介紹給你吧，和你一樣，也三十好幾了，人家開了一家吉祥用品店呢，那可都是開過光的。」我只好又改口：「老伯，其實我已經結婚了。」老牧民很不高興地說：「連自己結婚沒結婚你都記不清楚啊。」

騎著馬離開甘南草原，我又朝著河西走廊的那些雪山走去。那些雄壯的雪山在陽光下閃著銀色的光芒，如同神殿，讓人不能不遠遠生出敬畏來。聽說通往這每一座雪山的半路上都埋有幾具凍骨，有幾年前的，還有十幾年前或幾十年前的，都是些來朝拜雪山的人。每到春天，這些凍骨就會隨著雪山的融化暴露出來，居然衣衫完整，然後又隨著一兩場大雪的到來繼續封存在雪山深處。

雪山使他們的死亡看起來不像死亡，而更像一種千年不朽的沉睡。還有更多的死亡就地成謎、成冢、成化石、成清風、成流雲、成永生、成時間。

直到過了幾年又返回北京之後，我仍然時常懷念在雪山上看星星的感覺。那種感覺來自即使知道自己會朝生暮死，但因為離諸神般的天體如此之近，竟會覺得再短暫的一生也自有著一種莊嚴感。

出來拍電影之前，我是北京一所大學裡教影視課的老師。我終日在課堂上給學生們講藝術電影，講雅克．貝奈克斯影片中如古典油畫般端莊而不羈的美感，阿倫．雷乃在電影中關於時間與記憶的曖昧與不確定性，路易斯．布努埃爾電影中的超現實主義與精神分析痕跡，盧奇諾．維斯康蒂深埋在骨血裡的貴族氣和那些傲慢優雅的鏡頭，阿巴斯電影中的極簡主義，法斯賓德的邪性狂熱，赫爾佐格的幻想偏執，安哲（安哲羅普洛斯）電影中諸如慢慢拉動的小提琴的長鏡頭，塔可夫斯基電影中藏在詩後面的對信仰和救贖的極度渴望。

然而有一天我終於厭倦了這一切。當我努力把自己穿得像模像樣，以期更有尊嚴一點，站在講臺上熱淚盈眶地講塔可夫斯基的時候，坐在下面的學生卻露出嘲諷的微笑。顯然，他們覺得我講的這些對他們來說是無用的。我孤獨地站在講臺上，硬著頭皮繼續道：「塔氏電影反覆在說的是一個主題——當宗教信仰不再，人類心靈麻木不仁，如何才能彌補這世界的裂痕。」多數學生只顧低頭划手機屏。這些表演系的學生為了在話劇裡搶得一個配角而使出渾身解數，以至於在謝幕之後的深夜裡還久久不願卸妝。一個真正有想法的學生寫出了自己的劇本四處找不到投資方，最後找到的投資方卻以霸王條款要求他簽賣身契。

我感覺自己拖著龐大而不合時宜的身軀置身於人群中間，就像一隻正在表演馬戲的笨拙大象。同樣是表演，登臺卻迥異。院裡管教學的女領導找我談話：「學生們反映了你的問題，你講課不要總這麼嚴肅，現在的人都想要點輕鬆的東西。」

女領導說，其實對知識分子們來說，學學人家某某的幽默風趣會開玩笑肯定不會有壞處，想迎合這個時代也簡單。我忽然發現女領導的雙眼皮是剛割出來的，忽閃忽閃，火眼金睛似的，看上去就像一個老女人的頭上驟然冒出了一雙十六歲少女的嶄新眼睛。

那個黃昏，我久久站在學校十七層的窗口邊望著窗外，遠處是鱗次櫛比的高樓，在北京陰鬱的天幕下繪出一條灰暗無光的輪廓線，它看起來就像科幻小說裡建在月球上的一座城市，散發著謎一樣的氣質。夕陽西沉，天邊的光線漸漸消失了，取而代之的是燦爛星河，我似乎看到遙遠的天體閃著寒光，絢爛的彗星正從夜空中疾馳而過。它們本是些呆板的醜石，失衡之後恰好經過太陽，便搖身變成壯美的彗星，與人世間倒也相映成趣。

我主動辭去了大學裡的教職，脫離體制，背著一只大背包，扛著一臺半舊的 EOS C500 攝像機，開始了我的自由生涯。我已經交往了五年的女友自然沒有跟著我一起辭職去流浪，但也沒有立刻提出分手。我知道她還需要些時間去想清楚這一切。

就這樣，我獨自遠離了北京，全身被曬得黝黑，經常不刮鬍子，頭髮很多天沒機會洗，以至於後來都生出了虱子，身上的衣服也漸漸襤褸起來。我甚至有時候會被人當作流浪漢，而同時我被另一部分人叫作獨立導演，據說現在獨立的意思就是真實。

既然不再需要依附於什麼，我便決定要說出一些自己真正想說的話。我要拍出一部能被人記住的電影。

為了尋找，我走過很多地方：大雪紛飛、寒鴉數點的北方，妖嬈氣根纏繞著榕樹的濡濕的嶺南，草甸上牛羊如珍珠撒落的巍峨雪山，千里湖光、漁舟晚唱的江南……一年又一年過去了，我仍然沒有找到足以讓我心儀的題材。眼看積蓄在漸漸花光，我心裡越來越恐慌，而曾經的生活不管到底怎樣，都已經是回不去了。為了維持生計，我不得不每到一個縣城和鄉村，就做點倒賣盜版碟的小生意或者走街串巷地去做攝影師。我在鄉村的流水席上給新娘新郎做過婚禮攝影，還在小鎮的十字街頭給那些為自己準備後事的老人拍過遺像。洗出的照片裡的老人們都是陰森森的，好像正從另一個世界裡看著我。可是在做這些事的時候，我又時時刻刻想撇清眼下這游販走卒的身份，想提著對面的人的耳朵告訴他們，我原來是個大學教師，我原來是在大學裡教藝術的，我並不是應該專門做這個的。

不過他們正沉浸在喜悅或悲傷裡，根本沒有人想聽我在說什麼。這種感覺與在大學課堂上面對學生講課的感覺竟出奇地相似。

我只好繼續尋找下去。

二

有一天我來到了這個灰暗的北方縣城，它叫交城。這個縣城的邊緣有一大片破敗的工廠，工廠的後面是一大片陰森的樹林。

工廠一進門的空地上擺著一圈花花綠綠的旋轉木馬，木馬身上的顏色已經斑駁脫落得厲害，但仍能看到它的主體部分曾經是金色的。我能想像到這樣的金色木馬在燈光下旋轉起來的時候必定接近於流光溢彩，富麗堂皇。木馬頂棚上繪上去的一個個簡陋的圖案在旋轉的時候會莫名地有點像繪在教堂頂上的《聖經》故事，肅穆的、光明的、半人半神的。所有旋轉起來的木馬一直給我一種神祕的感覺，似乎都帶著一種暗啞的神光。

現在，這破舊的金色木馬靜靜地被廢棄在這裡，好像一個被埋葬起來的過時祕密，軸心裡長著半人高的荒草，一看就是很久沒有人來玩過。估計是當初哪個無業遊民看中了這塊空地，把木馬裝在這裡，想收點小孩子的門票錢，不料卻人跡罕至，最後只得廢棄。

金色的木馬背後是月球一般荒涼的工廠廢墟，廢墟的背後是一輪血紅色的大夕陽。就在那一瞬間，我站在那裡忽然就被什麼擊中了。

我打開攝像機往工廠深處走去，通過鏡頭看到一根根墓碑似的電線杆、一座座冰冷的鋼爐，想來當年這些鋼爐應該都是鋼水奔流、火花四濺的。一排排早已廢棄的廠房，沒有了玻璃的窗口黑洞洞的，像一張張無聲的嘴巴，窗下的荒草有一人多高，彌漫著一種植物屬性的殺氣。這一排一排灰色的廠房和那曾經金碧輝煌的木馬相偎依在一起，詭異地站在這早已被人們遺忘的時間荒冢裡。

我試圖向那廠房裡張望，卻只能看到鏽跡斑斑的機器和蝙蝠的影子，還有大片大片鐵一樣的死寂，這裡好像除了我再不會有第二個人。我又順著樓梯上去，鏡頭慢慢搖動，我看到了休息室裡墨綠色的木頭長椅，油漆斑駁的鐵皮櫃，桌子上散落的鋁飯盒、搪瓷茶缸、象棋裡的車、撲克牌裡的K，如同一場煙花之後留下的滿地碎屑。鏡頭繼續往深處移動，周圍的一切越來越破敗荒涼，我感到害怕卻又欲罷不能，就像有一種神祕的音樂正不斷把我引向深處，順著這音樂的紋路，我怕忽然會走進某種夢境。

像一切廢墟一樣，時間在這裡早已失去了意義，連瞬間都是凝固的。繼續往裡走，在一間昏暗潮濕的大屋子裡，我看到了被廢棄的澡堂，巨大的水池裡長滿暗綠的青苔和鬼魅的倒影，看起來神祕而恐怖，但這種神祕更深地吸附著我。

忽然聽到樓道裡傳來一陣斷斷續續的腳步聲，我一驚，連忙走出去一看，樓道裡正迎面走來一個人。一個五十歲左右的瘦小男人，臉上溝壑縱橫，一只很大的編織袋把他的一隻肩膀壓了下去。他站在那裡也正吃驚地看著我。我連忙解釋，我是來這裡拍電影的。他盯著我手裡的攝像機看了半天，又上下打量了我一番，忽然乾笑了一下，有些緊張地說：「你是電視臺派來的嗎？」我說：「不是不是，我和電視臺沒什麼關係，我是來拍電影的。我想把這工廠拍下來，沒想到一個小縣城裡還有過這麼大的工廠。」

他聽我不是電視臺的，便也懶得再搭理我，只是俯身把樓道裡的一些破銅爛鐵撿到了編織袋裡。難得在這裡見到一個活人，我想和他搭上話，就又補充了一句：「你看這舊工廠還挺有意思啊。」聽到我這句話之後，他卻忽然翻起眼睛冷笑一聲道：「有意思？原來這縣裡十分之一的人口都在這廠裡上班，後來這些人嘩啦嘩啦全部下崗了，一個沒留，你說怎麼能沒意思呢？」我在他身後又追問了一句：「那麼多的人後來都做什麼去了？」

他晃悠悠地回過頭，看見我正站在澡堂門口，忽然無聲地笑了一下，詭異地說：「這裡面你可別亂進去啊，我給你講個故事，當年我們廠的工人下了班都要在這裡泡澡，後來不是讓我們都下崗嘛，不走也不行，都不給開支了。工人們就越來越少，在這兒泡澡的人也越來越少，最後就剩下幾個人還來這兒泡澡，到最最後就只剩了一個工人每天來泡澡。後來你猜怎麼，有一天這人泡完澡忽然就從澡堂裡消失了，哪兒都找不到，至今也沒找到這人。」

我渾身一哆嗦，彷彿還能看到當年滿池的熱水中擠著熙熙攘攘赤身裸體的工人們。男人們白花花地泡在一個池子裡，很是壯觀。後來工人們越來越少，慢慢剩下了幾個，慢慢剩下了兩三個，最後，只剩下了一個工人孤零零地泡在浩大的一池水中久久不肯離去。我想不出這工廠裡的最後一個工人究竟在這池子裡泡了多久，他又是何時離開的。或者，他其實根本就沒有離開過這裡。他的骸骨至今還埋藏在布滿青苔、倒影斑駁的池底。

這種神祕的恐懼像水中的一個漩渦一樣要把我吸進去，我拼命掙扎。在一陣輕微的眩暈之後我忽然明白過來，我終於找到了我想拍的東西。

血色的夕陽正在群山之上烈烈燃燒著，半個天空都被燒得像一座肅穆的希臘神廟。夕陽下的工廠看上去越發荒涼闃寂，像座遠古時代留下的廢墟。我和那拾荒的瘦小男人各自騎在一匹木馬上，各自叼著一根煙，有一句沒一句地閑聊著。一根煙抽完，他不願說下去了，我又遞過去一支煙，說：「我再出一百，你再給我多講點你們廠裡的事。」他騎在木馬上，垂著兩隻腳，腿短，腳尖都搆不著地，整個人看上去有一種謙遜的淒涼。他跳下木馬跺了幾下腳。「不和你說過了嗎，我沒文化，嘴笨，不會說。當年我是頂替了我老子的班，十八歲就來這廠子裡了，那時候進廠裡那個吃香啊，誰不眼紅。」他眯起眼睛看著遠處的群山，悵惘地看了半天才又說，「不過有誰是長了前眼後眼的，真要是長了前眼後眼，人哪還用得著後悔，一眼就把一輩子看到底了。這樣吧，你再給我加一百，我就告訴你去找誰。」

我只好又給了他一百塊錢，他嘴角叼著煙，把錢拿住，裝進了口袋，又抽了兩口，才慢條斯理地說：「有一個人肯定知道得多，這人叫伍學斌，是我們車間當年的車間主任。」

告別了矮個子男人之後，我又是興奮又是緊張，興奮的是，終於遇到了自己真正想拍的東西；緊張的是，資金是個問題。就是成本再低的紀錄片也是需要花錢的，如果遇到矮個子男人這樣的，他還會不停地要挾加價。思來想去，我不得不厚著臉皮給多年前的老友打電話，想問他借點錢。打電話之前把要說的每一個字都想好了，結果寒暄了半天卻始終開不了這個口，於是沒提一個錢字就慌忙掛掉電話。掛了電話又趕緊關了機，好像生怕人家會追著打過來一樣。

半宿沒睡著，吊著眼睛到天亮，然而到了第二天，我發現自己的銀行帳戶裡忽然多出來兩萬塊錢。我嚇了一跳，竟像做賊被抓了現行一樣。獨自呆呆地坐了半日，心裡算想明白了，一定是老友在電話裡聽出了我的窘迫，便告訴了我在北京的前女友，一定是她打到我帳戶上的，因為只有她知道我這個帳戶。我們已經很久沒有任何聯繫了，我也不敢和她有任何聯繫，因為我怕和她聯繫的時候，我會後悔，更怕她至今沒有一點後悔。

看到帳戶上有了錢之後，我做的第一件事便是走上街頭要了一大碗熱氣騰騰的羊肉麵。一碗麵居然幾下就下去了，我在燈光下久久與那只空碗對視著，一種古怪的輕鬆感伴隨著尊嚴的失去反而充斥在我身體的每道褶皺裡。我索性又要了兩瓶啤酒，走出小飯店，坐在路邊，一邊喝啤酒一邊看著來來往往的行人。一個騎自行車的差點撞到我身上，我坐在夜色裡挑釁地罵了一句：「沒長眼睛啊！」對方停下打量我一番，罵了一聲醉鬼便走了。我只是想引來某個路人對我的攻擊。在這個再平凡不過的夜晚，我如此強烈地想被當作泥土、當作灰塵、當作樹葉，而千萬不要被當作人類。我在這個夜晚單單不想被當作人類。

我並沒有向她道一個謝字，因為眼下我只希望能被她遺忘甚至遺棄。我發現在這世界上被人遺棄居然也具有一種近似狂歡的氣質，帶著沉醉、喜悅、爛熟與遼闊的墮落。

我按矮個子男人說的地址一路找到位於縣城西南的棺材街，老車間主任家門上卻掛著鎖。鄰居的一個老太太正坐在門墩上曬太陽，她像隻猴子一樣用手搭了個涼棚看了我半天，才張開沒牙的嘴，走風漏氣地說：「扛著這個，你是來拍電視的吧？你是電視臺的？這麼說是老伍要上電視了？」我說：「啊，那個，那個……」老太太已經把話搶過去了：「老伍出名了？那快不用等了，去北面找他，一直往北走，就能看到一棵老柏樹，他肯定在那兒撞背呢，他又沒地兒去，天天都長在那樹上，天黑了他還要繞我們縣好幾圈，你還能等到？」

我順著老太太的指點一直往北走，果然遠遠就看到了一棵巨大的柏樹，看上去怎麼也有一千多歲了，老態龍鍾，幾個人怕是都抱不攏，像是這個縣城的老祖母，從樹梢到樹根的每一寸樹皮下都散發著一種介於樹和妖之間的氣息。我走近了才發現，大樹下確實有個老頭正使勁地把自己往樹上摔。樹太大太老，襯得樹下的老人如蹦蹦跳跳的頑童。只見他摔背、摔肩膀，拎起自己身上的任何一個部位都咣咣往大樹上摔。我曾聽說過是有這麼一種流行一時的保健方法，但在這裡猛然看到有個真人真這樣把自己咣咣往樹上摔，好像有仇一樣，還是嚇了一跳。老頭起先並沒有注意到我，他再一次擺好架勢，很投入地把自己整個人摔出去。我忽然在他身上看到了一種絕望而熾烈的東西，就好像他整個人都被逼到一個最狹小的格子裡去了，把自己摔到樹上已經變成了一種宣泄、樂趣、熱情、癖好，一種激烈的狂怒。然後，當他再次提氣、轉身，準備往樹上撞去時，忽然看到了幾米之外扛著攝像機的我。

他警惕而興奮地盯著我，準確地說是盯著我的攝像機。他審問道：「你扛著這個是要幹嘛？」

我舔了舔嘴唇，正準備耐心地解釋我想拍一部關於工廠的電影。可是我剛開口就被他打斷了，他說：「我知道了，你是來拍電視的。」我忙說：「是電影。」他說：「哦，拍電影的？電視和電影也差不多。我看你年齡也沒多大吧，一個人就能拍電影了？嘖嘖，拍電影不是要很多人嗎？你們拍的電影是不是都要在城裡的那種大電影院放啊？那種大電影院我就去過一次，好傢伙，那個大呀，上下兩層，那得坐多少人才能坐滿啊！」

我思忖著他這架勢是不是準備問我要很高的報酬，忙說：「您說的那是大眾電影，我這種紀錄片上不了大影院的，不會有什麼票房，我就是希望拿出去能在電影節上獲個獎。」

誰料他更加興奮起來，好像整個人都要撲到我臉上來說話。「獲獎好啊，一獲獎全中國就都知道你的電影了，你看什麼金雞獎啊百花獎啊，多風光。你想拍工廠裡的工人？哈哈哈哈哈，太好了，你找對人了。你想拍什麼都告訴我，你想怎麼拍就怎麼拍。這兒不行？那就不行，走走走走走，到我家去拍。」

說完便極熱情地引路，還要幫我拿攝像機，搞得我不禁有些心虛，這樣的熱情裡好像應該有詐一樣。他一路上都在跟我絮絮叨叨，且每見一個人都一定要停下來打招呼。

「那都是十幾年前的事了，忽然就讓我們下崗，我開始還以為自己怎麼也是個車間主任，還是個八級鉗工，再難的活也拿得下，別人都下了也輪不到我呀，後來才知道一樣，都一樣，最後整個廠裡就沒留下一個人。都不發工資了還能怎樣？有人說要去縣長家門口上吊，還有人說要每天去堵縣長的被窩，讓他光著屁股跑來跑去，最後還不是都乖乖下崗。下崗後？我什麼都幹過，擺過襪子攤，賣過紅棗，養過雞，修過電器，開過三輪，還離了個婚，老婆不跟我了。人家要走我也留不住，我一個破工人。怎麼養老？我早就是老頭子了，不也活著？

「忙什麼呢？哎，張三，和你說，這是個從北京來拍電影的導演，人家要拍我呢。」

「後來我兒子長大也工作了，我的退休金也慢慢漲到一千多塊錢了，餓不死就行，我不想再那麼像隻雞一樣不停地從地裡刨食了，大不了就少花一點，少穿一點，少吃點好的。人心哪有盡頭。

「不是拍電視的，是拍電影的，要在電影院放的那種電影，到時一定去看啊。人家是個導演，要去我家拍去。不是我請來的，是他自己找上門的。」

「但不刨食了也得給自己找事做啊，你說我們這種半截子已經入土的人還能做什麼？我以前就喜歡給人修理個東西，修個錄音機修個手錶都沒問題，但現在都不時興修東西了，壞了就扔了，再買新的。老工友們讓我再找個老婆，找老婆又得花錢，怕我兒子不高興，做飯洗衣我自己都會，想想還是算了。還是身體是本錢，身體都沒了，別的都扯淡。為了有個好身體，我先是跟著寺廟裡的老和尚練了幾年武術，看人家老和尚都能活一百多歲，還頓頓一大碗飯。練著練著覺得山上清淨，就乾脆到玄中寺裡做了兩年的居士，後來覺得在山裡待久了太孤寂，就下山了。山中一日，世上千年啊，下山了才發現原來一個廠的老工人們已經嘩啦啦死了一半，活著的也都老得不成個人樣了。聽說還有一個得了抑鬱症，一天到晚疑神疑鬼，還老想著怎麼能跳樓，身邊得寸步不離地守著人，結果你猜？就是家裡人眨了個眼的工夫，他就真跳下去吧唧一聲摔成了肉餅。你看看，要一個人死容易不容易，其實和拍死一隻蒼蠅差不多。

「已經吃過飯啦？人家可是個導演，拍電影的，現在去我家拍去。一會兒過去看哪。

「我以前廠子裡的那些老工友，有的子女有出息，給他們錢，他們就有錢買保健品吃，據說吃了之後一年到頭都沒有個發燒感冒的。我沒錢，買不起，保健品都死貴死貴，我怕自己也哪一天忽然死了怎麼辦，我的任務還沒有完成啊，那就得想辦法鍛煉身體，所以我一天到晚就想著怎麼把身體搞好。我每天早晨五點起來就繞縣城跑一圈，晚上再繞縣城走幾個圈一直走到半夜，有人半夜撞見我還嚇一跳，好像我是個夜遊鬼一樣啊。後來聽人說這千年的古柏有靈氣，已經差不多成精了，多撞樹就能吸到它的精氣，我反正也沒事幹，就一天到晚想法兒鍛煉身體，要麼練武術，要麼跑步，要麼散步，再要麼就去撞樹。一天到晚都不怎麼在家裡，要不你看見我鎖著門呢。」

開了鎖，進了屋子，攝像機開著，我環顧了一下四周，屋裡很簡陋，有幾件八十年代自己打製的家具，一張暗紅色的木床上擺著一床花棉被，牆上貼著一張花紅柳綠的娃娃年畫和一張世界地圖。他進門之後又是給我倒水，又是拿塑料袋裡儲存的花生。我說：「老主任，不忙不忙。」「吃著喝著好說話。」見我不動，又抓過一把花生剝了殼送到我手裡，說：「吃啊，多吃點。」我只好吃了幾顆。倒好水之後，他端坐在我對面的一把椅子裡，雙手扣在腿上，忽然就抬起頭很緊張地看著我說：「導演同志，我求你件事，我求求你一定要把我拍進電影裡，等你獲獎了，全國人民就都看到我了。我想出名，你的電影一定能讓我出名，只要讓我出了名，那你讓我做什麼我都願意。」

我心裡為遇到這麼想出名的老人暗暗叫苦，嘴裡忙說：「老主任你誤會了，我只是想拍一部能說真話的電影，肯定是小眾電影，還不知道會拍成什麼樣子，更不敢想著能出名。」他見狀忽然起身打開衣櫃，在最下面的角落裡摸索了半天才摸出一點東西，然後恭恭敬敬地捧到了我面前。我一看，是一個紙包。他把紙包一層一層剝開，最裡面露出了一捲皺巴巴的錢。我立刻被嚇了一跳，只聽他急切地說：「導演同志，我一個工人也沒什麼錢，就攢下這麼一點，你要不嫌少就都拿去吧。還有這屋裡的東西，你看著什麼好就都拿去吧。我還會打家具，你以後要是需要家具，我幫你打。」

「老主任。」我嚇壞了，目瞪口呆地站在那裡。

他也不好意思再看我，只管對著我身後的一大團空氣說：「以前我年年都是先進工作者，我有證書，都給你看。」說著立刻開始翻箱倒櫃。他從床底下拖出一只箱子，從裡面取出一摞滿是灰塵的先進工作者證書，一邊塞給我看，一邊連聲問：「你看我沒有騙你吧？我說的都是真的吧？我可年年都是先進啊。這些證管用嗎？你聽說過吧，三年一個精車工，十年一個爛鉗工，鉗工想做好那是很難的，可我會自己設計、製圖、排工藝，像鍛造、鑄造、車、銑、刨、磨、鏜、鉚、焊、鈑金下料這些工種我都很熟練，就連絲杆我都車得了，別人能行？年輕的時候，我還參加過省裡的青工鉗工大賽，得了第一名，給你看，就是這個證書。你不是想拍廠裡的工人嗎？那你找我真是打著燈籠都沒有的事。」

因為緊張和激動，他的兩片嘴皮子都在哆嗦，以至於連字都要咬不住了。我剛又好不容易插了一句：「老主任。」他就已經蹲下身子又拖出一只箱子，打開了，裡面是舊筆記本、舊車票、舊頭燈、舊手套、各種發黃的票據、一堆鏽跡斑斑的工具，居然還有一摞幾乎沒有用過的名片。他哆哆嗦嗦地從那摞名片裡拈起一張，像看別人的名片一樣，眯起眼睛仔仔細細端詳了半天，才半是榮耀半是感傷地交到我手裡。我拿起一看，上面印著他的名字伍學斌，職務是副廠長。他說：「其實我不想說的。當年我剛剛被提拔成副廠長，名片都印好了卻要下崗了，一張都沒有用過，就再沒機會用了。」

拈著這張名片，我已經不忍心再開口了，同時又為能拍到這樣的鏡頭而竊喜。見我不說話他更慌了。「還是不夠，是吧？你不要著急，你先坐下吃著喝著，讓我再找找，再找找。」我說：「不是這個意思，不是這個意思。」他立刻回頭警惕地看了我一眼，像是怕我會跑掉，又掉頭趴在地上撅起屁股繼續在床底下尋找。我用攝像機拍下他的一舉一動，一邊竊喜一邊又愧疚，結果舌頭越發不管用。這時他忽然像變魔術一樣從床底下又拽出一樣東西。

這次是個推光漆的朱紅樟木盒子，撣掉塵土之後還能看到盒子上繪著白牡丹的圖案。盒子慢慢地莊嚴地在我面前打開了，一股濃烈的樟腦味撲面而來，我有些緊張，覺得裡面正蟄伏著什麼古老而豔麗的有毒生物，卻只見裡面靜靜臥著一團駝色的、毛茸茸的、安靜的東西，像一隻小動物。再仔細一看，原來是一件手織的毛衣。只見他使勁一咬牙，便把那件毛衣拎了起來，像拎起一具動物的屍體一樣展覽給我看。他對我晃著那件毛衣，除了眼睛邪亮，全身都在加速向著某個方向坍塌下去。他說：「我看出來了，你是不願把我拍成先進工作者，不願意把我拍成好人是吧，沒關係，真沒關係，你把我拍成壞人也可以，只要能出名。看到這個了嗎？這是當年我在廠裡的相好給我織的，我有過一個相好的，怕我老婆知道就藏了起來，一藏這麼多年，這毛衣我都沒捨得上過一天身。我們偷偷好了好幾年，廠裡也沒幾個人知道我們好過，只有幾個能割頭換肉的弟兄知道。後來就這麼過去了，十年前她就得癌症死了。」

他眼睛裡的邪亮轟然坍塌下去。我開始感到一種真正的難過，我口乾舌燥地說：「老主任。」

他抬起眼睛盯著我，這次是一個真正的老人的目光，疲憊、混濁、恐懼、無措。他說：「你是想說還不夠是吧？那我再告訴你，這些工具，你看到了嗎，這些生鏽的工具都是我當年順手從車間拿到自己家裡的，就這麼放著放著生了鏽。那時我年年是先進工作者，是車間主任，可沒人知道我還偷過廠裡的東西。沒事的，你不想把我拍成好人，那就把我拍成一個壞人、一個惡棍，偷廠裡東西，背著老婆搞相好的，到我那相好的快死的時候我都沒給她一分錢，壞吧？壞不壞？只要能讓我出名，拍得再壞些都行。我不怕。」

我說：「老主任，你……」

他再次打斷我：「我知道你想問什麼，睡過的，我和她睡過覺的，我們每次就在廠子後面的那片小樹林裡，那樹林裡有一層厚厚的落葉……你到底想知道什麼？是不是還想聽樹林裡的細節？沒問題的，我都講給你，每一句話我都會講給你。」

說到這裡，他的聲音猛然被喝住了，就像被一團什麼堅硬的東西硬生生地堵回去了。還是剛才那個姿勢，他把那件毛衣拎在手裡，它就像一張剛剛被剝下來的獸皮一樣血淋淋地掛在那裡，正一滴一滴地往下滴血。我似乎都能聽到那滴答滴答更漏將闌的聲音，像雨滴拂過樹梢，像鳥爪落入雪地，有一種極深極靜的悲傷正緩緩流動在裡面。

我們面對面久久地站著，他不動，我也不動，他不敢看我的臉，我也不敢看他的。只有攝像機無聲地注視著我們。我們像遙遙站在一條大河的兩岸，只從波光粼粼的水中依稀可以看到對方的倒影，卻不忍去看清楚，似乎此時看清楚了便是要把對方置於死地。

好像有幾個春天從我們中間踩踏過去了，又有幾個秋天也過去了，他終於疲憊地把那件毛衣收了回去，用兩隻手輕輕摩挲著那團毛茸茸的駝色毛衣，忽然用徹底坍塌下去、徹底抽掉骨頭的聲音冷清清地說了一句：「連這也不管用，是嗎？」

三

晚上，他一定要留我在他家喝酒，我也不推辭。兩個人都像是剛從戰場上撤退下來，身心俱疲。坐在光線昏黃的燈泡底下推杯換盞了幾個回合，便漸漸都有些醉了。最初他還很矜持，小心翼翼地、試探性地抿了兩小杯，就像一個人正站在水池邊試水溫。但很快地，他便沉入水中了，先是兩隻腳進去了，然後是全身進去了，再然後連頭也埋進去了，他整個人都浸泡在了酒精裡。他說：「這是我到杏花村打的原漿，七十度，這才叫白酒，你放開喝。有人不抽煙不喝酒，你說要是連酒都不喝了，這人活著還有什麼意思，還有什麼意思？」

很顯然，這種徹底的浸泡很快讓他獲得了某種安全感，他甚至有些貪戀於其中都不肯出來了。他酒喝得越來越快，就像正在自己身上點燃一種加速度，即將把自己發射出去。果然，不一會兒他就醉了，他開始反反覆覆地說一些話：「導演，我這輩子也沒求過什麼人，但求你了，你就讓我上一回電影、讓我出一次名吧。十五年就這麼過去了，我一年一年地等，就這樣等了十五年，這十五年裡，每次覺得活著實在沒什麼意思的時候，我就告訴自己，有點耐心，再耐心點。導演你用十根指頭數數十五年有多長，十根指頭都不夠用的，還得加腳指頭。別人都笑我這麼大年齡了跑步還跑得比誰都歡，真是比誰都怕死，你們真以為我怕死嗎？死還不容易？我要想死隨時都能死。可我不能死。但你別以為我就真的什麼都不怕，我怕的東西太多了，那件毛衣、那沓名片，都是我怕的，這麼多年裡我碰都不敢去碰它們，只把它們藏在角落裡，讓它們永不出世。可是今晚我全豁出去了，全部。你知道我為什麼要全拿出來抖摟給你看，你知道是為什麼？你肯定不會知道的，你怎麼會知道？」

他想把臉湊到我跟前，卻一下從椅子上滑了下去，跌坐在了地上。他又歪歪扭扭地爬起來，搖搖晃晃地站到椅子上，揮舞著手臂，笑嘻嘻地看著我說：「導演，活著不容易吧，不怕，來，我給你唱段戲吧，我們喝著酒、唱著戲，閻王來了也不怕……為剿匪先把土匪扮，似尖刀插進威虎山，誓把座山雕埋葬在山澗，啊啊啊……」

他猛然連人帶椅子一起栽倒在地上。他也不起來，就用那個跌倒的姿勢一直躺在地上。我先是大笑了兩聲，然後又踉蹌著過去扶他，結果被他一把抱住了肩膀。他抱著我的肩膀先是安靜地靠了兩分鐘，然後忽然開始號啕大哭，他哭得一把鼻涕一把淚，把胸前的衣服都哭濕了一大塊。他的哭聲好像要活活把自己撕扯成幾塊，他邊哭邊說：「你知道我為什麼要把自己最害怕的東西拿出來展示給你看？因為如果不拿出來給你看一眼，它們就只能跟著我入土了，它們就和我一起被埋在地底下，永永遠遠地消失了，永永遠遠，就好像我們這些螞蟻一樣的人從來就沒有來過這世上。所以我要把它們展覽出來給你看，我求求你把它們都拍進電影，我想讓它們能被更多的人看到啊！那件毛衣，你一定一定要把它拍進你的電影裡，我不怕丟人，不怕被人罵，我就想給它在這世上留下一個紀念。那和我好過的睡過的女人，我什麼都幫不了她。她和她男人也都下崗了，又過了幾年她就無聲無息地死了，聽說是得了癌，到死我都沒有再見她一面，也沒有給她一分錢。就這麼過去了，一個人就這麼過去了。她留給我的就這麼一件毛衣，是她一針一線織出來的，我沒有捨得穿過一天。可是我為什麼要翻出來給你看，還讓你拍下來，不是因為我不要臉，不是因為我不是人，我只是想替她在這世上留下一點點紀念，紀念像她這樣的人曾經也來過這世上一遭。」

他哭得上氣不接下氣，幾乎癱倒在地上，然後又開始嘔吐，衣服上、地上吐得到處都是。我也醉了，歪倒在他污濁不堪的身上，被刺鼻的酒精味和穢物味包圍著，卻忽然感到了一種奇特的、從沒有過的醜陋滿足。不遠處的攝像機安詳地注視著我們的一舉一動。三年了，我已經出來三年了。我掏出手機終於按下了一個爛熟於心的手機號碼，是我在北京的前女友的電話，雖然這個號碼我太過熟悉，這卻是三年裡我第一次給她打電話。聽著電話裡等待的嘟嘟聲，我想，三年是什麼，三年夠一個人出生，夠一個人死去，夠一個人開始變老。而對我來說，這三年的時間更是如廣袤的蒼穹一般接近永恆，在質地上更像上帝、像海水、像音樂。

她終於接起了電話，卻並不說話，無邊無際的沉默。我明白了，她身邊有男人。我說「那再見了」，便掛了電話。

早在一年前就聽北京的朋友說，她和一個有錢的老男人住在一起了，只是好像還沒有結婚。我無數次地想像過怎麼給她去電話，甚至連先說什麼再說什麼都想了無數次。我是應該感謝她雪中送炭，還是應該告訴她，給我點時間，直到我能拍完這部電影？然後呢？然後告訴她我有一天會把錢還她，還是祝她幸福？但是直到今天晚上，才是三年裡我第一次給她去電話。我知道不會再有下一次了。

我身邊東倒西歪的老人把頭埋在兩腿間，像一隻羽毛掉光的鴕鳥。他以為電影還沒有開始，卻並不知道，從我見到他的那一刻起，他所有的表情、所有的動作就都已經在攝像機裡了。它不僅在觀察著他，也在觀察著我。我對著攝像機的鏡頭更深地笑了起來，我忽然發現在這部電影裡其實我也是一個角色，而且如此真實。我扛起攝像機，拉起老主任就跌跌撞撞地往外走，說：「老主任，這世上的事情你哪裡管得過來，走，不如跟我看星星去，我心情不好了就去看星星，你看天上的星星有多少啊，地球也是顆星星。」

外面是無邊的黑夜，夜空裡有寒涼的星光，我丟下老主任，開始拍墨青的夜空，拍街頭的小販，拍擁抱的戀人，拍頹敗的工廠，還有那金色的木馬。這種感覺就像在寫詩，就像一個鋼琴師在琴鍵上隨便彈奏自己編出來的一串音符，我甚至不知道自己拍的到底是什麼，我也不想知道，我只知道此刻我是如此需要它們，就如同聖徒置身於教堂，只要能聽到與聖誕有關的依稀的音樂，那便是最大的安慰。活在這個世界上，多少人需要這種聖誕式的安慰，比如那舉著毛衣讓我看的老車間主任，比如他那已經死去的相好，比如我那在北京的前女友，比如此刻的我自己。

我對著無邊的夜色拍下一個悠遠緩慢的長鏡頭，鏡頭裡有黑暗，有蝙蝠，有樹影，有星光。我一連拍了兩遍，緩慢、莊重，如同在鋼琴上彈奏一曲《聖誕憶舊》。

第二天早晨我哆哆嗦嗦地從路邊爬起來，發現自己就在路邊過了一夜。到了老車間主任家裡一看，他上身還是昨天那件衣服，下身卻只穿著一條花短褲，坐在桌子旁邊發呆，渾身還散發著宿酒的難聞氣味。我嚇了一跳，說：「老主任，你怎麼穿個短褲坐著？」他連忙往自己下身一看，驚叫道：「我沒穿褲子？我都不知道我居然沒穿褲子，那我的褲子呢？肯定是被人扒走了，昨晚喝多了，也不知怎麼就跑到大街上睡去了，後半夜被凍醒，就自己走回來接著睡了。真是喝多了，我醒來坐這兒半天了都沒發現我居然沒穿褲子。」我抱歉地說：「哎呀，昨晚是我把你拉出去的，打算帶你看星星，結果我自己喝多後也睡在大街上了，都沒管你。」他說：「不礙事不礙事，肯定是哪個可憐的流浪漢連條褲子都沒有，馬上天就冷了，就當送他了。我昨晚喝多了，說了什麼我自己都忘了。」我說：「老主任，你什麼都沒說。」他說：「不過酒後的話大部分都是真的，倒是也可以信。」

我反倒不知道該說什麼了。他又說：「你進來的時候我正在這裡醒神呢，酒還沒醒，所以也沒覺得腿上冷。」我說：「我也喝多了，不過運氣還真是好，醒來一看，攝像機還抱著，居然沒丟，真是走大運了。」他顯然根本沒認真去聽我在說什麼，只是帶著一身宿酒氣，光著兩條腿，遲鈍地戳在那裡，又定了會兒神，才像下了什麼大決心一樣，咬著牙狠狠對我說：「看來我就不是你想拍的那個人，反正好人壞人你都不想拍。」

看著他的目光，我忽然有些害怕，不知道他下一步要幹什麼，於是忙說：「哪有哪有，你就很合適，我特別喜歡你那件毛衣。」

他忽然陰冷地盯了我一眼，我打了個寒顫，手心出汗，忙補充道：「我是說你毛衣的故事，不是毛衣。」他又盯著我看了好一會兒才終於把目光挪向別處，對著空空的牆說：「你不想拍我我不會勉強你的，總不能把你吃了。就剛才我倒是忽然想起一個人來，我覺得她肯定是你想找的人，我給你打包票。她原來也是我們廠的女工人，叫李小雁。她父親原來是我們廠裡的老工人，當年死於廠裡的一起事故。她初中畢業沒多久就去南方打工養家了，一個人在外面闖蕩了總共十來年，有一天忽然回來了，還哭著喊著要進廠子當工人。因為她父親死於工傷，我們就把她招到了廠裡，其實那時候我們已經聽到廠子改制的風聲了，只是還不確信。那時候，她就有二十七八歲了，還沒有結婚。結果她到了我們廠沒兩年，廠子就不行了，開始下崗了。她就每天往廠長那裡跑，想求廠長不要讓她下崗，聽人講，她後來在廠長面前把衣服都脫光了。但這也沒有用，最後還是得下崗。她就和廠長約好，下班後在一個車間裡見面，她要和廠長最後一次談談。結果你猜怎麼，兩個人談崩了，李小雁在氣頭上一把把廠長推倒在了車間的電解池裡，幾分鐘的時間，廠長就連人帶骨頭被電解液化掉了，一個人就這樣死了，屍骨無存啊。當然李小雁是不可能承認殺了廠長的，但那天就在那車間裡，有個工人因為忘了什麼東西又返回來拿，正好看到了殺人現場，後來就是這個工人出來做了證人，李小雁自己也承認了，於是就被判了二十年有期徒刑，後來大概在裡面表現好，又被減了幾年。我為什麼想到這個人呢，是因為再過十來天就是她出來的日子了。我一直都記得這個日子呢。她在裡面都十五年了，進去的時候三十來歲，出來的時候已經四十五六了。我們廠長死了竟然也有十五年了，那樣好的一個人。」

末了，他稍稍猶豫了一下，卻還是對我說：「我那件毛衣，你要不要再拍一次？」我也稍一猶豫，最後還是說：「老主任，差不多了。」他不再說話，也不再看我，只是揮揮手，示意我和我的攝像機可以走了。

我趕緊扛著攝像機連滾帶爬地離開了。

就這樣，我又循著老車間主任的話開始在棺材街上四處尋找李小雁的痕跡，因為聽他說李小雁從小就是在這條街上長大的。這條街本來不叫棺材街，反而有一個聽起來很正派的名字——興華街。它在一個縣城裡其實不算老街，一排排低矮的宿舍平房一看就是七八十年代建的，沒有磨得油光水滑的老青石板路，沒有掛著銅風鈴的飛簷，這裡是隨工廠一起興起的工人區。九十年代末工廠倒閉之後，這條街便也跟著衰落，漸漸淪落為縣裡的殯儀一條街，就被人們喊成了棺材街。我在棺材街上一連遊蕩了數日，加上老車間主任從中幫忙介紹，我逐漸打聽到，李小雁有一個弟弟和母親還住在這條街上，弟弟四處給人打工，一家人的生活也很窘迫，母親則因為腦萎縮，幾年前就已變成了痴呆，都不怎麼認識人了。

棺材街上。

老年婦女甲（退休老教師）：「你說李小雁啊，怎麼不認識，我就是她初中時候的語文老師。這個學生上學時不怎麼愛說話，喜歡在日記本上寫點詩歌，春天花開了她要寫首詩，下點雨她也要寫首詩。因為這個我還說過她，我說日記就要好好記事，不能寫個詩歌就應付了。不過她個人資質很一般，雖然學習刻苦，但是用功不到點子上，考試成績一直也就是班上的下游。這樣的學生考不上大學是很正常的，所以李小雁初中畢業就不上學了。我記得那時候經常讓她幫我擦黑板，因為她特別聽話，你和她說什麼就是什麼。她也很願意幫老師幹活，可能生怕自己成績不好被老師瞧不起。你說這樣的學生能去殺人，還把人推進鹽酸池裡？我怎麼都不能把這種事想到她頭上去。聽說她最後還真坐了牢，到現在都沒出來。」

中年婦女甲（縣醫院B超大夫）：「我和李小雁小學、初中都是一個班的，又住在一條街上，我太了解她了。她是那種不太聰明的人，但自尊心強，就知道死用功。上初中的時候，我們班有個女生學習成績特別好，李小雁就什麼都學人家。那女生早早去學校背英語，她就去得比人家更早，也在教室裡背英語。那女生中午要做會兒作業才走，她便走得比人家還晚，連午飯都要吃不上了。晚上睡覺前她還要跑到那女生家門口偷看一下人家屋裡的燈滅了沒有，如果沒有就說明人家還在看書。那她也不睡了，回去繼續看書學習一直到半夜。她一心要做好學生，可就這樣學習也不好。所以班上的男生們都喜歡捉弄她，我記得那時候他們經常走在她後面忽然揪她的頭髮玩。初中上完她就不上學了，那時候大概正是八十年代的尾巴，聽大人們老說下海下海的，流行個體戶，她便也跟著別人去深圳打工了。我考上衛校之後，她還從廣東給我寫過一封信，說很羨慕我什麼的，裡面夾著一片乾花瓣，她在信中說是木棉的花瓣，北方沒有。我也沒回她。後來我們之間就再沒有聯繫過，偶爾想起小時候，我還覺得心裡挺過意不去的。人小的時候不懂事嘛。再後來就忽然聽說她殺了人。她這人雖然不聰明，但從小那麼上進，所以她能殺人，我還驚訝了好一陣子。」

中年男人甲（小雜貨店店主）：「我們是初中同學，上學的時候李小雁確實經常被班上的男生們欺負，我記得有一次我們跟在她後面追著她跑，要拽她的頭髮玩。因為那天她梳了根奇怪的辮子，學校裡從來沒見有人梳過，她還在辮子上綁上路邊採來的野花。那時候哪有女生會把野花戴到頭上去學校的？她摘個花草、撿個樹葉、捉個蝴蝶什麼的，都要夾在本子裡，等樹葉乾了還在上面寫上詩。我見過她用的一條手帕上都用毛筆寫上詩，你說那還能用嗎？一擦不都擦到臉上了？還往死裡用功，學習也不咋的。她人也不壞，可那時候我們為什麼都討厭她呢，現在想想，可能就是覺得她老是在做一些她搆不著的事情，像活在夢裡一樣，有時候覺得她都不像個真人。我們那時候欺負她其實也是一個看一個學來的。」

中年男人乙（縣教育局職工）：「我就記得李小雁特別喜歡寫詩，這在中學生裡還是不多見的。有一次交日記的時候她又交了一首詩，被語文老師批評了一頓，說她偷懶耍滑，分行寫了幾句話就當一天的日記交上來了，還把那首詩當眾讀了一遍。那詩也不見得多好笑，就是些樹啊、雲啊、眼淚啊之類的無病呻吟的東西，但全班人都笑成了一團，都覺得可笑得不行，以至於我後來好多年裡都不敢和別人承認自己也是喜歡讀詩的。後來我在師專讀中文系的時候，不知怎麼有一天想起李小雁，我心裡忽然就一陣難過。就連她後來的流浪、殺人、坐牢，都和別人不一樣，有點像俄羅斯小說裡的生活。其實啊，我覺得她還真是個有詩意的人。寫詩本來就不一定是聰明人幹的事，你想，太聰明的人哪有心思每天看花、看樹葉、看月亮？因為這個世界給聰明人的機會太多了，他可以去做很多事，寫詩顯然沒什麼用。」

中年婦女乙（焦化廠會計）：「我們以前是同學，李小雁這個人哪，一方面比誰都聽話，別人告訴她什麼就是什麼，好像很容易被人擺布。另一方面，她無論怎麼聽話，都還是和別人不大一樣，不知哪裡就是有點彆扭勁。要不你想她一個女人家後來怎麼會去殺人呢？殺人那可不是誰想殺就殺得了的。」

李小雁出獄的那天，我一大早就去了郊外，在監獄門口等著接她。監獄的大門開了，我看到一個穿著一身灰色囚服的女人夾著一只小包怯怯地站到我面前。在見到她之前，我已經把她想像了無數次，可是等她終於站在我面前了，我還是沒法把眼前的女人和想像中的那個對上號。她看起來枯瘦膽怯，不敢正眼看人，臉色暗黃，短頭髮裡夾著半頭白髮。我努力對她笑著，說：「是李小雁吧，他們已經和你說過了吧，我就是來接你的那個人。」

她都來不及看清楚我的臉就急切地說：「你能幫我買身衣服嗎？我以後還你錢，讓我先把這身上的衣服換掉。」我打開隨身背的包，取出一套女人的衣服遞給她，說：「前兩天就給你買好了，就是不知道合身不合身，先試試吧。」她接過衣服連個謝字都不說，就急匆匆地躲進附近的樹林裡換衣服。我抽著煙等她出來。儘管我已經在盡可能地降低這部電影的成本了，但李小雁對我來說是這部電影裡最關鍵的一個人物，我必須取得她的好感。

她穿著一身換好的衣服出來了，因為她太瘦，衣服還是顯得大了一點，袖子得挽起來兩道，整個人裝在裡面空蕩蕩的。我說：「唉，還是買大了，真是抱歉。」因為已經脫下了囚服，她臉上的神情不似剛才那麼緊張，只是手裡還團著那身換下來的囚服不知所措。她沒聽我在說什麼，只是求助地看著我問道：「怎麼處理？扔了，還是送給什麼人？」

我扔掉煙頭，接過那身囚服扔到了附近的一個垃圾堆上。我說：「你不捨得扔掉，難道還想送別人穿？」她站在我面前一直不敢看我的臉，只說：「我是看衣服還好好的，扔了可惜。」片刻之後，她躲著我的眼睛慢慢走到了我面前，似乎猶豫了幾下，才下了決心一般忽然說了一句：「那個，你能借我點錢嗎？」她語速很快，似乎生怕說慢了就說不出口了。我微微一愣，她感覺到了我的猶豫，立刻抬起頭來直直盯著我，臉上是一種暴露無遺的、毫不設防的乞求。「你能先借我點錢嗎？等我一有了錢就還給你。不用多，我就是想買點吃的回去看看我媽，我弟弟寫信說我媽還活著，我已經十五年沒有見到她了啊，我都想不出她已經老成什麼樣子了，我覺得她能活下來就是在等我。」

我用租來的電動摩托車帶著她找到一家小超市，她有些惶恐、有些迷惑地看著超市，看著貨架上擺放的東西，像剛來到一個陌生星球的外星人，輕輕拿起這個又放下，拿起那個又放下。在超市裡轉了幾圈之後，她還是小心翼翼地選了幾樣最老式的食品——白麵包、混糖餅、橘子罐頭。在付錢的時候，她還不時拿眼角偷偷看我一下。我假裝什麼都沒看到，只是站在門口抽煙。

她用塑料袋拎著食物，我把她帶到了棺材街上的家門口。她從電動摩托上下來的時候幾乎站立不穩，兩條腿都在打哆嗦，她把那只塑料袋緊緊抱在懷裡，踉蹌著靠在牆上喘氣。我走到她身邊時，竟然可以觸摸到一種從她骨骼裡散發出來的恐懼，那恐懼摸上去堅硬而冰涼。我扶住她的肩膀往前走，她的腳已經幾乎不是自己的了，全身的重量都倚在了我的那隻手上。我幫她推開了院門。

然而就在推開院門的那一瞬間，我忽然感到一種人形的力量從這女人癱軟的身體裡剝離出來，把女人的肉身丟棄在一邊，以一種堅定的甚至有些快樂的步伐向屋裡走去。它顯然對這裡的一切都太過熟悉，以至於什麼對它來說好像都是透明的。它像魂魄一樣從門裡穿過去，從其他一切的中間穿過去，一直來到躺在床上、渾身散發著異味的老婦人面前。它怪異地、簡單地叫了一聲：「媽。」

老婦人半躺在床上，蓬著一頭灰白的頭髮，兩隻手袖在袖子裡，呆滯地看了來人一眼，顯然並沒有認出她是誰。她把塑料袋裡的吃的一件件掏出來，積木一樣搭在老婦人面前，然後又抖著聲音叫了一聲：「媽。」老婦人眯起兩隻混濁的眼睛盯著她看了半天，似乎想起了什麼，又看了看她帶來的食品，張了張嘴，說了一句：「帶這麼多好吃的做啥，你是誰家的？」

她的嘴張開又合上，再張開還是合上。呆呆坐了幾分鐘之後她站了起來，環顧四周一圈，忽然抓住角落裡的掃帚就開始掃地，又擦桌子，又給老婦人換洗床單。此刻她整個人身上散發出一種浩大而溫柔的平靜，幾乎沒有一點破綻，這種平靜使她看起來像正滑行在軌道上的月球，散發著磨砂質地的光暈。她似乎越幹活便越快樂，到後來還小聲哼起了一首十幾年前流行過的

《九百九十九朵玫瑰》。這時候門被推開，進來一個中年男人，看樣子應該是她的弟弟。男人看見她一愣，繼而淡淡地打了個招呼：「回來了？」

「嗯。」

男人在一只板凳上坐下來，我遞過去一支煙，他把煙點上，打量了我一番，卻並不和我說話，只是繼續問那女人：「在裡面過得怎麼樣？」

「就那樣，每天都一樣，白天在車間裡幹活，晚上按時睡覺，過年過節的還有頓餃子吃。」

「聽你這口氣，在裡面也沒受過什麼罪啊。」

她不接話了，哼著歌繼續搓洗床單。

男人忽然從凳子上蹦了起來，用一根發抖的手指指著女人的鼻尖罵道：「坐了十幾年牢出來了，你居然還唱得出來，我嫌你丟人都不夠，你還能唱出來？你看你現在是個什麼樣子，天不怕地不怕的，殺過人，坐過牢，出來了還有臉唱歌，真是一點悔改的意思都沒有，這牢我看你也是白坐了。你要是回來，就千萬別讓街坊鄰居再看見你，他們都在背後指點你呢，我跟你丟不起這人。」

她洗床單的兩隻手只略略停頓了幾秒，然後，她抬起頭忽然對著空氣堅定地微笑了一下，低頭又繼續搓洗。她的兩隻手越搓越快、越搓越快，到最後，她整個人簡直都要乘著她的那兩隻手飛起來了。我從她的眼睛裡連最後一絲恐懼都看不到了，她的眼睛裡堆積著一大片奇異的安詳和肅穆，像雪地裡站著一棵掛滿了彩色燈泡的聖誕樹，遠處是雪橇上依稀的鈴鐺聲和孩子們的笑聲。

我站在屋門口，忽然聽到坐在床上的老婦人在屋裡大放悲聲，她抽抽搭搭地邊哭邊說：「你還給我洗床單，閨女就是好啊，我原來也有個閨女的，小川說她去了南方掙錢，還掙了大錢，可她就是不回來看我，我一年年地等，可她就是不回來。每年過年侄兒們、外甥們給我的幾十塊錢我都偷偷攢著呢，等我攢夠了路費，我就去南方看她去。」

李小雁已經把洗好的床單晾在了院子裡，正好有風從院子裡吹過，鼓鼓的床單像隻即將開走的大帆船，她把自己埋在飛翔的床單裡久久不肯出來，只露出兩隻瘦骨伶仃的腳在外面，那兩隻腳上穿的是一雙綠膠鞋。我知道她也許正躲在那裡面流淚，也許不是。但我絕不去催她，只走到院子裡的棗樹下又抽起一支煙來。自打離開北京，收入越來越少，煙癮倒是越來越大了。

只見那鼓起的床單像一大片雲一樣久久托著她，不忍把她放下來。

弟弟家是不能住了，我只好用租來的電動摩托帶著她來到我寄身的旅店。進旅店的時候，我恍惚看到有個人影站在不遠處，好像正看著我們，我也沒多想。我說：「我再給你開間房吧。」她連忙惶恐地衝我擺手道：「不用不用，真不用，太浪費錢了，你能讓我打個地鋪就行，我睡哪裡都能睡著。」我也正在發愁這又多出來的一筆開銷，見她這麼說便把她帶到我住的房間裡，指著另一張床說：「這裡倒是有兩張床，你要不介意就先在這裡將就一下，前提是你肯信任我。」

她忙不迭地說：「就這兒就這兒，住這麼好，這麼大的床，這麼軟和。」說著就把那只從監獄裡帶出來的小得可憐的布包端端正正地擺在枕邊，剛才在她弟弟家時臉上的那種過於虛張聲勢的平靜明亮已經徹底萎謝下去了。事實上她整個人此刻看上去都是萎謝的，不是痛苦，不是憤怒，沒有怨恨，沒有任何鋒利的東西在裡面，就單單是一種從骨頭深處長出來的萎謝，而這萎謝又散發著白骨般的釉光。

我遞給她牙刷和毛巾，說：「這是專門給你買的，不知你喜歡什麼顏色，我特地給你挑了塊粉紅色的毛巾。」她接住了，有些惶恐地看了我一眼，不說謝謝，只低下頭去反覆研究那塊毛巾。我說：「我還沒來得及和你細說，我是個拍電影的。我想拍一部關於老工廠的電影，再沒有人拍的話，它們可能就要從這地球上徹底消失了。我找你是因為我對你十幾年前的那些和工廠有關的故事很感興趣。我是覺得，它們應該留下點紀念。你覺得呢？不過這個還是要看你自己，如果你同意的話，這段時間我也不會白辛苦你，我會盡我的能力付給你一些報酬。」

我不忍說出的一句話是：我知道你剛從裡面出來，身上肯定一分錢都沒有。我更不忍說出的另一句話是：我也知道你一定會答應的，因為你沒有其他選擇。

我發現我在這個世界上越來越像一個形容醜陋的軟體動物，那只攝像機就是我背在身上的堅硬殘忍的殼，下面包裹著的是我內裡那種肉質的軟弱和乾渴。

果然，她只是疲倦地點點頭表示同意，也不多說什麼，便側身朝裡躺了下來。我剛要伸手關燈，她忽然睜開眼睛恐懼地對我說：「不要關燈，我在監獄裡十五年，晚上都沒有關過燈，關了燈我會睡不著，會害怕。」

於是燈就整晚那麼亮著，我能聽見燈泡裡面因為阻絲燃燒而發出的微弱的爆裂聲，有一隻蟲子使盡全力想撞到燈泡的光亮裡去。她背對著我，但顯然也沒有睡著，我覺得應該讓她輕鬆一點，便對著她的背影說：「不要為難，我肯定不會勉強你的，你要不願意，明天就可以走。我是想說，你不要把這件事情當成一種負擔，甚至這也不算一種工作，你只要給我講一些你們工廠過去發生過的真實的故事就好，就你知道的那些過去的事。我想在這部電影裡能說點實話。」

她重複了一遍：「那些過去的事。」

我說：「對，你好好想想。」

我沒有辦法告訴她，那些過去已經變成一個時代，而不管是多麼瘋狂、多麼無法理解的時代，只要放在整個歷史中去看，就會發現它們自有著一種內部的秩序、內部的音律，甚至於悠然自得，就像四季俯仰、日盈昃月滿虧一樣。

她面朝裡安靜地躺在那裡，不再接我的話，不知道是不是已經睡著了。她好像完全不介意睡在這屋裡另一張床上的是個男人，那也就是說，這種性別之間的氣息差異對她來說已經很不重要了，她並不在乎我是個男人還是個女人，顯然我只要是個人就可以。她雖然就睡在離我兩米之外的地方，我卻感覺她整個人是被裝在一只透明的玻璃匣子裡的，她不想出來，別人也別想進去。至於我，一個學油畫出身的攝影師，即使再窘迫、再孤獨，也還是有一些執拗的審美，很難對她有任何性別上的幻想。

這時候我忽然發現她只睡了靠外的半張床，而靠裡的半張床是空著的，這不像是無意中空出來的，而是刻意留出來的。細細一看，倒像是有一個看不見的人正躺在那裡，我忍不住打了個寒顫。這時候我又發現，擺在她枕邊的那只小布包不知什麼時候已經不在那裡了，而是被她緊緊抱在了懷裡。

四

第二天早晨，我醒來的時候她已經在洗漱了，我看到她正用那塊粉紅色的新毛巾反覆擦洗自己的臉和手，末了，又把那毛巾久久貼在自己一邊的臉頰上摩挲著，不捨得放下。

吃早飯的時候我點了兩籠熱氣騰騰的包子，她並不看我，只是面無表情地看著包子，然後一聲不吭地拿起來一個吃了。她嚼得很慢很細，嘴裡沒發出一點點聲音，嘴唇也幾乎不動，像是很不好意思被我看到她正在吃包子。她吃完一個，猶豫了一下，又拿起一個吃了，然後又吃了一個。吃完第四個包子的時候她忽然打了一個飽嗝，她一驚，像是不相信是自己發出的聲音，嚇得連忙把嘴捂上。

我遞給她一碗小米粥，問道：「你這些年在裡面過得怎樣？」她又把那幾句話機械地重複了一次：「白天到車間幹活，晚上按時睡覺，過年過節還有頓餃子吃。」兩人沉默了片刻，我又試著問：「你為什麼在九十年代末才進工廠？那個時候國有工廠已經都開始面臨改制和破產了啊。」李小雁不安地看看一邊的攝像機，又不時偷看我一眼，半天才說：「我想回廠裡看看，行嗎？」我心中暗暗高興，看來她還願意回去。

她帶著我來到了工廠門口。深秋的風從廢墟一般的工廠上空呼嘯而過，我和她站在金色的木馬前，都有些畏懼地看著這龐大的骨骼林立的老工廠。當我們走在其中的時候，我又覺得就像立刻墜入了時間的永生地帶，周圍除了時間還是時間，大團大團黏稠的時間，無邊無際無始無終的時間，大雪一般覆蓋住一切道路。沒有過往，也沒有將來。

她腳步蹣跚地往前走，眼睛上有一層灰濛濛的薄脆的淚影。我不忍心去看她的臉，只通過攝像機看著她，這樣就好像給我們彼此都隔離出了一個安全地帶，好像我和她並不在一個世界裡。來之前我已經和她說過，她可以用她所願意的任何方式去講述這工廠裡過去發生的故事。但我發現，當她真的站在這工廠裡的時候，即便不說話，光是她的表情和背影也足以令我滿意了。

走著走著李小雁忽然站住了，她只是舉目四望，卻不敢再往前走一步。我猜測，她一定是來到了什麼熟悉的地方。這麼多年裡，她一定是在夢中一次又一次地來過這裡，在那些黑白的夢境中，她看不清任何人的臉，包括她自己的。十幾年之後當真的站在了這夢中的工廠裡，她一定在艱難地辨別著，這是不是只是又一個夢境。

呆立了一會兒之後她終於又邁步，腳步蹣跚地向工廠更深處走去，我扛著攝像機一路跟在她後面。我想起諾蘭有一部電影就是關於多層次的夢的，做夢，夢中之夢，夢中之夢之夢，夢中之夢之夢之夢。電影中的夢就是在虛無中用意識建造出一座城市，夢中人的每一次退出與重新進入都是一座身世之牢。所以，那些一再重複的夢境對一個人來說其實很容易變成一個真實的世界，直到他徹底無法區分夢境與現實。

有些走累了，我們在長滿荒草的臺階上坐了下來，荒草沒過了我們的頭頂。我說：「你曾經夢見過這裡嗎？」果然，她說：「開始的時候每晚都會夢見這裡，沒有一個晚上不夢見，夢見我又來上班了，夢見我們新發的白帆布手套戴在手上，在陽光下乾乾淨淨的。夢見我們又圍著桌子吃著瓜子開茶話會，夢見我們表彰先進工作者的鏡子還掛在牆上，又夢見我們一起在廠子後面的樹林裡摘柿子吃。秋天的時候，柿子葉基本上已經落光了，只剩下那些金色的大柿子掛滿枝頭，陽光好的時候，看上去真像在樹上點著一盞盞燈籠。那柿子又軟又甜，鳥兒們和松鼠們也愛吃。我還經常夢見我以前的那些同事，每次他們都對我說同樣的話——你可回來了啊。我在夢裡都能清楚地感覺到自己的快樂和擔心，我在夢中對自己說，這次一定不是做夢，這次一定是真的，我一定是真的回來上班了，我終於又回來了，這次回來我就再也不走了，我願意到老都在這裡，我哪裡都不想再去。有時候夢做著做著我就會哭出來，一直到把自己哭醒為止。醒了才發現，原來真的還是一場夢，還是一場夢。然後我就會想，能再回到剛才的夢裡該多好啊，我想再睡過去，再繼續那個夢。所以在監獄裡有很長一段時間，整個白天裡我最盼望的就是天黑，因為天黑了就可以睡覺，睡覺的時候就可以做夢。到後來，再後來，一年又一年過去，夢見這裡就越來越少了，有時候一年才夢到那麼兩次，每次夢到這裡的時候我就像過節一樣高興，覺得不管過去了多少年，自己終於還是回來了，在夢裡又回到這裡了。你不知道，有時候做夢真讓人快樂。」

她臉上仍然是那種麻木而略帶不安的神情，看不到我期待中的大慟或大喜。她就像一個正遊走在明冥分界處的魂魄，好像她自己也分不清過去和現在，分不清獄裡與獄外，甚至也分不清現在到底是一九九九年還是二〇一五年。

時間對她好像已經失去了效力。

我問她：「這工廠裡你最喜歡的是什麼地方？」她慢慢走到牆角下抓起一把土給我看，她邊在土裡翻找著什麼邊說：「你看這廠子下面的土，這下面都是沙土，裡面還經常能找出很小的貝殼，看，就是這樣的貝殼的碎片，北方連雨都很少下，怎麼會有貝殼的碎片？我很小的時候跟著我父親來這工廠裡玩的時候就發現這個祕密了，但我沒有告訴過任何人。因為我覺得這是只屬於我和這工廠的一個祕密，它就像一個老人一樣，有很多屬於自己的祕密，我得為它守住這點祕密。後來我也想過，這個縣城在幾億年前可能是海底，後來滄海桑田地殼運動，把海底變成了黃土高原，就是在這黃土高原上慢慢有了村莊、縣城。所以這廠子在很遠古的時候其實是在海底的，可能這裡原來長滿了水草和五顏六色的珊瑚，魚兒們在其中游來游去，現在卻變成了一片破舊的工廠，連一個人影都沒有了。我從小就沒有見過大海，那時候就是因為這些從沙土裡撿出的貝殼碎片，我突然覺得離大海好近，好像我就站在曾經的海底，魚兒們正從我身邊經過，海星爬到了我的腳指頭上，水草像頭髮一樣漂來漂去，我站在那裡是多麼自由自在啊！」

「我還是想問問你，你為什麼要在快三十歲的時候忽然回到這工廠？」

「在我小的時候，我父親來工廠上班就把我也帶來，讓我一個人在廠裡玩，捉蟲子，撿石子，摘柿子。我對這裡最熟悉。」

「你那時候是不是還把進工廠當成進體制的保障？」

「我從小到大都沒有自己做過什麼主，上學的時候只想做個好學生，因為別人都喜歡好學生。剛上完初中，別人說正流行下海，上學沒什麼用了，不如去南方闖蕩，我就跟著去廣東打工了。我就像一直在被推著走。我在南方待了很多年，都快三十歲的時候，忽然就想回來。別人又說你都出去這麼多年了，南方比北方工資高，別人都往南方跑，你卻要回來。可是我忽然覺得，這些和我究竟有什麼關係？我總是想起通往工廠的那條小路上開滿野花，想起沙土裡的那些小貝殼，想起秋天裡的那些大紅柿子。一想起來，我心裡就覺得快樂。後來我就自作主張回來了。我回來的時候也不知道再過兩年工廠就要倒閉了。」

聽到這裡我心裡忽然一陣難過。我發現我在拼命窺視她、打探她，想要知道一個人與體制之間的真正關係。因為我已經開始越來越頻繁地懷疑自己當初離開北京到底是對的還是錯的，而我又不能不為這種懷疑感到羞恥。如果說我不該離開北京卻離開了，而她是不該留在工廠了卻一定要留下來，那麼我們看似如兩輛列車一般背道而馳，結果卻奇異地殊途同歸。

我摘了身邊的幾根狗尾草編成一隻鳥送給她，她笑了一下，說：「小時候常玩的。」我又問：「可是，後來你都知道廠子要倒閉了為什麼還是不願意離開？」

「我都回來了還能去哪裡。」

「所以你就想一輩子守在工廠？」

「守不住的，最後什麼都要消失的。我在監獄裡睡不著的時候經常想，那麼大的一個工廠怎麼說沒有就沒有了，看來世上真的沒有什麼永遠的東西。我們那個縣城說不來有一天說消失就消失了，說不來哪天這黃土高原就又重新回到海底了。我們住過的房屋、我們的工廠都會被海水淹沒，人是沒法再住進去了，只有大大小小的魚兒們從門進去，再從窗戶游出來。還有螃蟹、蝦米、貝都住在裡面，像一大家子一樣。這樣想來想去，就覺得守不住也無所謂了，連海底都能變成高原，又能從高原變回到海底，一個工廠又算個什麼。」

我忽然想起在棺材街上聽到的那些話。

中年男人丙（下崗工人）：「李小雁是後來才進了我們廠的，那時候都很晚了，一九九七年吧，從她進廠到廠子倒閉統共也就兩年時間。她進廠的時候年齡已經老大不小了，奔三十了吧，聽說在廣東打了好多年工，也不知道幹過些什麼亂七八糟的工作，只聽說好像被騙過好幾次，錢也沒掙到多少，還有人說她在那邊坐過檯，也不知真的假的。進廠的時候還打了她爸當年死於廠裡事故的旗號，不然也招不進去。她倒不是壞人，但是確實不太討人喜歡，怎麼說呢，就覺得不知道她什麼地方總和別人不一樣，她那麼大年齡的人了，時常表現得像個小姑娘一樣，要麼在自己的衣服袖口上綉朵花，要麼在手腕上用五色線戴兩只小鈴鐺，盯著片樹葉也會一看老半天，還把廠裡那些開殘了的花瓣都拾起來說要做香囊。說上進倒是真上進，可上進得也和別人不一樣，像個小學生一樣。你想她都那個年齡了，又獨自在外面闖蕩了多少年，開會的時候還要坐在第一排，一個字一個字認認真真地做筆記，好像別人告訴她什麼她就聽什麼，領導說的那些假大空的話她居然也都相信，還要記下來。見了領導恨不得把整顆心都掏出來給人家看，好像生怕別人會嫌棄她。她倒是在背後從不說任何人的壞話，不拌嘴，也不扯閑話，一說全是些書裡面的話，像背書一樣，可是這樣已經很嚇人了不是？下班了也不走，還要一個人在車間裡加班加點，錢也不比別人多拿一分，上班又來得最早。聽說她晚上還要熬夜點燈地寫詩，就是寫個花朵啊、月亮啊，寫好了還要往出投稿。」

我說：「其實你當時是不是一回到廠裡就已經感覺到那種失業前的危險了？」

「……」

我又說：「你還記得當年你戴在手腕上的那串鈴鐺嗎？你還留著它們嗎？」

她不看我，好像沒聽見，只是向著那些幽暗的住著蝙蝠的車間走去，我緊跟在她後面。車間裡蟄伏著一臺臺鏽跡斑斑的大型機器，像插滿墓碑的墳場。她指著這些龐大的機器說：「我當年就在這個車間裡，當年好幾個工人的手指都是被這種切鋼板的機器切掉的，那被切下來的手指自己還會蹦一會兒，還有的人整隻手都被切掉了，就是從手腕這裡。我當時很害怕的，害怕哪天我的這隻手也被整個切下來，就給自己編了串鈴鐺，鈴鐺叮叮噹噹響的時候就像在提醒我，要小心要小心。幹活的時候我真怕自己的手忽然就沒了，後來這隻手一直留著，那鈴鐺卻早不知丟哪裡了。」

她站在機器中間一邊細細端詳著自己的那隻手，一邊說：「那時候我是很害怕，害怕傳說中的破產，害怕手會被機器切掉，所以我就拼命地給自己找些小快樂，就是用月季的乾花瓣做個香囊我都覺得很快樂，戴串鈴鐺我也會覺得快樂。」

我們默默地往出走。

我用攝像機對著外面那些冰冷的鋼爐說：「這些鋼爐都燒開的時候是什麼顏色的？可惜看不到了。」

她說：「是金紅色的，好像太陽住在了爐子裡，讓人都睜不開眼睛，還讓人覺得恐懼，因為你不知道它們什麼時候會突然跑出來。後來真的有個鋼爐裂開了，裡面的鐵水噴了出來，就像太陽炸裂開一樣晃眼。人們還沒看清楚的時候就燒死了一個開爐工人。」

我問：「被鐵水燒死的人是什麼樣的，會不會變成黑炭？」

她輕輕笑了一下，說：「黑炭？怎麼可能，只是一縷青煙罷了，只有一縷青煙，在一秒之內一個人就變成一縷青煙飛走了，你都來不及和他打招呼，也來不及看清楚，他是從窗戶裡走的還是從門縫裡走的。」

我打了個哆嗦，說：「怎麼聽著就像《聊齋》一樣。」

我們走進一座二層的樓房，穿過長長的走廊，走進幽暗的休息室，在休息室裡的一把長條椅上坐下來歇息，長椅上落滿灰塵，陽光透過破碎的玻璃，生生滅滅地在她臉上變幻著，像有四季正在那裡疾馳而過。我小心翼翼地問了一句：「你在這廠裡上班的時候，談過男朋友嗎？」

她正數著在我們腳下一寸寸爬行的光陰，數了半天，那陽光爬走了，她才悵惘地說：「有啊。十幾年前的一天，我們剛在這裡吃過午飯，那時都是自帶的飯盒。然後就是在這把椅子上，趙金良，我們廠最優秀的一個技術員，是個大學生，那時他是我的男友，就是躺在這裡，把頭枕在我腿上給我講了很多很多。他給我講他小時候，講他外婆，他外婆怎麼帶著他在雨後採蘑菇，怎麼帶著他走幾里山路去聽戲。那時候陸續開始下崗了，車間裡上班的人已經少了很多，但機器每天還在轉動，我們只要看見機器還在轉動就覺得還有明天，心裡就踏實了不少。那天他好像有什麼預感一樣，忽然就對我說了很多很多話，說他小時候就愛學習，因為他知道除了學習沒有別的出路，所以後來還算順利地考上了大學，他們全村幾年裡就出了他一個大學生，大學一畢業就被分到我們廠裡做技術員。他的話剛剛說完，就見我們車間主任急匆匆地走了進來，看見我們坐在這裡就告訴了我們一個消息：通知下來了，從明天開始廠子就正式解散了，工資停發，以後就不用來上班了。車間主任走了很久，我們還在這裡坐著，沒動。後來他忽然一把抱住了我，但什麼話都沒有再說。」

我想像自己正坐在一間黑屋子裡剪輯這些片段。我把從棺材街上聽到的一段話剪下來貼在了這裡，彷彿它們是萬花筒深處的一堆碎片，只要隨意變換一下位置和顏色，就可以看到深處和更深處的景致。

中年婦女丙（下崗女工）：「李小雁當時已經快三十歲了，還單身著，我們廠長還試圖要給她介紹幾個外廠的男工人，她都不去見，也不願和人家介紹自己的情況。看她那樣子倒不著急，不像是想結婚。可是我們都知道她偷偷喜歡廠裡一個叫趙金良的技術員，他們年齡差不多，也都沒成家，但人家趙金良是大學生，怎麼可能看上她。她自己也明白，所以死也不敢過去和人家說句話，就只在背後一遍一遍地偷看那個人的背影。直到我們廠子後來倒閉大家散夥了，她都沒敢說出來。大傢伙都下崗了，那就更沒機會了。你不知道李小雁當時最怕兩件事，一件是別人在她面前提文憑，另一件就是別人問她在廣東打工的那十年是怎麼過來的。她特別害怕別人問她文化程度，所以有些職工登記表格發下去她也不填，工會上告訴她不填要影響工資的，她還是不填，當沒聽見一樣。我還記得她動不動就喜歡寫詩，大中午吃完飯她還要趴在辦公室的桌子上寫幾句詩，寫完還要自己讀幾遍，都成了我們的笑料。大概是她覺得這樣能顯得她有文化一些吧。」

我問：「那你們後來為什麼不結婚呢？」

她沒說話，從椅子上站起來。下樓。繼續往前走。我扛著攝像機跟著她。我恍惚聽到在我們身後還有一個人沙沙的腳步聲，回頭張望，卻不見人影。我跟著她來到廠子後面一個半乾枯的水塘邊，水塘的後面是一片樹林，因為常年沒有人來而顯得陰氣森森。她看著那水塘說：「這兒原來是廠裡最美的地方，這塘裡面原來有很多水，還有魚，是個野生的水塘。我記得那時候塘邊長滿了蘆葦，八月的時候，蘆葦開滿了白花，下雪一樣，飄得水面上到處都是。老是有大大小小的魚兒浮出水面，用嘴去咬那些蘆花，你站在岸邊都能看到水面上那些一張一合的魚嘴，特別好玩。那時候水還是清的，夏天的時候就有男工人們在這水塘裡游泳，冬天的時候整個水塘都會結冰，凍成一面厚厚的大鏡子，膽大的年輕人還會在上面溜冰。那些冬天的黃昏，夕陽快要落山的時候，金色的餘暉會斜斜落在整個冰面上，整個水塘看上去就像一大塊金色的水晶，會有一種很壯麗、很輝煌的感覺。那時候，我和趙金良大冬天下了班也不願回家，就願意坐在岸邊一起看著這夕陽下的冰湖。我記得有一次我一扭頭，正好看到他滿頭的黑髮被夕陽染成了透明的金色，毛茸茸的，像嬰兒頭上剛長出來的那種柔軟的毛髮。我忍不住就伸手摸了他的頭髮一下，他就乖乖坐著，只是看著遠處笑。北方的冬天真是冷啊，我們坐在那裡經常鼻子凍得通紅，得不停地跺腳，互相搓手，卻還是想多坐一會兒，多一會兒，直到天完全黑下來。那時候我覺得我們兩個可以一直就這樣坐下去，一直坐到我們都滿頭白髮，得互相攙扶著走路。」

中年婦女丁（賣菜的小販）：「那時候我們在廠裡都知道李小雁為趙金良寫過很多情詩，

我們就打趣趙金良，問他一共收到過多少情詩。他就很著急地辯解：『你們不要亂說話，真的一首都沒看到過。』又過了幾個月，他忽然就和一個小學老師結婚了，大概也是為了堵住人們的嘴。我們知道他心裡壓根看不上李小雁，所以就不願讓人們多開他倆的玩笑，要是自己喜歡的姑娘，怕是他每天都會盼著人們開他的玩笑吧。而且那時在工廠裡，大家好像都覺得寫詩是一件好笑的事情，談起這件事的時候互相之間都抿嘴一笑。」

她抬頭望著水塘對面的樹林，我也朝那裡望著，我忽然想起，老車間主任說的他和相好幽會的那片樹林大概就是這裡。她說：「就在這片林子裡長著很多柿子樹，還有核桃樹、杏樹。每種樹的性格其實都不一樣，有的喜歡熱鬧，有的就喜歡安靜，可它們還是能相安無事地長在一起。我記得林子裡有棵大杏樹，每到春天的時候就開滿杏花，我特別喜歡站在那棵樹下，有風吹過去的時候，一樹的杏花就像下雪一樣落我一臉、一身，那時節整個樹林裡都是杏花的清香。」

我說：「那我們要不要繞過去看看？」她卻搖搖頭，轉身離開。

我跟在她後面繼續往工廠深處走去。走著走著我看到廠房外面有一個很長的水泥池，便問她這是做什麼用的。她說：「這是原來的電鍍池，機器上的零件做出來之後要在這裡電鍍一下。

我記得那是一個夏天的下午，廠子裡的白楊樹已經長得很高，一有風吹過，樹葉就沙沙響成一片，有大知了在樹上叫個不停，樹下的蜀葵和波斯菊開得正鮮豔。我們圍著池子一起把電鍍好的零件撈上來，剛鍍好鉻的零件在陽光下閃閃發光，像剛撈上來一大網銀色的魚。你說奇怪不？這麼多年都過去了，那個下午的陽光和蜀葵我卻一直記得清清楚楚，就像昨天一樣。」

水泥池的旁邊是一個無聲洞開著的巨大車間，看不清裡面是什麼，只覺得凝固著一團一團陰森的黑暗，使人本能地不敢走近。我指著那車間問了一句：「這又是什麼地方？」

她看著那車間遲疑了半天，忽然幽冷地、低低地說出一句：「電解車間。」

她說這句話的時候，正是夕陽完全墜入樹林之時，隨著天邊最後一抹光線的消逝，周圍的一切轟然墮入了巨大的黑暗。車間、水塘和樹林都變成了粗礪的黑色剪影，在墨藍色的夜空下靜靜散發出鬼魅的氣息。

雪夜　李小雁

春雪的聲響
很輕

就像冬天從未來過這裡
我在這落雪的夜晚寫信
給那個過去的自己
我想感謝她
一直陪著我等到一場雪

深夜，慘白的燈光下，我和她躺在各自的床上。放在一邊的攝像機像一隻無處不在的何露斯之眼，它不分白天黑夜地在工作，要把她每一寸神情、每一個動作纖毫畢現地記錄下來。經過剪輯之後，我要讓這些黑白的影像變得明豔動人，我想讓那些被深埋在時間之下的白骨一樣的祕密轟然開放。我期許把它帶到電影節上的時候能引起一些轟動。

所以我必須拍好這部電影，因為這樣就算是沒有什麼商業票房，起碼也可以獲得一些電影基金會的扶持。

躺在床上睡不著便又細細算了算帳，在棺材街上的採訪花掉了一些錢，除了像老車間主任那樣急著出名的人不收錢，其他人多少都要付一些報酬才肯開口說話。還有每天我和李小雁的吃住開銷，老是住在旅館裡成本太高，還是得租房子。這樣算下來，前女友上次打到我帳戶裡的錢也快用完了。我唯恐看到等我再次山窮水盡時前女友又一次把錢打進我的帳戶，更恐懼於她即將把我忘記，即將把我徹底拋棄到人海中再不會想起我。

我躺在嘎吱作響的床上，又不能關燈，連黑暗裡都去不了，覺得真是焦躁而無處可逃。我朝那張床上看了一眼，那女人正背對著我，衣服也不脫，她每晚都是這樣穿著衣服睡覺。她對生活的期望好像真的已經低到了就這樣每晚和衣和一個男人睡在一間屋裡，她看上去既不抗拒，也不痛苦。在那一瞬間，我忽然對她充滿了憐憫、嫌惡還有愧疚。我第一次想到如果有一天我離開這裡了她該怎麼辦。

她忽然輕輕翻了個身，看來也沒睡著。我試探著問：「你是不是也沒睡著？那聊會兒吧……」

你在監獄裡睡不著的時候會做什麼？」她面朝牆沉默著，我以為她打算裝睡，沒想到她突然開口說話了。她說：「想事情，什麼都想，把從小到大所有能想起來的事情一件一件地想一遍，反反覆覆地去回憶每一個細節。想到後來，那些過去的事情就會變得像真的一樣，好像正在我眼前發生，包括過去的那些人，那些很久以前的人，還有那些已經死了的人，都會一個個活生生地走到我面前跟我說話。這麼多年過去了，他們居然一點都沒有變老，還是我記憶中的樣子，我的爺爺、我的外婆，還有我父親，還有趙金良，還有廠長，他們看上去都那麼年輕。只有我一個人變老了，像個老太婆一樣滿臉皺紋，坐在他們面前，我都覺得不好意思被他們看到，可他們還是經常會來看我。後來我便覺得，人能活在回憶裡其實也挺好的。我記得有一次在夢中，趙金良把他的手放在了我的手上，我在夢裡都能感覺到他手心裡的溫度，手是熱的，那是人的手。我知道，如果是鬼魂的話，手應該是涼的。」

老年男人甲（退休工人）：「李小雁她爸如果不是當年死於廠裡的事故，她可能後來也進不了廠子。但她進了我們廠子也不一定是什麼好事，不是很快就下崗了嘛。當時我看在她爸的分上，覺得她也老大不小了，本來還想撮合一下她和趙金良，後來一看，趙金良一聽就躲，根本沒那個心思，那還是算了吧。但他們沒成也不一定就是壞事，這不趙金良早死了，十多年前就得癌症走了，還是腦癌，年紀輕輕的，當時他小孩才兩歲，也真是個沒福氣的人。李小雁要真嫁給他，那也不見得是什麼好事。」

她的話在深夜裡多少讓我有些不寒而慄，顯然她知道趙金良已經死了，才說來看她的不是鬼魂。我猶豫了一下，還是問道：「你在裡面……怎麼知道趙金良已經死了？」她面朝裡躺著一動沒動，好半天才說了一句：「他託夢來過。」我更加駭然，卻還是硬著頭皮問：「他告訴你他死了？」她回答了一個字：「嗯。」我不知道該說什麼，只好說：「睡吧，不早了。」

她便安靜地面朝裡躺著，不再說話也不再動。她好像一臺機器一樣可以嚴格執行外界的命令，顯然是在過去十五年的時間裡條件反射成這樣的。這時我再次注意到她仍然只睡了靠外面的半張床，裡面半張小心地空著。這麼謹慎的動作不像是無意的，這半張床顯然是她故意要空出來的。我還注意到，她睡覺的時候仍然把那個小布袋緊緊抱在懷裡。

她好像真的睡著了，我卻一直睜著眼睛到天亮。我發現自己失眠越來越嚴重。

在外面打聽了一番之後，我在縣城的一個舊小區裡找了一套房子租了下來，兩居室，帶廚房、衛生間，還有個小陽臺。這樣我和李小雁各住一間，我終於可以關燈睡個覺了。為了進一步籠絡她從而加快電影的拍攝進程，我又去農貿市場上給她買了身換洗的衣服，那種市場上的衣服比較便宜，又看到有條紅色的絲巾很是顯眼，想起她曾說喜歡紅色，便也給她買了。我已經能夠嫻熟地在農貿市場上砍價，砍完價之後甚至還有點小得意，但接下來便是一種很深的恐慌與自我厭惡，彷彿眼看著自己正往一個更深更暗的地方墜去，墜去。當初離開北京是為了一點所謂的尊嚴，幾年下來卻發現好似上了自己的當一樣。這種感覺類似有一次我去參加一個詩人飯局，碰到一個六十來歲的很有影響的老詩人，帶著比自己小三十多歲的新任太太。老詩人在飯桌上熱淚盈眶地朗誦了自己的一首代表作，大家一起熱情地討論了詩歌與藝術。然後老詩人忽然央求在座的各位給他新太太介紹份工作。飯局散後他又悄悄告訴我：「沒工作沒一分錢收入不說，前陣子居然還花兩千多塊錢報了個肚皮舞班。」然後又對著新太太說：「不過學會也好，可以在家裡跳給我看。」

她看到新衣服和絲巾，愣在了那裡，我怕她又要拼命找詞向我道謝，便放下回到自己屋裡。等到黃昏的時候，我忽然發現她正穿著新衣服站在陽臺上，把那條紅絲巾蒙在眼睛上看群山之上的夕陽，那樣看上去的夕陽一定是血紅色的。在那一瞬間，她看上去就像一個還沒有來得及長大的小女孩，正在除夕之日獨自等待過年的鞭炮。遠處的夕陽像一個巨大的傷口，幾隻倦鳥的影子正從夕陽裡掠過，整個小城的天空都是血色的。我悄悄拿出攝像機對著她的背影。

一段時間下來，我和李小雁越來越熟，住在一套房子裡使我們看起來多少有些像一家人。剛開始時對攝像機開著的那種不適應已經慢慢消失了，那臺攝像機在她眼裡已經和飯盒、茶杯沒有什麼區別。為了取得她更多的信任和好感，我每天帶她去各種小飯店找些好吃的東西，只要她有什麼需要的，我都盡力去滿足。有一次看到一個老太太在路邊擺了個地攤賣各種頭花，我想起她的那個小學同學說她喜歡往辮子上戴野花，便買了兩只頭花送她。她看見先是吃了一驚，然後把一頭半是白髮的短髮勉強紮成兩只小牛角辮，把頭花戴上去讓我看。她並不照鏡子，只是站在窗前讓我看。我在攝像機後面看到玫瑰色的頭花在白髮的映襯下竟顯得有些猙獰。這時，我從鏡頭裡又猛然看到了她此刻臉上的表情，寬容、麻木、陰沉，而嘴角略帶著一絲不耐煩的微笑。我忽然明白了，她並不喜歡戴這頭花，她是特意表演給我看的，為了討好我。

更多的時候，她喜歡默無聲息地躲在一個角落裡，那種死寂沁涼的氣息會讓人覺得她只是牆壁或家具的一部分，她是從它們身上或心子裡長出來的。只有在黃昏時分，她才會走到陽臺上盯著那漸漸西沉的落日一看半天，直到夜色完全籠罩大地。

儘管我已經是她身邊最可信賴的人，她卻還是經常用一種複雜的目光偷偷打量著我。她看著周圍這個世界的時候也像看著一個地外星球，說：「怎麼到處都是汽車，怎麼一下子就冒出這麼多的汽車來，以前路上都很少見的。」她不認識不鏽鋼保溫杯，說：「我們那時候都是用玻璃罐頭瓶喝水，進廠時人手一個，用毛線織一個杯套套上去就能手提著走。」她不認識手機，說：「我以前只見過傳呼機，那時候有人在腰裡掛個傳呼機都神氣活現，擺闊氣。」她還小心翼翼地問我：「互聯網到底是什麼樣的？」

告別　李小雁

當樹葉靜靜地飄落枝頭
我一直以為是季節

或風的過錯
從來沒想到
是葉子
自己要從容離開
它只想安靜地衰老
腐爛
直到滿心歡喜

深夜讀她那些十幾年前的詩稿，一首一首地讀下去，我忽然發現，她現在對我說的這些話和她十幾年前寫的那些詩，在氣質上竟出奇地相似。也就是說，她現在其實還是在寫詩。這使她講出來的那些真真假假的往事聽起來如璀璨透明的蟬翼，似乎一陣風就能把它們刮起、讓它們飛揚，露出裡面血一樣鮮紅的肉質。可是有時候，明知道是詩，我還是會情願沉迷在她假設的往事裡，像是行走在煙雨迷濛、重巒疊嶂的異鄉，豔麗的夾竹桃真誠地開在白牆後面，葉脈裡的毒汁像眼淚一樣滴在大地上。我在這粉牆黛瓦、落花微雨之間踟躕行走，心間卻有一種無名的恐懼，整條街道上看不到一個人影，也不知道那些被竹枝撐起的寂靜的窗口裡，到底正蟄伏著些什麼。

電影的拍攝在漸漸深入，我們又去工廠裡拍過多次，每次我都試圖和她一起走進那個陰森黢黑的電解車間，可她都是在車間門口停住，不再說話，也不肯再往前走一步。我用各種辦法鼓勵她、慫恿她。我說拍工廠怎麼能不進電解車間呢？為什麼不進去，這車間有什麼特別嗎？我說你就是進去告訴我一下什麼是電解車間，你總得讓我知道什麼是電解車間。我說這只是在拍電影，只是一部電影。她卻無論如何都不肯進去。電解車間無疑是這部電影裡最關鍵的一個部分，我甚至開始沮喪地懷疑這部電影是不是就要在這電解車間的門口流產了。

僵持在電解車間門口，我不由得再次審視眼前的女人，她臉上仍是那種麻木呆滯的表情，只是在呆滯的下面隱隱閃爍著一絲深不見底的恐懼。她站在時間裡，看起來就像一尾中間的軀體被挖空的魚，十五年的時光在她身上挖出了一個空空的大洞，如今她看起來只是首尾相連地擺在那裡，頭出奇地大，腳也出奇地大，中間卻是露在外面的累累白骨。

她拖著恐怖的白骨和豔麗神祕的往事站在二〇一五年的秋天。

五

從工廠出來天已經黑了，我在晚風中踟躕向前，心中忽然就一陣悲傷。再這樣毫無進展地繼續下去，我也許就真的要山窮水盡了。然而比此更可怕的是一種恐懼，恐懼於人在山窮水盡的時候也許任何事情都做得出來，比如，會橫下心來問人借錢，或者厚著臉皮重返大學教書，還有更多可怕的或許。在這世界上，也許確實有這麼一類人，他們不斷奔向一種現實，但甚至就在最投入的時候，也總是在現實之外。

我們各懷心事地往前走，誰都沒有說話。走到十字路口，從一家商店的櫥窗前經過時，她朝那櫥窗看了一眼，已經走過去一段路了，她又回頭朝那櫥窗留戀地張望了一眼。昏暗的路燈下，我還是看到了她的目光，那種頭戴野花的小女孩的目光忽然又借屍還魂在了她身上。連日來積攢下的怨憤和此時的憐憫猛烈地衝撞在一起，像一種化學反應一樣，使我在一瞬間就做出了一個決定。

我粗略地估算了一下自己身上還有多少錢，就扭頭帶著她回到了櫥窗那裡。櫥窗裡掛著一件紅衣服。衣服本身倒沒有什麼出奇的地方，只是紅得凜冽異常，這種原始粗礪的正紅色在這灰敗的北方縣城裡顯得異常招搖。它葳蕤飽滿地掛在燈光裡，猶如一棵長在熱帶的巨大木瓜樹，帶著一點母儀天下的慈祥，還有一點斜睨人間的妖氣。我不再猶豫，走進商店買下這件衣服送給了她。

她直接就把新衣服穿在了身上，這種充滿熱烈妖氣的紅色與她身上的那種死滯凋敝鉚合在一起時，看上去是如此強而有力，但這強而有力又分明是一種疾病。在愈來愈昏暗的街道上，我們一路無話地往前走。街道兩邊已經開始出夜市了，風燈凌亂，人語喧嘩，白天扔下的紙屑像魂魄一般在夜風中被踏過來踏過去。她的紅衣服使這個再普通不過的夜晚忽然有了些過節的氣氛。

就在這時，手機倏地亮起，一條短信通知我，有人把一萬塊錢打進了我的銀行帳戶。在晚風中，我呆呆地與手機對視了很久，只能是我北京的前女友，除了她不會再有別人。就在昨天，北京的朋友剛剛告訴了我一個確切的消息，我北京的前女友結婚了，結婚對象似乎就是那個經濟條件不錯的老男人。

手機是一條深藍色的大河，我站在對岸隱隱看到了她落在水中的影子。我滿眼是淚地抬頭看著夜空，我不知道她是在以這種方式和我做最後的道別，還是她已經做好準備要一次一次繼續這樣下去了。與看到她第三次、第四次給我打錢相比，我真的情願放棄這部電影了。

夜空澄淨，月華如水，我說：「今晚月光這麼好，我帶你去吃點好吃的吧。」我帶著她找到一家人不多的飯館，臨窗坐下。窗戶開著，月光汩汩流進來，一種峭壁似的邊緣感似乎就在窗下。在這個尋常的夜晚，我莫名地生出了幾分介於悲戚與狂歡之間的興味，索性就多點了幾個菜，又要了兩瓶當地產的白玉汾，據說這酒裡有龍眼的清甜。當地人還會在酒裡泡竹葉、泡玫瑰花、泡枸杞，那些泡好的酒看起來便有些近於五光十色了，讓人不由得會想起一些依稀而美好的事物，比如那春天裡的桃花、長出第一片嫩葉的香椿樹、厚厚堆積在一起的金黃的銀杏葉，還有那落在雪地裡的殷紅的爆竹碎屑。

穿著紅衣的李小雁端坐在我對面，她今晚一直不敢與我對視，但我能感覺到，好像有另外一個更緊張、更害怕的人，正從她的身體裡時刻向外窺視著我。隔著一張桌子和浩大的月光，我能隱約嗅到她身上的種種氣味——酷似死亡的氣味、少女時代的氣味、情欲腥甜的氣味、渴望腐爛的氣味、蓊鬱夢境的氣味。所有這些氣味糾纏成一片雨林，藤蘿交錯、重重疊疊，於陰森潮濕的空隙處孕育出另一些不可知的生命。不知道這些生命會不會也長出手腳，有一天變成人形。就像遠古時期在寂靜荒蕪的地球上，大海也不知道自己孕育出的生命有一天會變成人類。

我第一次認真打量她，以前總覺得這樣太過殘忍，總是不忍。她的紅衣和她的白髮襯在一起，有一種古豔的哀傷。我看到她手腕處有幾道被利器劃過又癒合的紫色傷疤，看到她的虎口處居然穿了一個洞。又在她下巴內側看到一處奇怪的傷口，面積不大卻是圓形的，我能想到曾有一把鈍器，比如筷子或木棍，從這裡直直插進了腦袋。我還在她的脖子上看到過一大片暗紅的疤痕，那應該是某種皮膚病引起的局部潰爛，後來也癒合了。

樹葉

李小雁

如果下個輪迴還是一片樹葉
那麼
請允許我在月光裡慢慢生長
或者在有風的日子裡
像一個普通的舞者
帶領一群夥伴
在你面前招搖
直到你把我夾在一本舊書裡
再藏進圖書館的書架上

我說：「今晚月光這麼好，我們喝點酒吧。」她好像感覺到了什麼，忽然小心翼翼地對我笑了一下，有些緊張還有些討好，說：「你對我真好，我，我都不知道做什麼謝你。」

我就著月光對她舉了一下杯，喝了一杯酒。

她也連忙把一杯酒喝了下去。我又把兩只酒杯倒滿，說：「來，這杯酒是敬你的，喝過這杯酒我們就要分別了。我也幫不了你太多了，以後你想去做什麼都可以。」

她一下愣在了那裡，眼睛裡忽然有了淚光。她使勁對我笑著，一邊笑一邊小心地說：「怎麼了，怎麼就不拍了？不是還沒拍完嗎？怎麼就不拍了？是不是我哪裡不好了？」

我沒有吭聲，自顧自地把杯中的酒又喝完了。

她伸出一隻手來，好像急切地要抓住我的手，但只做了一個手勢就縮回去了。她的聲音打著顫，前言不搭後語，好像充滿了某種恐懼。她說：「你說你要聽以前的真事，我和你說過的話都是真的，你不相信嗎？你不信我原來在這廠裡工作比誰都賣力？你就不信嗎？我在這廠裡原來有個男朋友也是真的，他是個大學畢業生，搞技術的，你也不信嗎？我們很相愛，都準備結婚了，可後來我們都得下崗，都沒有了工作。他也覺得我很好，他很愛我，雖然後來我們不能在一起，但我知道他是愛我的。原來我以為就是別人下崗我也下不了崗，我工作那麼努力、那麼認真。你知道我工作有多麼努力？你根本想不到的，每天晚上我都是全廠最後一個下班的人，第二天早晨我又是最早到的一個，我灑水掃地、給暖壺裡打滿開水之後，才有人開始來。連開會筆記我都是全廠做得最認真、最工整的一個，不信你就去看，誰看我都不怕。」

我把窗戶開得更大了些，好讓更多的月光能流進來，能在我們中間設一層帷幔，去抵禦那些疼痛。看著水一樣的月光漸漸把我們淹沒，我忽然不想再掩飾自己的絕望和徒勞，冷笑了一聲，她聽見了，我也聽見了，空氣陡然變硬變脆，她整個人也在變硬變脆，但她還是掙扎著說出一句：「我，不知道你到底想聽的是什麼。」

我直視著她說：「你和你那叫趙金良的男朋友，真的曾說過一句話嗎？」她臉色慘白，坐在那裡一動不動。我狠了狠心，終於說：「我想拍的是一部關於工廠的真實的電影，但你對我說的話都是表演性的。」

攝像機在一旁安靜地注視著她的臉，我斷定她心裡已經開始坍塌了，因為我在她臉上看到了疼痛的瞬間與享受疼痛的瞬間相結合的一剎那的臨界點，一種心碎到略帶猙獰的表情。然後她用舌尖舔了舔乾燥的嘴唇，忽然微笑了。我看到她的微笑卻忽然有些害怕了，似乎有什麼陌生的龐然大物正迎面向我走來，我忍不住往後縮了縮，給月光和她騰出了更多的地方。滿世界都是這無孔不入的月光，像是要把一切都遁回原形。

她緊緊看著我的眼睛說話，似乎只有這樣我才不可能中途從她眼前跑掉。她說：「以前別人都笑我寫詩，你知道我為什麼喜歡詩歌？因為每次讀詩歌的時候我都能想起一些美好的事情，我會想起小時候我奶奶家門口的那條小溪，會想起夏天的指甲花、秋天的黃葉，還有冬天的大雪。真的，在廣東那麼多年，我最想念的就是家鄉冬天的大雪，屋頂、樹枝都是白色的。但我知道我的詩寫得不好，我文化水平不高，上完初中就去南方打工了，我父親當年死於廠裡的一次事故，我媽沒工作，我弟弟還小，沒有人養家。那時候正流行下海，聽說能賺錢，老師們又說我根本不是考大學的料，我就跟著大人們去了廣東，進了工廠。這都是真的。」

說到這裡她停頓了一下，我忽然有些緊張，不知道有什麼即將從她的話裡走出來。

她繼續道：「很多年裡，我給家裡寫信總是說我一切都好，還要往家裡寄錢。其實我找第一份工作就被人騙了。三個月試用期後，那老板讓我和他睡覺，不然三個月的工資一分錢都拿不到。我記得我半夜回到出租屋的第一件事就是給廠裡一個對我還不錯的老鄉打電話，他比我大五六歲吧，我第一個想到的就是他，也只有他了。我一邊哭一邊在電話裡哀求他：『你做我男朋友吧，求求你做我男朋友吧，我想有一個人能保護我，真的真的，我現在好需要一個人能抱抱我，就只是抱抱。』他睡得迷迷糊糊，被我電話吵醒，並沒有認真聽我講什麼，只不耐煩地回了一句：『你神經病吧，大半夜的。』然後啪的一聲，他把電話掛了。後來我們再沒見過面，因為我一拿到工資就又換了份工作。」

我又端起一杯酒做掩飾，我已經有些怕聽下去了，卻只見她一邊說一邊在胸前指手畫腳地比畫著，像是要把那裡剖開，露出裡面，拼命想讓我明白她的意思。因為有了些醉意，她的動作看起來笨拙滯重，所以幅度都很誇張，以至於使她周身看起來正處於一種極度乾旱、極度匱乏的狀態。她忽然高聲道：「可是，無論如何你一定要相信，我是一個多麼想美好的人。」

我說：「好。」

「你要相信我從小到大是多麼努力，我一直努力地學習，努力地想當個好學生，後來努力想當個好工人。不錯，我是很賤，我十七歲就為了三個月的工資和別人睡覺，我算個什麼東西，我確實不是個東西，我也看不起自己，厭惡自己。可是，你就不相信我的努力嗎？在廣東打工的時候，只要一有空我就看書、就寫詩，我還一次一次往雜誌和報紙投稿，可是從沒有任何回音。就是沒有回音我也還是要寫，我是寫給自己看的，真正的詩都是寫給自己看的，對不對？」

我說：「對。」

「我是什麼苦都吃過的，我不怕。記得有一年冬天我一個人流浪到北京想找工作卻沒找到，那晚下著雪，我身上所有的錢都不夠住一晚小旅店。我就拎著個包冒著雪往前走啊走，我漫無目的，不知道該去哪裡，就那麼在雪地裡不停地走、不停地走。公園裡的長椅上都是雪，不能睡覺，橋洞下面太冷了，坐一會兒就會全身凍僵。我只好不停地往前走，不停地往前走，生怕自己停住了就再也起不來了。那時候我已經不想給任何人打電話了，因為我知道那沒有用。我從來都沒交過一個真正的男朋友，但有那麼一個男人已經成了我想像中的一部分，我不知道他是誰，也不知道他在哪裡，但我知道有一天我一定會和他在一起過上安生的日子，他就在那裡等著我呢，我遲早會走過去，他就在那裡呢，又跑不了。我一直走到半夜，實在走不動了，終於想到了一個辦法，我坐上了夜班的公交車，從第一站坐到最後一站，再從最後一站坐到第一站，這中間的路途上我就靠在椅子上睡了會兒。可我覺得在最苦的時候我寫的那些詩是最好的。」

紅棉鞋　李小雁

大雪下著
像極了童年的故鄉
那個下雪的夜晚
我在雪地裡丟失了一隻紅棉鞋
你找了許久

在雪地裡找到了一隻小貓的屍體
牠在你掌心裡蜷成一個冰球
都可以裝進我那只紅棉鞋裡
帶走

夜已深，飯館裡已經沒什麼人了，除了我們倆，還有兩個在對飲的中年男子。從窗戶裡望出去，清冷的街上已經看不到什麼人跡，一輪金黃的大月亮就掛在窗外。她拿起瓶子咕咚喝下去一大口酒，我正要勸她不能再喝了的時候，她的淚卻嘩地下來了。她忽然把那件紅衣服緊緊裹在身上，就像冷極了一般，一邊流淚一邊大聲說：「在那樣下大雪的冬天的夜晚，沒有人能抱住我，沒有一個人，誰都不能。我只能用大衣緊緊抱住自己，就像我現在這樣，你看到了嗎？我當時就是這樣抱住自己的，緊緊地抱住自己。你知道嗎，那時候我真的很需要一個人能抱著我，我特別特別需要那個時候有一個人能抱著我。我非常非常需要那種被人抱著的感覺，就只是被抱著，什麼都不做，就只是被抱著。你知道嗎，無論我在哪裡，其實我都很孤獨、很害怕，沒有人會保護我，我只有我自己，所以我要寫詩，所以我必須不停地寫詩，可是，我最想寫的那些話怎麼都寫不出來。」

她幾乎是號啕大哭了，一邊大哭，一邊踉蹌到我跟前一把抱住了我。兩個喝酒的男人一臉驚訝地扭頭看著我們，飯店的服務員也全都圍了過來，連廚師都圍過來了。我趕緊扛著攝像機，扶著喝醉的女人走出飯館。

她先是蹲在路邊撕心裂肺，吐出一堆東西，我說吐了就好了，我們回去吧。她不肯走，仍踉蹌地站在晚風中拼命地用兩隻手向我比畫著，說：「我要再不告訴你你就要走了是不是？那都告訴你吧，其實我不是被騙過一次，這麼多年裡我被騙過好幾次，有個男人說喜歡我，他還讀過我的詩，後來卻騙走了我的錢。你看到我虎口上的這個孔了嗎？是有個算命先生告訴我的辦法，在這裡穿個洞，繫一條紅繩，就能把運氣轉過來，就能遇到那個心愛的人。假的，我在這裡繫上紅繩也不管用。我從來不敢告訴別人這些，害怕告訴了別人就更沒有人喜歡我了。可是今天我要是不告訴你你就要走了不是嗎？你就要走了。我還要告訴你，我在監獄裡死過好幾次都沒死成，每次都被發現，被救活過來。這裡，這裡，你看到了吧，這不是你想知道的嗎？那我告訴你這個疤是怎麼來的，監獄裡根本找不到自殺的武器，這是我把牙刷把偷偷磨了好多天，磨尖了從下巴這裡戳進去想把自己戳死，連這樣我都沒死成。可是後來慢慢地我就不怕了，好像我所有的害怕已經到達了頂點，就再也害怕不起來了。我還有個祕密，也都告訴你吧，我都告訴你你就不走了，是吧？我有一個兒子，有一個孩子陪著我呢我還怕什麼，所以後來我就真的什麼都不怕了。」

我也有些醉了，覺得月亮如此之大，離我如此之近，似乎只要一步就可以跨進去。據說，在那真正的月球上，一個腳印都可以安靜地保留上百萬年，而每粒微塵皆可盡享永年。兩千年前從地球上看它的目光和我現在的目光並沒有任何區別，而兩千年前的人們早已化為塵埃。再過些年，無論是我還是李小雁，都將成為這樣的塵埃，我們看上去不會有任何區別。這整個世界就像一個幻象。

我們兩個迎著金色的大月亮，在寂靜的天地間，相互攙扶著往前走。我說：「你居然還有個兒子，你都沒告訴過我，你兒子幾歲了？」她舉著頭，一邊看大月亮一邊痴笑道：「八歲了。」我在醉意中掰著指頭數了數。「八歲了都，哎，不對啊，你在裡面待了十五年，怎麼會有個八歲的兒子，難道是你在監獄裡生的？那他現在在哪兒呢？對了，他爸爸是誰？」

可是這女人只對著月亮滿足地笑，並不打算理睬我的話。似乎她眼前就有螺旋式的臺階正垂在天地之間，她只要拾級而上就可以爬到月亮裡去。深夜的小縣城越發闃寂，街上只有我們兩個人拖著長長的影子。我似乎再次聽到有種神祕的腳步聲在後面跟著我們，猛一回頭，不遠處的陰影裡真的站著一個人影，卻只是站在那裡，並沒有向我們走來。我看不清那人的臉，又疑心自己確實喝多了。這時一陣涼風襲面，酒醒了一半，我怕明天酒醒了我又開不了口了，便趁著一點殘留的酒意對她說：「你又在騙我吧，你哪有什麼兒子，我知道你這人就是喜歡編故事。」

她背對著我忽然站住了，月光越發盛大，似乎有太多花和樹的祕密即將在這月光裡怒放，蛛網般的葉脈交纏，血腥的花瓣遮蔽著重重殺機。她終於回過頭來，在月光裡用一種陰森莊嚴的神情對我說：「你還是不願相信我？要我告訴你多少遍你才肯相信我是一個好人？我並不知道我有一天會去殺人、會去坐牢，可是，就算我真的殺過人、坐過牢，你就覺得我是個壞人嗎？我就應該是個壞人嗎？我喜歡寫詩，我寫了很多詩，你說一個壞人會去寫詩嗎？」

我聽到自己呼吸加速，心跳不止，在銀器一般潔淨明亮的月亮之下，我聽到自己如釋重負而又小心翼翼的聲音：「原來你真的殺過人？」

寬恕　李小雁

多年以後
我靜靜躺在墳墓中
我所有的親人已經在土壤中等我

就好像　我們從來沒有分開過
雲彩下面走動的不再是我
一想到這裡　我的心
就會變得溫暖和輕鬆

六

又是那條通往工廠深處的甬道。

常年瘋長的荒草已經把道路幾乎吞噬了一大半，只留下一條狹窄的小道。從這小道往工廠深處走的時候，會發現越是往深處走，這些荒草越是長得狂野、恣肆、妖氣森森，讓人都不敢朝那野草深處多看一眼，似乎那裡面蟄伏滿了大大小小的祕密。因為時間，因為寂靜，這些祕密已經紛紛變老，已經長出了堅硬的盔甲和滿面的皺紋，卻還在這荒草裡抵禦著四季和流年、冬雪和烈日。我甚至懷疑，它們會結伴出來攔住我的去路，向我哀告一種過時的冤屈，或者，向我亮出雪白的獠牙。可是，沒有，只有過人頭的荒草和踽踽走在前面的李小雁，還有背後隱隱約約的神祕腳步聲。

這次竟是她主動提出來要帶我去電解車間看一看的。她默默地走在前面帶路，我扛著攝像機跟在她後面，拍下這條陰森的甬道和她走過的每一個腳步。她終於在那個神祕的車間門口停住了腳步，我也隨之停住，忍不住打了個寒顫。整個車間看上去就像一座廢棄在大漠深處的古堡，車間的窗戶和門都是洞開的，有風像大蛇一樣在門窗之間呼嘯盤旋，疾馳而過。站在門口往裡看，裡面只有一團團黑黢黢的影子。這就是我一直以來最想進去的那個車間——電解車間。

她走在前面，我小心翼翼地跟在後面走了進去。眼睛適應了最初的黑暗之後，我大致看清楚了這個巨大的車間，到處是生鏽的機器、各種粗細不同的鋼管和已經廢棄的鋼板，在車間的中央沉默著一個巨大的水泥池。李小雁站住不走了，看上去全身都在微微發抖，並不說一句話。我怕她又要改變主意，忙問道：「你怎麼了？」她仍不說話。只見她呆立片刻之後，忽然拖著兩條發飄的腿向那水泥池蹣跚而去，我趕緊跟了過去。我和她一起望向池底，巨大的水泥池裡空蕩蕩的，池底是一層黑色的淤泥，還散發著一種刺鼻的氣味。我忽然明白了，這就是電解池。也就是說，我已經站在當年的殺人現場了，雖已年深日久，但仍覺得殺氣撲面而來。心中頓時一陣驚恐，不由得後退兩步。

電解池早已枯涸，只殘留下一些枯骨般的鋼板沉在池底的淤泥裡，還有一團團發酵得堅如固體的鹽酸氣味。時間早已從這裡撤離，只能從這些殘骸裡隱隱約約聽到這個車間裡當年充斥的各種聲音——機器聲、人聲、鋼板扔進電解液裡時發出的沉悶的回聲。又恍惚能看到當年生生滅滅在這座鋼鐵叢林裡的各種光線——晨光、暮色、紅色的火光、電解板上閃爍的銀光。聲音、光與線條的糾纏似乎至今還有呼吸，我想到當年就是在這裡，李小雁一把把那個男人推進了池中，那個男人瞬間便化為一縷青煙，連白骨都無存。他像《聊齋》裡的鬼魅一樣從這車間的門或者是哪扇窗裡永遠地飛走了。

攝像機忠實地記錄著這一切，而我自己，竟不敢朝她臉上多看，就像是怕與當年的那起殺人事件對視。她站在那裡像很深地陷入了某種往事當中，低著頭一動不動，也不說一句話，如一塊池邊的石頭。過了好一會兒見她還是不打算開口，我只好先開口。我決定開門見山，因為這裡已經是殺人現場，沒有地方可再躲避了。我為自己即將進入這部電影的核心部分而感到緊張。我說：「你當初就是從這裡把你們廠長推下去的嗎？」

她仍低頭看著池底，似乎那黑暗深處正有什麼人在與她默默對視。她終於開口，話像是講給我聽的，又像是講給沉睡在池底的人聽的，還像是講給一個更虛空處的人聽的，所以竟帶著一種陰陽分界線上的詭異。她說：「好多年了，我一直都很想念我的父親，我一直想念著他。我父親去世後，我本來可以頂他的班進工廠，可那時候聽別人的話去了南方。打了十年工我還是要回來，因為我父親原來也在這裡。你知道我是怎麼進的工廠嗎？我翻出多年前我父親死於工傷的舊歷，他是被鋼筋砸死的，這是我多年裡碰都不願去碰的事情，結果我又翻出來和他們說，他們這才給了我一個進廠的名額。所以我去工廠上班的時候就好像又在替我父親上班一樣，他那樣的人一輩子就在這裡，到死都沒有離開過這工廠，我離開了可還是要回來，一想到這裡我就想哭。這麼多年裡，每次當我想哭的時候、心裡難過的時候、高興的時候，我就去寫詩，我在車間裡寫，在汽車上寫，在宿舍裡寫，在半夜打著手電筒寫，想寫卻找不到紙的時候就寫在手帕上，寫在自己的手上、胳膊上。」

父親

李小雁

父親　你為什麼不吃不喝也不睡
父親　從此以後你在土壤裡吃什麼又喝什麼
是不是要像蚯蚓一樣吃著土喝著雨水
父親　要不要幫你帶上那件滿是油漬的工作服
還有你那塊舊海鷗手錶

可是我知道你已經不再需要時間
也不再需要衣服
父親 你還從來沒有拉過一次我的手

「過度的莊嚴。」我站在陰森森的車間裡忽然想起了這樣一句話。她還在說：「我沒想到進了工廠才兩年就說要下崗了，以後我們這些人就沒有單位了。我不信，我就去找我們廠長，我說我是廠裡表現最積極的職工吧，兩年來從來沒有遲到早退過一次，每天都加班加點，開會也是做筆記最認真的，我哪裡做錯了要下崗？廠長說，不是你的問題，這次大家都得下崗了。我說這麼大的廠子，總要有人留下來的，我說誰下崗也不能讓我下崗。」

老年婦女乙（下崗女工）：「那時候廠裡已經有人陸陸續續開始下崗了，沒有下崗的每天還堅持到廠裡熬日子，然後班上著上著，就會有領導過來通知你，某某某，今天要站好最後一班崗，從明天開始你就不用來上班了。那時候我們已經都知道了，李小雁最怕下崗，天天跑到廠長辦公室裡去求廠長，後來廠長也煩了，躲著不見她，她就在廠門口等他，要麼就去人家家門口堵著，天天又哭又鬧。別人也都要下崗，沒見過她這樣的。聽說她後來實在沒招了，一進廠長辦公室，二話不說先把衣服脫光了，把我們廠長嚇壞了，讓她穿上她死活不穿，非要廠長答應她。她大概覺得和廠長睡一覺就不用讓她下崗了。後來聽說她還不止一次，反覆脫過好幾次衣服，脫光了就坐在廠長辦公室裡不走，結果廠長只好把她留下，自己走了，窗戶外面圍了一圈人看她。這事我們全廠上上下下都知道，不信你問別人去。」

我說：「因為廠長最後沒答應你，你就把他從這裡推下去了？」

這時候黃昏已至，金色的夕陽從車間破敗的門窗裡斜穿進來，金碧輝煌地鋪滿了半個車間，最裡面照不到的半個車間則在光線的對比下顯得更加深邃幽暗，金色與黑暗的切割使整個車間在那麼一瞬間裡散發出一種類似古希臘神廟的肅穆。我漸漸看不清她的臉了，卻只聽到她的聲音說：「是我把他殺了。」

我反倒沉默下來，只覺得哪裡不對勁。

過了一會兒，只聽她又說：「可是你猜我是怎麼把他殺掉的？我從不敢告訴任何人。那天他悄悄叫住我，讓我下了班不要走，等人都走完了在電解車間等他，他要和我說件重要的事情。其實那時候已經沒什麼人上班了，基本都下崗回家了，只有幾個領導和幾個工人每天來廠裡，可我還是天天堅持去上班，從沒有遲到過一分鐘，就是沒有一個人來，我也照樣把辦公室打掃得乾乾淨淨。我以為他是要告訴我廠裡終於可以留下我了，心裡特別高興，就按他說好的時間在電解車間裡等著他。等了好一會兒，天都快黑了他才走進車間裡。我們當時就站在這電解池邊說話，我本來是等著他告訴我好消息的，卻沒有想到，他一過來就張口罵我，像瘋了一樣。我從沒有聽他那樣罵過人，他變得無比凶惡、無比惡毒，他大罵我真不要臉，像個婊子，罵我隨隨便便就能脫衣服，說不知道我以前在南方的時候和多少男人睡過，做過多少見不得人的事。又罵我沒有文化太可憐，說我就是太笨，幹什麼也幹不成，下崗就應該先下我這樣的人才能給國家減輕負擔，還痴心妄想要留在廠裡。他後來甚至連我父親都帶進來一起罵，說我父親就是一個老實巴交的工人，什麼技術都沒有，就會下點死力氣，幸虧死得早，不然下崗的時候也是第一批。我根本沒想到他竟然會這樣，我當時整個胸腔裡都燒著了，我真的是快恨死他了，我真想撲過去和他拼命，甚至恨不得一把把他推到電解池裡燒死他解氣，我當時真是這麼想的，我簡直要氣瘋了。可是我沒有想到的是，我整個人還沒來得及撲到他面前的時候，他忽然就掉進了電解池裡，不到一分鐘時間，他就從電解池裡消失了。他就這樣在我面前忽然死了。」

聽到這裡，我猛地一驚，往前一步緊緊盯著她的臉問道：「你剛才說什麼？你是說，他並不是你推下去的？」

她的聲音猶疑微弱，像一隻在密室裡四處亂撞卻怎麼也出不去的蝙蝠。她說：「我當時就這麼站著，就站在這個地方，我嚇得一動不敢動，好像有一隻看不見的大手一把就把他推了下去，裡面是濃鹽酸，我也不知道怎麼才能把他救上來。可在我腦子還沒有反應過來的時候，他就已經不見了，先是他的身體，然後是他的頭，我就那麼看著他化得一點都沒有剩下。我完全被嚇呆了，腿都是軟的，連路也走不了，也叫不出來。我以為車間裡當時只有我們兩個人，卻不知道當時還有個落下東西又返回來拿的老工人，後來就是他出來做了證人，說他回到車間的時候正好親眼看見是我把廠長推進池子裡的，就這樣我被判了刑。我怎麼也想不起來我伸手推過他，我根本就沒有碰到他，但他確實就在我眼皮底下掉下去了。開始我心裡也沒法承認我殺過人，可是廠長已經死了，還有那個出來做證的工人，他是我父親那一輩的老工人，我平時很尊敬他，他又為什麼要害我呢？我實在想不出他害我的理由。後來在監獄裡的時候我反反覆覆在想這個問題，有一天我終於想明白了，為什麼在我腦子裡想讓他死的那一瞬間，他就真的死了。這說明，我本來就和常人有不一樣的地方。我別的方面是不如別人，可是老天是公平的，總會在一個方面讓我比別人強吧。所以我就想明白了，如果我在腦子裡想讓一個人死，那個人也許真的就會死。」

我驚呆了。

她的聲音開始變得滾燙，猶如黑暗中的煙花，使我幾乎不敢直視她。只聽她的聲音在亂飛：

「我在監獄裡睡不著的時候翻來覆去就想這個問題，想他到底是怎麼死的，為什麼突然就死在了我眼前。後來我忽然想起來九三九四年的時候，我正在深圳打工，跟著別人練過一段時間的氣功，那時候不是大家都在練氣功嘛，都說治好了自己的好多疑難雜症。我覺得可能就是那時候的氣功沒有白練，當別人向我發功的時候，我真能感覺到一股熱量向我撲來。我想起當時我腦子裡確實有那種想讓他死的強烈念頭，結果他就真的死了。不是別人，就是我殺了他。後來我心裡終於承認了這個事實，是我殺了他。」

說完這句話的李小雁身形更加模糊，似乎她也像那個多年前的池中人一樣，正在消失，正在融化，正在變成一縷青煙，無所謂時間，也無所謂過去和將來。我站在那池邊忽然感到一陣劇烈的眩暈，幾乎站立不穩。我垂首望著那幽深恐怖的池底，像在井邊窺視著一個埋藏了千年的巨大祕密，井底沉著藍色的星光、焦黃的月牙，還有一雙陌生的眼睛，正與我意味深長地對視著。我知道，這就是多年前那個把自己像謎一樣沉入池底的男人。

我絕不會像李小雁那樣認為她用自己的意念就殺死了廠長，如果當時站在池邊的確實只有他們兩人，李小雁也確實沒有來得及動手推他，那麼廠長自己掉進電解池的原因只可能有兩種，一種是當時他腳下被什麼絆了一下，站立不穩失足掉了進去；另一種是他讓自己掉進去的，也就是說，他有可能是自殺的。可是，當時在車間的第三個人，就是那個因為返回來拿東西而無意中目睹了這整個過程的工人，又為什麼要站出來做證說他親眼看見是李小雁把廠長推下去的？讓一個人坐十五年的監獄對他來說又有什麼好處？可是現在，十五年都已經過去了，當年的那個證人有沒有活到現在都不可知。

這時候夕陽大約已經徹底下山了，車間門窗外的顏色已經從金色變成了堅硬的鐵青色，整個暗下來的空曠車間有如月球，彌漫著一種冷兵器上才會生成的朽寒與死寂，沉入黑暗中的巨大機器像遠古時代的象群一樣，隱忍沉默地注視著我們。在十五年的漫長光陰裡，這些黑暗與寂靜每晚都會如約來到，在空曠的車間裡一層層地出生、死亡、再出生，直到像皮膚一樣裹在這車間的每一寸空間裡，達成了一種神祕而祥和的平衡。我對著李小雁那團模糊的影子說：「如果根本沒有殺過人而坐十五年牢，你也願意嗎？」

她說「天黑了」，就開始往外走，我緊跟在她後面。不知道後面是不是還有一雙池底的眼睛正在黑暗中幽幽注視著我們，只覺得脊背上一陣發涼。夜空中鋪著一層璀璨的星光，我們穿過巨大的工廠往回走。在走出工廠大門的那一刻，我回頭張望了一下，對她說：「其實你是不是連自己都搞不清楚你到底殺過人沒有？」她又默默走了一段路才說：「有些事情就算你徹底搞清楚了又有什麼用。」

我甚至感到了憤怒，說：「其實你心裡一直就不確定他是怎麼死的。就算你是一個被馴化得只會聽話的人，當時有證人出來指控你，你就承認是你殺了人？那個證人除了自己的眼睛還拿出別的證據了嗎？你為什麼要承認？從法律上講，沒有足夠的證據證明你殺了人你就可以不承認。別說沒具體證據，就算是有證據，廠長被殺了，可是他連一點屍體的殘骸都沒有留下，他消失了。如果連屍體都找不到的話，那所謂指控殺人其實本身就很難成立。因為誰也不知道廠長到底去了哪裡，沒有人能說他已經死了，他有可能是失蹤了，有可能是自己離家出走了而不願告訴任何人，還有可能，三個月之後他自己忽然又回來了。」

她在星光下回過頭來，臉上一半是明的，一半是暗的。她看著我說：「可是他人已經死了，還有什麼是比死更大的事情？我當時就在他眼前站著，就只有我們兩個人，如果不是我那還能是誰？總不會是他當著我的面把自己殺了吧，他好好的為什麼要殺死自己？人死了總得有人站出來承認的，不是我就是他，可你讓一個死去的人還要承擔什麼？而且，如果當時我死活不肯承認，我知道我又會變成人們的話題，一定會有更多的人出來對我說三道四，抓我過去的把柄說事。與其讓他們說三道四，我倒更願意坐牢。」

「你過去到底有什麼事？」

「都已經和你說過了。」

我想起了棺材街上那些對她語焉不詳的曖昧描述，關於她在外十年打工生涯的模糊片段，關於她脫光衣服坐在廠長辦公室裡的傳聞。我說：「這才是你願意去坐牢的真正原因吧。」

她抬頭看著星空，看了很久才說了一句：「我已經無處可去，還不如去坐牢。」

我也抬頭看著星空，荒野的上空是巨大的獵戶座，星座跟隨四季在我們頭頂的這方夜空裡輪番登場，恪盡職守。我們出生的時候它們在那裡，我們死亡的時候它們還在那裡，等我們死了一千年的時候它們依然在那裡，嬉戲玩耍、自由自在，偶爾有一架飛機像蜻蜓一樣經過夜空的時候，它們也只是寬容地、安靜地注視著它出入於雲堡、銀河、黑洞、時空。

我說：「你有沒有想過，即使坐十五年牢又能解決什麼問題？」

她依然看著星星，說：「在監獄裡我早就想明白了，有些事情其實是靠什麼都解決不了的，最後還不是要靠自己的心？所以後來我願意相信廠長是我殺的，是我用我的願望殺了他，因為願望太強烈的時候是可以殺人的。」

「所以你就去坐牢？」

「其實坐牢也好，也就無所謂下崗不下崗，無所謂再另找活路，無所謂社會又要變成什麼樣子，也省得人們再議論我、猜測我。坐了牢事情就都解決了。」

「……你真厲害。」

「告訴你啊，相信了這一點之後我就再不敢在腦子裡隨便詛咒誰死了，萬一人家真的死了，那就是我的錯。」

「……是啊，你都不用動手就能殺了人。」

「在監獄裡的時候，我又想明白了一點，我既然可以在腦子裡讓誰誰死，不是一樣也可以讓誰誰生嗎？反正他們都在我腦子裡。」

「你看，那就是獵戶座。」

七

李小雁的弟弟傳來話，母親快不行了。

在一個縣城裡找到一個鬍子拉碴、成天扛著攝像機的外地男人太容易了，而這個男人又和一個剛出獄的女人在一起，那麼這個目標便又膨脹了一倍，實在是太顯眼了。李小雁哀求我和她一起回去，顯然，她不敢獨自回到弟弟家中。

我騎著電動摩托帶著她回了家，一進門便看到那老婦人正平躺在床上，看起來像紙人一樣，只剩下薄薄一層。李小雁過去伏在老婦人身上，只叫了一聲媽，便不再說一句話。老婦人睜開混濁的眼睛看了她一眼，然後把一隻手哆哆嗦嗦地伸到枕頭下面取出一捲用塑料包著的東西，她慢慢對李小雁搖晃著那捲東西，咬字不清地說：「這是我攢下的錢，你幫我數數夠不夠去看我閨女的路費？不敢讓我兒子看見了，他看見就都拿走了。我老早就想著要在死之前去南方看我閨女一趟，可是老也攢不夠錢，怎麼也攢不夠。我說錢不夠坐飛機就坐火車，不夠坐火車就坐汽車，汽車也坐不了就走著去，慢慢地走，一月兩月的總能走到。你看我早把出門的包袱收拾好了，就等著出門了。」說著說著她好像困極了，說要睡會兒，便又閉上眼睛昏睡了過去，手裡還死死握著那捲用塑料包起來的錢。

李小雁就那麼一個姿勢趴在床邊抱著老婦人，不動，不說話，也沒有一滴淚。她的臉上看不到痛苦，只有一種要和母親靠得近點再近點的貪婪，還有一種近乎恐怖的平靜。老婦人再沒有睜開眼睛，到了晚上十點多鐘的時候，她躺在那裡靜悄悄地停止了呼吸。李小雁把母親那隻握錢的手放在了自己的兩隻手之間，然後把臉慢慢貼了上去，卻還是沒有一滴淚。她一遍一遍細細地撫摸著那隻手，好像要記下長在上面的每一條皺紋的位置。

她弟弟不時進來看一眼，她對他說：「睡著了。」到了半夜她還是對他說：「噓，別吵，她睡著了。」到第二天白天，她還是用那個姿勢抱著那具已經變冷變硬的屍體，還是趕走每一個走過來的人，說：「噓，她睡著了。」她一直握著母親的手，似乎這樣她就可以不必再離開她，也就無法再失去她。她不吃，不喝，不動，最後，她終於趴在屍體上握著那隻僵硬的手睡著了。她的頭髮落在額前遮住眼睛，像極了一個寫作業寫累了，蜷縮在母親身邊的小女孩。我用攝像機默默記錄這一切的時候，幾次都要落下淚來。直到黃昏時她才被她弟弟猛地叫醒，他到第二天黃昏時才發現她竟然一直和屍體抱在一起。

安葬完母親的那個深夜，月光如雪，整條棺材街變成了純銀色的，像從很深的海底轟隆隆浮出來的象牙宮殿。街上已經看不到人影，給死者送行的夜紙還在牆腳閃著藍色的磷光，遠處傳來幾聲低低的狗吠。此外就是無處不在的月光，淹沒了街道兩邊的每一扇門、每一塊石板。她蹣跚著走在前面，步伐機械乾枯，並沒有什麼目的，只是好像一定要給自己找件事情來做。我只在她後面跟著，一路走著。不知漫無目的地走了多遠，都像是要走到世界盡頭了，她還在往前走。我終於對她說：「歇會兒吧，不要太難過了，人都是要死的，包括你和我，最後都是要死的。」

前面就是那片廢墟般的工廠，巨大金黃的月亮正俯視著大地上的一切。她站住了，對著月亮呆呆立了片刻，忽然就對著那月亮號啕大哭起來。我暗暗鬆了一口氣，她終於是哭出來了。她伏下身趴在地上放聲慟哭，整個人痙攣成一團。我默默站在後面，也不勸她，只由她哭去。我們兩人連同我們身後的那片工廠都變成黑色的剪影拓在了月亮裡。她在寂靜的深夜裡哭了很久很久。

啟明星已經在天邊出現的時候，我才終於把她背回了我們租的房子，安頓在床上。我剛喘了口氣，忽然見她又掙扎著從床上爬了起來，像臨終前的人迴光返照一般，眼睛明亮異常，臉上浮著一種很詭異的笑容。我嚇了一跳，問她又怎麼了。她撲朔迷離地笑著，看著周圍的空氣說：「我媽她沒有死，我看到她了。」我愣住了，不知所措地看著她。只見她從口袋裡掏出一張她母親生前的照片，小心翼翼地放進了她每晚睡覺時都要抱在懷裡的小布袋。她說：「我怎麼忘了，我有這樣的本事啊，我心裡想著讓誰死誰就真死了，我心裡想著讓誰活那誰就能一直活著啊。只要我心裡讓她活著她就能一直活著，她就死不了，我走到哪裡她就能陪著我到哪裡，就像我兒子一樣，無論我在哪裡他都一直陪著我。以後，我們一家三口就團聚了。」

她說著，哆哆嗦嗦地從那只神祕的布袋裡掏出一張小男孩的照片給我看，我拿過來仔細一看，居然是印著外國小男孩的紙片，看上去好像是從什麼舊畫報上剪下來的，因為長期被摩挲的緣故，已經發黃變皺，可能是怕紙片破損了，又在外面仔細地罩了一層塑料，用透明膠封上。這張紙片帶著一種奇怪的體溫臥在我的手心裡，讓我想到它一定是被一個人的體溫日日夜夜烘焙著，日日夜夜地吮吸著一個人的感情和血液，有了這樣的哺育，才能在一張舊紙片上最終長出接近人類的體溫。我甚至懷疑在它的最裡面是不是也已經長出了心跳和血液，懷疑它是不是在月圓之夜還能變成人形開口說話。

這就是她口中那個八歲的兒子。

她把她「兒子」的照片要了回去，和她母親的照片一起裝進了那只貼身的布袋。然後她不再說話，翻過身去，緊緊抱著那只布袋閉上了眼睛。這時候窗外已經是黎明了，青色的天光象徵著陽光將再一次普照大地，新的一天和過去的一天將不會有任何區別，大地上的悲歡離合和天體運行一樣永恆。我坐在床邊，從攝像機的鏡頭裡看著這疲憊到極限的女人。她臉上已經沒有了悲傷，睡得近乎安詳，但懷裡一直死死抱著那只布袋。我想到在監獄的十五年裡，她一定是經過了漫長的絕望和渴望之後，終於為自己發明出了這樣一個兒子，然後監獄裡餘下的每個夜晚她都是這樣度過的，把這個幻想中的兒子緊緊抱在懷裡，給他留出睡的地方，溫暖他，哺育他，和他說話。

現在，她又用同樣的方式為自己發明了一個母親，亦是可以隨身攜帶的親人，可以裝在手心裡或口袋裡，可以寸步不離，可以同生共死。天光漸亮，我恍惚覺得對面睡著的真的不是一個人，而是女人和她年老的母親還有她年輕的兒子，他們三個人以一種天衣無縫的姿勢，在這個世界上緊緊擁抱成了一個人。我坐在那裡，忽然無聲地笑了。我覺得自己笑得溫柔而慈悲，簡直像一個老祖父。

我走到窗前拉開窗簾，與窗外陽光對視的一瞬間，眼淚還是流下來了。我一直想逼她說出某種過去的真實，卻不知道，她的這些幻想和癲狂其實是最大的真實。

她看起來需要一場很長的睡眠。我獨自出門，扛著攝像機，向棺材街慢慢走去。已經是深秋了，白楊和銀杏的葉子開始變得金黃剔透，柿子樹的葉子則開始變紅，在陽光下猛地看過去，就像葉脈裡流動著鮮血一樣。我踩著地上的枯葉嘎吱嘎吱往前走，秋風過處，落葉像大雪一樣從我頭頂簌簌飄落。現在，還有一件事是必須弄清楚的，那就是，當年廠長到底是怎麼死的。我的直覺，這才是這件事的真正關鍵所在。我想找到那個多年前的證人，因為他是當時唯一的目擊者，只是，十五年過去了，物是人非，不知道他是否還活著。我想去棺材街上再細細打聽一番，看是否能有些收穫。

這時候我聽到我身後似乎又出現了那種嘎吱嘎吱的神祕腳步聲，我想起曾幾次三番聽到過這樣的腳步聲，不由得打了個寒顫，猛一回頭，不遠處果然跟著一個人。我站住的同時他也站住了。我站在那裡不由得一愣，跟在我後面的居然是那老車間主任。我打了個招呼：「老主任，您怎麼也在這裡？」

他慢慢走近了些，然後站在離我十步開外的地方，不再往前走卻也並不說話，只是用一種奇怪的神情看著我。我發現他比我上次見時瘦了不少，目光卻如刀劍出鞘，鋒利異常。這使他看上去好像渾身上下只剩下了兩隻眼睛，散發著一種陰冷堅硬的氣息。不知怎麼，我心裡忽然有些莫名的恐懼，嘴上卻忙掩飾著：「這天氣真是說涼就涼啊，等我把片子收尾了就該走了，我還想著走之前再去看看您呢。」

他仍然站在那十步開外，一身的刀氣，有些像落魄在江湖裡的老劍客，讓我萬萬想不到的是，他忽然毫無徵兆地對我說了一句：「她進監獄確實是被冤枉的。」我大驚，說：「您說的是誰？」他說：「李小雁，她進監獄是被冤枉的，她白坐了十五年牢。」

我徹底愣住了，呆呆地站在那裡不知道該說什麼。他卻又往前走了一步，說：「廠長確實不是她殺的，廠長是自殺的。」

我的頭一陣眩暈，勉強讓自己站定，半天才問了一句：「可是，你又是怎麼知道的？」我只聽見他冷冷地回答了一句：「因為，我就是當年案發現場的那個證人。」

我倆最終還是在路邊坐了下來，我點了一支煙，又遞給他一支。我看見自己點煙的手在不停地發抖，點了幾次才勉強點著。一陣秋風過去，落葉像雪一般，落得我們滿頭滿身都是。我張口說了聲：「老主任，你知道你在說什麼吧，這可不是玩笑。」然後繼續抽煙。他說：「其實這麼多天裡我一直都跟著你們。」

我想起這麼多天裡總不時會聽到身後傳來的神祕腳步聲，不覺駭然，又猛吸了一口煙。他說：「我等她出來等了十五年，這十五年裡我連死都不敢死，就是為了等她。」

「……你當年真的看到她殺人了嗎？」

「她沒有殺人，廠長是自殺的。」

「老主任，你是不是以為你這樣說就能出名？我知道你想出名，可是，這不是鬧著玩的。」

「我再說一遍，廠長是自殺的。」

「那……你為什麼要做證人？」

「因為這本來就是我和廠長早計劃好的。」

「……老主任……」

「這些天我一直跟著你們，我看你還算個仁義的人，待她還可以。你要待她不好，我是不會放過你的。她可是坐了十五年的牢啊。」

「……你為什麼要跟著我們？」

「我不放心。我和廠長本來也沒有想過讓她坐牢，我們當時想的是把殺人這個罪名栽贓到她頭上以後，她肯定會死不承認，她那麼死腦筋的一個人，沒想到她很痛快地就承認了，結果進去就是十五年，都不知道她這十五年是怎麼過來的。」

「……可你為什麼要栽贓給她殺人的罪名？」

「我和廠長是十七歲一起進的廠，我們的工作可是那時候最好的，一起喝過酒，一起打過架，在廠裡待了四十年，親如兄弟。工廠倒閉的時候，我們沒有別的謀生技能，也沒有了單位。他是廠長，所以他比任何人都更不想離開工廠，他必須想一個辦法引起所有人的注意，注意到他們這些下崗工人。所以他死前那段時間和我說得最多的就是怎麼能把這些話讓更多的人聽到。那就必須有一個轟動性的事件能引起所有人的注意，最好能上了報紙、上了電視，讓人們都看到、都聽到。」

「……所以，他就想到了靠自殺引起人們的關注？」

「光自殺是不夠的，一個人死了根本不稀奇，別人該怎麼過還怎麼過，所以必須製造出一個事件來引起人們的注意。大活人說句話誰會聽你的？像放屁一樣。一個人只有死了而且還得死得蹊蹺，才可能引起人們的注意。沒辦法，自古世道就這樣。那時候廠長就反覆和我說，我們都已經是五十多歲的人了，六十歲就夠一輩子了，六十歲往後一天那都是白賺的。既然快活夠一輩子了，那捨出這一條命去又怕什麼？怎麼死不是死？要麼病死了，要麼老死了，要麼被車撞死了，要麼哪天掉進水裡淹死了，橫豎是要死的。一件終歸要丟掉的東西早丟幾年又怕什麼？所以他就想到讓死人來說話或許還有用。廠長是早死了，你別看我多活了十五年，這十五年都是白賺的。」

我坐在大雪一樣的落葉中深深吸了一口氣，又哆哆嗦嗦地點上了一支煙，問他還抽嗎。

「再來一根。」

半支煙下去我才又問了一句：「你明知道李小雁並沒有殺人，又為什麼要做這個偽證？就是為了出名嗎？」

八

他坐在那裡看起來越發蒼老，如同一株長在深秋裡的枯樹。他彈彈手中的煙灰，看看天空說：「讓她坐牢其實還不如讓我去坐牢，我心裡那個不好受啊，所以到現在我都不敢站在她面前和她說一句話，我心裡虧得慌。從她出來的那天起，我就一直跟在你們後面，我遠遠就能看到她那半頭白髮。進去的時候她才三十來歲，我記得她那時梳著一根長辮子，有時候還喜歡在辮子上綁點花兒草兒，出來的時候已經像個小老太太了。可我當初不那麼做又能怎麼做？廠長把自己的命都搭進去了，我敢讓他白白死了嗎？你倒是試試你能死幾次。」

「……」

「我怎麼都忘不了廠長臨死前的那個眼神，當時他站在電解池邊和李小雁說話，我就按計劃躲在車間裡不遠的暗處，他知道我正在那裡看著他，所以他臨跳進池子之前還向我那邊看了一眼，就一眼哪，但我知道他在說什麼，那是千言萬語啊，那是他在和我道別，是在託付給我遺言。我躲在那裡差點哭出來。他又不是活不了，為什麼非要讓自己死？他是寧願和工廠一起沒了，所以他做不完的事情只有我接著去做，才對得起他這一死。」

「……他為什麼要選擇在鹽酸池裡？」

「因為這樣他就會很快被鹽酸腐蝕掉，連救都救不上來。他連救都不想被人救上來，他就是決心了要死的。」

「你沒想到李小雁會那麼痛快地就承認了？」

「是的，我真的沒有想到。在我們本來的計劃中，我做證揭發之後李小雁一定死不承認，一定會反抗，而我就咬定說我親眼看到了她殺人，這時候廠長已死，死無對證，只要我們各咬一頭，那這件事就會變得沸沸揚揚起來，會被人們議論紛紛，然後就會引來媒體報導，媒體一報道就會有更多的人知道，說不來還能上電視。可是萬萬沒想到她很痛快地就承認了，承認是她殺了廠長，就這樣她坐了十五年的牢。可我當初真的根本沒想讓她去坐牢。」

「你知道她為什麼要承認嗎？其實她僅僅是害怕人們說她的閑話，怕人們又翻出她在廣東打工時的那些陳年舊事。就像她當年為了不讓人們知道她的學歷，就連履歷表都不肯填。」

「所以我才恨她，這十五年熬下來我真是恨透了她，她怎麼能這麼輕易地就承認是自己殺了人，殺個人就這麼容易嗎？她以為是割韭菜還是過家家？她居然連反抗都不反抗一下就去乖乖坐牢了，一坐十五年，你說她怎麼能這樣？這十五年，每次一想到她還在牢裡，不知道她每天都吃的什麼、穿的什麼，我就會整宿整宿地睡不著覺，半夜裡爬起來在黑漆漆的屋裡轉圈，想像這就是一間牢房。我從這頭走到那頭，再走回來，就這麼來來回回地走一夜。我不應該還活在這世上，對吧？其實要是她出來了想要我的命，我倒高興了。」

「你是故意讓我找到她的吧。」

「這世上本來只有我一個人知道這個祕密，現在你也知道了。我看你不願把我拍進電影，覺得把我拍進去沒意思，所以我就想讓你把她拍進電影。不管是拍她還是拍我，都一樣的，就是想讓你把這件事的真相拍成電影，等到電影放映的那天，所有的人就都看到了。人們就會知道廠長當年是為什麼死的，也會知道她李小雁是被冤枉入獄的。都不是壞人，沒有壞人。」

「如果根本沒什麼人會去看我的電影呢？」

「怎麼可能呢？那是電影啊。我年輕的時候只要聽說哪裡放露天電影，就是連夜趕二十里山路都要過去看。在電影院看不比看露天的舒服？怎麼會沒有人看？」

「現在她已經出來了，你打算怎麼做？」

「現在你也知道了，那我們趕緊幫她翻案，讓她知道自己是冤枉的，白坐了十五年牢。她肯定嚥不下這口氣，最好能往上告，哪怕告到中央，讓天下人都知道這是一個大冤案，再讓上面判她個清白，那我也算對得起她和廠長了，然後我就是死了也不虧了。」

「讓她告你當初做偽證陷害她？」

「我在其中扮演了一個好人還是一個壞人又有什麼區別？好人怎樣，壞人又怎樣？都一樣的。你還記得我曾對你說過的話不？我說只要你讓我上了電視電影、讓我出了名，你讓我做什麼我都願意。因為只有我出名了，我說什麼才會有人聽。」

「你把你們三個人都當成了道具在用。」

「人在世上誰不可憐？」

「可是……你們當初為什麼一定要選中她？她這樣一個人……喜歡寫點詩……你們就不覺得……」

「廠長死之前我們就已經想了很長時間，她是最合適的人選。廠長對我說，從李小雁在他面前脫下衣服的那一瞬間，他就明白了，這是她最後僅有的一點東西了。她在三十歲的時候就已經只剩下餘生了。所以他說，就是她了，這個幫助我們完成計劃的人也只能是她了。」

工廠

李小雁

我總是會在下著春雨的夜晚
迷路在
去往工廠的那條小路上
好像我從不曾走過這條路
也不知道路的盡頭通往哪裡
我第一次看見路邊的
那朵蒲公英
在雨中給自己撐起了一把白色的傘

落葉越來越多、越來越厚，前面一排平房的屋頂上已經鋪了一層厚厚的落葉，在陽光裡看上去如金色的廟頂一般閃閃發光。有一隻黑貓正從屋頂上無聲地經過，又順著一棵槐樹跳了下來。落葉正從四面八方湧來，整座小縣城像沉浸在了一場奇異而蠻荒的大雪之中，四季沉睡，時間倒流，一隻孤鴻掠過田野，大地上所有的回憶和往事都將被這些金色的落葉徹底淹沒。

我坐在那裡大口抽著煙，腦子裡飛快地盤桓著。顯然這才是事情最核心的那個部位，但我還是不能不心酸。顯然，老主任還不知道，他等待了十五年的那場轟動已經不可能了，他完全不知道。現在是二〇一五年，任何信息都是轉瞬即逝的，只要過一夜便消失得無影無蹤。沒有人會去關注一個十五年前的老下崗工人和一個剛出獄的中年女人之間已經過時的故事。他白等了十五年。他這十五年和李小雁在獄中的十五年本質上是沒有區別的，一腳踩下去，中間都是空的。他們其實都還站在十五年前的碼頭上遙遙望著對岸。這個真相公布之後，唯一能震撼到的估計只有李小雁。可是如果讓她知道了當年廠長並不是她殺死的，她就只能得到一個空洞的清白，已經沒有人在乎她是不是真的殺過人。與此同時，她的那兩個親人就沒有存在的依據了，他們將會隨之消失。

我終於站起來扛上我的攝像機，我對他說：「我不會告訴她的，你也不能把這真相告訴她。」

他絕望地看著我，問：「為什麼？她本來就沒有殺過人。她也知道自己根本沒有殺過人。她是被冤枉的。她白白坐了十五年牢。為什麼不讓她知道？」

「在監獄裡一開始的時候她也相信自己沒有殺過人，她第一年信，第二年也信，但是等到第十五年的時候，她已經深深地相信，廠長就是她殺的。」

「可我當時在旁邊看得清清楚楚，她連廠長的衣服都沒碰到，廠長已經向後一仰，掉進了電解池裡。難道她真的以為廠長是被她推下去的嗎？」

「她後來真的相信是她殺死了廠長，她是在自己的腦子裡把他殺死的。」

「傻瓜都知道那是她在騙自己。」

「她現在每天有兩個形影不離的親人：一個兒子，一個母親。但事實上，她從來沒有過孩子，她母親也已經離世了。」

他整個人幾乎撲到了我的臉上，聲音開始嘶啞：「我等了十五年就為了告訴她一個真相，如果我不告訴她真相，我既對不起廠長，也對不起她。那我就根本不是個人了。」

我往後退了一步，讓我的攝像機能看到他的臉，我感到我的手明顯在發抖，但是我嘴裡說：「老主任，現在已經不是十五年前了。你信我吧，十五年過去了，沒有人會在乎的。」

他站在那裡沒有再動，狀如枯木。他喃喃地說：「不管過去多少年，有人把自己的命都捨進去了。」

我只好又說：「老主任，十五年裡一切都變了，都回不去了。」

他乾枯的眼角流出兩行淚來，看著我說：「不能讓一個人到死都以為自己是殺人犯，那死了連自己的祖宗都見不了。我必須告訴她。」

我把目光收回，聲音也開始沙啞：「老主任，你還是放過她吧。」

然後我便丟下他，扛著攝像機，踩著枯葉，嘎吱嘎吱地向我們租的房子走去。進去一看，李小雁還沒有醒來，想來是因為前幾日安葬母親已經心力交瘁到極致了。她蜷縮著身體睡在半張床上，另外半張仍然空著。就是在很深的睡夢中，她都會記得要把半張床留給自己的兒子，他正睡在她的身邊，她不能把他壓著了。現在，這半張床上也許還睡著她的母親，顯然，她得給他們騰出更多的地方來才能保證他們睡得安穩。

我沒有叫醒她，此前我還沒有拍到過這麼疲憊、這麼安靜的她。現在，在一個長鏡頭裡，一個半頭白髮的女人小心翼翼地睡在半張床上，另外半張空蕩蕩的床上可能正躺著一老一少兩個看不見的人。我盯著這個鏡頭看了很久，竟恍惚真的看到了那兩個隱身人的身形和眉眼，他們和女人緊緊抱在一起，正在熟睡中。這種幻覺讓我一陣駭然，我忽然發現，幻象本身也許真的是另一種真實。只要給它填入足夠的感情和思念，它就確實可能獲得另一重維度裡的生命。

屋子裡的光線正在鏡頭裡一點一點變化著。爬在白床單上的那叢金色的陽光漸漸暗淡下去了，變成了緋紅、橘色、灰橙、暖青、灰青、蒼青、銀灰、深灰、藏青、寶藍、鴉青、玄青、烏青、油黑、漆黑。這些轉瞬即逝的光線在這個尋常的黃昏裡變得像一曲波瀾壯闊的交響樂。

在音符莊嚴停下的地方，巨大肅穆的黑夜將會再次如期降臨。

我來到窗前推開了窗戶。今晚沒有月亮，卻滿天星斗。巨大的獵戶座正高懸在我的頭頂，從我記事起，這巨大的獵戶座便會在每年的深秋出現，伴我度過了一個又一個漫長的冬天，以至於每年冬天看到它的時候竟有了見到親人般的感覺。我忽然想起李小雁曾說過的一句話——我最想寫的那些話怎麼都寫不出來。我站在窗前點上一支煙，我想把太多的話寄託給這部電影，可是，我最想說的話又能說出多少？其實我和她之間究竟又有多少區別？

這時候我忽然聽到床上有一個異常平靜的聲音在問我：「天怎麼黑了？」一回頭，李小雁正坐在床上看著我。我說：「你睡了一個白天，現在天黑了，晚上剛剛開始。」然後便開了燈。她在燈光裡呆呆地坐了一會兒，忽然像想起了什麼，連忙把身體往邊上挪了挪，像怕壓住還躺在那裡的人。我便再次想到，這被子下面還藏著一個小男孩和一個老母親。

我帶著她來到一家小麵館吃晚飯，昏暗的燈光下擺上了兩碗熱氣騰騰的麵條，我們對坐著卻都半天沒動筷子，我忽然有一種相對如夢寐的滄桑感。我說：「快趁熱吃吧。」她還是不動，我便自顧自拿起筷子，又斟酌著字句說：「等電影拍完，接下來我還得做剪輯，可能最後要剪成三個小時，然後我可能要去電影節上碰碰運氣。你呢，你也要為自己做些打算了，就是說，你還得找點事情去做。就是不為糊口，人也總要找些事情做的對不？我可以幫助你，但我不知道你最擅長做什麼……其實也有很多事情可以做，怎麼都餓不死人的。我已經替你想過了，你可以擺個小攤賣菜賣水果賣包子，還可以賣花生瓜子什麼的小零食，這也不要多少本錢的。或者，你還可以租間門面做裁縫，因為我記得你說過你們在監獄時每天都要在車間裡做衣服。」

我小心地看著她的臉色，只見她低著頭半天不語，臉上並沒有太多的表情，過了好久才終於說出一句：「那就還是做裁縫吧，習慣了。」

我說：「那太好了。」然後便趕緊埋下頭吃麵，竟不敢再抬頭看她一眼。又過了半天，忽然聽見她用很緊張的聲音小心試探著我：「你，是不是要走了？」我抬起頭才發現，她坐在我對面，不知什麼時候已經滿臉都是淚水。那碗麵還一筷子沒動。

我故作輕鬆地說：「電影快拍完了，幹我們這行的就是得成天東奔西跑的，在這裡拍完了就得再換一個地方。不像你，以後就可以在自己家鄉安定下來了。我也是光人一條，沒老婆沒孩子，倒是去哪裡都沒什麼牽掛。」

忽然，她的眼睛深處又浮出了那種詭異空洞的目光，她不再看我，而是看著周圍的空氣，好像空氣裡正有人和她對視著。她看著那團空氣說：「你走吧，我不怕的，我什麼都不怕，我白天出去幹活，晚上有我兒子陪著我，他就和我睡在一起，他長著一頭金色的鬈髮，像隻小狗一樣毛茸茸的，他還長著藍眼睛。我臨睡覺的時候就給他講故事，他睡著了我就把他抱在懷裡。

現在還有我媽陪著我呢，能和兩個親人在一起也足夠了，我就什麼都不怕了。在這世上，只要能和親人在一起，我就什麼都不怕了。」

她的目光慌亂而熱切地在空氣中游弋著，似乎隨便抓住一點什麼都可以。我的眼淚也要下來了，卻對她說：「你不要怕，大家活到最後都是一樣的。」她機械地重複了一遍：「是的，大家活到最後都是一樣的。」我又試圖寬慰她：「每個人最後都是要死的，就是死法不一樣，比如多年前那死去的老廠長，他也許……」

她忽然大聲地、暴烈地打斷了我：「不要說這個事了，我早就認輸了，我真的早就認輸了還不行嗎？求求你們放過我吧。」

婚禮　李小雁

第一場大雪下起來的時候
你說我們結婚吧
我說　好
白紗裹不住我的衰老

如果我不肯流淚
你就離開

九

我幫助李小雁買了一臺縫紉機，然後就選擇在縣城十字街口的百貨商店的房簷下開張了，這樣可以把房租省下。這屋簷下已經擺了好幾個小攤，蹿身其中倒也不顯眼。第一天開張的時候李小雁很緊張，像個小學生一樣端坐在縫紉機後面一動不動，她不敢看來來往往的行人，只是不時地偷看一眼坐在旁邊的我。以至於後來有了第一筆生意的時候，我看到她縫衣服的手都在發抖。第一天只有兩筆生意，一個修褲腳、一個修領口，五塊錢是她這天的全部收入。一直到天黑時分我們才開始收攤，收攤的時候我忽然看到馬路對面的暮色裡坐著一個人，正看著我們。是老車間主任。暮色裡的世界重巒疊嶂且萬分靜謐，我和他隔著一條馬路遙遙相望著，如同站在一條大河的兩岸，光線漸漸沉入河底，鐵畫銀鉤，枯如白骨。我拿起攝像機對準了他，河對岸的人影卻忽然消失了，看上去一片模糊，狀如水漬。

第二天，第三天，連著幾天我都會在黃昏時分、在行人漸漸退去之後，看到從對面浮出來的老車間主任。即使看不到他的身形，我也能感覺到他的氣息像鷹隼一般，正陰森地盤旋在我們頭頂。我一邊把李小雁做裁縫的點點滴滴拍下來，一邊時刻留意著老主任的身影，我這時候才發現，他也是這部電影裡的一個重要角色，只是他自己不知道罷了。

我漸漸和周圍的小販們都熟悉起來，我和他們聊天打趣，中午學他們就近買碗幾塊錢的麵條吃下去，我看起來和他們沒有了任何區別。熟悉的結果就是，他們同意偶爾在我的鏡頭裡露個臉。只是，我坐在小販們中間，偶爾還會恍惚看到那個在大學的課堂上給學生們講塔可夫斯基的男人。我幾乎忘記了他的樣子，只有無盡的氣味和畫面留了下來，如同破曉時分清新的空氣、無風時候飄落的白雪、長滿鮮花的草地、金銀和青金石的飾物。

我知道那個男人就是我自己。

李小雁會在每個早晨醒來的第一瞬間走進我的房間，緊張地朝我床上看一眼，她在看我還在不在，她怕我會半夜悄無聲息地走掉。在一個早晨起床之後，我收拾了一下我的行李，她忽然轉過身來，淚流滿面地看著我，問：「你是不是今天就要走了？你是不是真的該走了？」她的目光裡有一種小女兒在父親面前才會有的痴纏的悲傷，還有一種即將被遺棄的動物在主人面前的無限敏感。我想到此時那一老一少兩個隱形人也正吸附在她身上，乞求地看著我。他們三個人組成了一個龐大而虛弱的巨人，溫順而求死般抬著頭，等候著我的憐憫與發落。

我說：「不走，今天還不走。」

今天還不走，聽起來就像一種最深的恐嚇。

我們依舊按時出門擺攤，要一直走到縣城中心最熱鬧的十字街口。這裡是各色小販、各種小店雲集的地方，就是在這裡，我見過一個賣蔥的老大爺拿著一張一百元的假鈔坐在路邊哀哀地哭，他收了張一百元的假鈔，然後找了人家九十九塊的零錢。我還見過一個開飯店的小老板站在桌子上揮舞著一隻手，大聲訓斥一群不敢說話的服務員。我還見過帶著小孫子每天在小超市裡盤旋一圈，然後掩護孫子往嘴裡塞一塊話梅的老人。他們足夠真實，正是我想要的真實，卻漸漸讓我覺得畏懼。我忽然明白了連日來我坐在小販們中間時那種奇怪而迷茫的快樂，因為它暫時幫我掩飾住了這種畏懼。也就是在這個時候，我發現自己終於看明白了李小雁的那些詩歌。

這個早晨，當我和李小雁剛走到十字街口的時候，天空忽然紛紛揚揚地下起雪來，再一看，不是雪，而是不知道從哪裡撒下來的雪白的傳單。我接住一片，看到白紙上面是油印的黑字：「十五年前的驚天冤案。十五年前五金廠在倒閉前夕發生了一起殺人案，廠長華建明被職工李小雁推到電解池裡屍骨無存。李小雁因此被判刑二十年，後被減刑到十五年。而事情的真相是廠長華建明當年死於自殺，李小雁被冤入獄，白白坐牢十五年。當時的目擊證人伍學斌在華建明死前就已經與華建明串通好，在華建明死後做偽證陷害李小雁坐牢。十五年過去，是還無辜的人一個清白的時候了。」

滿地、滿秋天都是這樣的白紙、這樣的黑字，像一場無邊無際的大雪，又像滿月之夜狼人即將出沒的月光，月光裡的那些枯瘦文字如累累屍骨排列著，似乎可以隨意地組合起來，「自殺……屍骨無存……殺人案……死後……十五年……死前……清白……入獄……」。那張白紙從我手裡被一陣風吹走了，我卻發現那些油印的黑字已經被斷斷續續地印在了我的手心裡，我一個字一個字辨認著，「殺人……真相……證人……李小雁……」。我試著擦拭，卻怎麼也擦不掉，那些黑色的字像是已經被篆刻在了我的手心裡，如同山林深處長滿青苔的古老石碑，鏽跡斑斑，滄海桑田。

來來往往的行人在秋風中接住或者從地上撿起這些白紙黑字，有的一邊看一邊和旁人竊竊私語，有的一邊看一邊四下尋找扔傳單的人，還有更多的人只是匆匆看一眼，只一眼，就扔下傳單踩著走過去了，像是什麼都沒有看到。地上的傳單越來越多、越來越多，像盛大的月光一樣，轟然開放了滿地、滿世界，彷彿這是一個極其隆重的節日，才配得上這麼多這麼壯觀的月光。行人們已經不再好奇，紛紛踩著這些傳單走過去了，照常去上班、去買菜、去擺攤，整個世界安靜異常，甚至沒有一點多餘的聲音。我心裡忽然一陣劇烈的抽搐，又是興奮又是疼痛，我知道這就是最好的鏡頭，我願意不惜一切地捉住這些鏡頭。我連忙打開攝像機，就在這時候，李小雁站在那裡也伸手接住了一張紙片，我不顧一切地向她衝過去奪下了這張紙，而與此同時，她的另一隻手已經接住了另一張紙片，我絕望地站在那裡，試圖再把這張紙也奪下。但她已經讀了第一行字，「十五年前的驚天冤案」。就在我徒勞地想把這張紙也奪下之前，她微微一愣，然後，只是瞬間的工夫，她已經鬆開手，讓這白紙黑字隨風而去了。

她沒有再往下讀任何一個字。

突如其來的釋然讓我感到了一種從沒有過的巨大疲憊和欣慰，我眼睛忽然濕潤。當我掙扎著抬起頭再看她時，她卻正站在一堆雪一樣的紙片中撲朔迷離地對我微笑著。

就在這時，我們忽然聽到附近什麼地方傳來一陣可怕的嘶啞哭聲。是一個老人絕望的哭聲。

我最終下定了決心，要帶她離開這個小縣城。然後我開始忙著退房子，忙著收拾行李，做離開前的準備。那天下午等我收拾好才發現，李小雁早已經靜靜地站在我的身後等待著出發。

西方的群山之上燒起一片玫瑰色晚霞的時候，我和李小雁搭上了離開這個縣城的最後一班汽車。就在汽車即將駛出縣城邊界的時候，忽然猛的一個急剎車，全車人跟著東倒西歪成一片，只聽司機罵罵咧咧地下了車，原來是有人借著暮色把自己像子彈一樣撞向了開過來的汽車。我心裡一怔，不讓李小雁下車，自己卻拿著攝像機下車過去圍觀，已經有一圈乘客在那裡觀看了。我鑽進人群，卻仍然不忍心看地上的那個人，閉著眼睛默默站立了兩分鐘之後，才睜開眼睛看去。借著天邊的最後一絲光線，我看到躺在血泊裡的人果然是老車間主任。他的脖子已經撞折，腦袋以一個不可思議的角度耷拉在胸前。血流了很遠。

現在，除了我，世界上沒有第二個人再知道這個祕密。終於到結尾的時候了。我打開攝像機，把一動不動的老主任拍進了鏡頭。旁邊有人問我：「你拍什麼？你是哪裡來的？」我頭也不抬地說：「我是電視臺的。」旁邊立刻有人驚詫地議論：「電視臺的來了，已經有電視臺的人來了，都拍下來了。」

在一片混亂嘈雜的聲音裡，我忽然看到老主任的手裡還握著什麼。我湊過去仔細一看，是一個牛皮紙信封，信封上寫著一行鋼筆字——李小雁收。我默默地從他手裡接過那個信封，裝進了自己的口袋裡。

只聽司機還在大聲打電話，接著又聽到了警車的刺耳聲音。我只是靜靜地、肅穆地站在那裡看著地上死去的老人。警車來了，另一輛空車也開過來了，司機指揮著乘客們換車，他要我留下來配合他一起處理這起交通事故，因為我是電視臺的人。李小雁也下車了，她朝那躺在地上的屍體望去，但她只飛快地看了一眼便收回了目光。

我走到了她面前，她問了我一句：「死的是一個什麼人？」我想了想，說：「是一個不認識的老人不小心被車撞到了。」然後，我從隨身帶的包裡取出筆和紙，飛快地在上面寫下了我的名字、電話和地址。我把寫好的紙遞給她的時候，她愣住了，怔怔地看著我。這時候群山上玫瑰色的晚霞已經燃燒殆盡，黑夜正從大地的每個毛孔裡生長出來。我已經看不清她的表情了，我知道她也無法看清我的。但我還是使勁地對她笑著，我說：「我們就在這裡道個別吧，你跟著車回去吧，你已經不用離開這裡了，這兒畢竟是你的家鄉。回去以後還是做你的裁縫，有什麼事就給我打電話，寫信也可以。快回吧。」

那輛換下的車要返回縣城了，我目送著她慢慢上了那輛已經在拼命摁喇叭的汽車。汽車開動了，我看到空蕩蕩的車廂裡她一個人一動不動地坐在車窗後面。她上車前沒有和我說一句話。

我回到北京的第一件事便是找一份工作。幾經輾轉，才在老同學的介紹下去了一家影視公司做美術指導。工作了幾個月之後我才把借前女友的錢如數奉還到她的帳戶裡，她什麼都沒有說。我倒還算喜歡這份工作，場景布置，視覺效果，甚至連室內的陳設都是由我來設計的，這些都是虛擬出來的，甚至，連拍攝時用的陽光都是我用燈光做出來的。做這種工作的時候，我會時刻感覺到電影的虛幻性，就像李小雁的詩一樣，它們都不真實，但是這種虛幻讓我心安，讓我不再失眠。

那部已經拍完的電影，自從我把它封存在一只硬盤裡之後，就再沒有打開過。深夜裡，我有時候會把那只硬盤拿出來細細摩挲半天，最終卻還是會把它放回抽屜深處，再悄無聲息地把抽屜關上。

李小雁從沒有給我打過電話，大約過了一年多的時候，我忽然收到了一封她寄來的信，是從那個北方小縣城裡寄來的。信中說她一切都好，她每日去擺攤做裁縫，一天下來總能收入十幾塊錢，最多的時候一天能收入三十多塊錢。她說她收養了一個三歲的小男孩，已經會說很多話了。春天的時候，她帶著他去看那些剛發芽的鵝黃的柳葉，帶著他去大杏樹下面看那一樹雪一樣的杏花。夏天的時候，她帶著他去採指甲花，把指甲花搗碎，配上明礬，再用蒼耳葉把指頭包起來，給他染了十個紅指甲。在雨後的黃昏，她帶著他在去往工廠的那條小路上採雞腿菇和蒲公英。秋天的時候，她帶著他去楊樹林裡，用針和線把那些金黃的楊樹葉穿成一大串戴在脖子上，她還帶著他去地裡認識南瓜和玉米、柿子和葡萄。冬天的時候，她會守著爐火給他講很多故事，一隻花貓正趴在她腳邊打呼嚕，他聽著聽著就睡著了，臉蛋紅撲撲的。她說這時候她才發現，窗外不知什麼時候已經下起了大雪，天地間白茫茫一片。第二天她會帶著他在雪地裡放爆竹，紅色的鞭炮屑撒落在雪地上，她幫他堆起了一個大大的雪人，雪人的鼻子是一根長長的胡蘿蔔。

這封信我翻來覆去看了很久，然後我連著抽了幾支煙。第三支煙抽完的時候我開始收拾行李。我要去看她。我明白，她又在寫詩，這只是她的又一首詩，而她所有的詩都是她生活的虛擬，就像我現在手中的工作一樣。我拎著簡單的行李來到火車站，買好票，在候車室等了半小時之後開始檢票了。我檢好票，下了月臺，長長的列車已經等在那裡了，但就在臨上車的那一個瞬間，我還是猶豫了。最後，我看著那輛列車從我身邊呼嘯而過。我回去便給她回了一封信，我在信中說，我也過得很好，已經結婚了，現在工作和生活都很安穩。我說上次在你們工廠拍的那部電影後來真的在電影節上獲了個大獎，還有筆可觀的獎金。我說很多人都會看到這部電影的，都會看到你和你的工廠。

她沒有再來信。直到三個月之後的一個深夜，我忽然收到一條短信，短信裡告訴我李小雁昨晚病故了。她已經生病有一年了，臨死前一再囑咐過，要記得告訴我一聲她不在了。發信人是她弟弟。

我在深夜裡慢慢打開抽屜，終於取出那只一直被我封存著的硬盤。然後我幾乎幾天幾夜沒有合眼地把這部電影剪輯了出來，九小時的電影最後只剪剩下了六十分鐘。

電影裡都是一些零碎的鏡頭，每一個鏡頭都是關於李小雁的。她躲在給母親洗好的床單裡哭泣；她用那塊粉色的毛巾一次次撫摸著自己的臉；她把紅色的紗巾蒙在眼睛上，站在窗前看夕陽；她坐在長滿荒草的工廠的臺階上；她慢慢走進神祕黢黑的電解車間；她抬頭看著午後的陽光；她採了小路邊的一朵波斯菊；她驚恐不安地坐在我對面；她穿著那件紅衣站在月光下；她抱著她想像中的兒子正在熟睡；她拉著她死去的母親的手，怎麼也不肯放開；她一邊喝酒一邊淚流滿面地對我說「你不相信嗎？……你就不信嗎？」；她捧著她那寫滿詩歌的本子，對我說「我最想寫的那些話怎麼都寫不出來」。

這是一部關於她一個人的電影。

那一晚，我在自己的房間裡，用投影儀把這部電影看了一遍又一遍。看著看著我忽然看到了一個從沒有見過的鏡頭，回頭想想，可能是那個時候我正站在窗前看星星。鏡頭裡的李小雁正疲憊地躺在床上熟睡，她身邊的光線正在漸漸轉暗，看起來天馬上就要黑了。就在那天色完全黑下來之前，她躺在那裡忽然睜開了眼睛，卻沒有動，她和她面前的攝像機靜靜對視了片刻之後，忽然就對著它無聲地笑了。

很快，那笑容就像一滴水一樣融化在了鏡頭裡無邊的黑暗中。

去往澳大利亞的水手

一

他第一次見到那個叫小調的男孩是在那片廢棄的桃園裡。

正是三月，桃花開得詭異真誠，整座桃園看起來如一座剛浮出地面的巍峨宮殿。

那片桃園在卻波街的盡頭處再走一段路。你走著走著就會突然遇到它，彷彿它是從哪個古戲臺深處飛出來的，戴著滿頭滿腦的桃花，風鬟霧鬢，極盡豔麗。

他小的時候沒有地方可去，很多時間都是在這桃園裡慢慢消磨掉的。因為怕被看桃園的老人逮住趕走，他便總是偷偷藏在那棵大桃樹下玩，或者在月光下溜進桃園折桃花、偷桃子。一寸一寸的光陰長著腳，緩緩爬行在陽光和月光裡、春風和冬雪裡、桃花和枯骨裡。每到三月桃花盛開的時候，整條卻波街都在花香的浸泡中慵懶地盤著，花醉一般。只有賣豆腐和磨刀的來串巷子吆喝幾聲，才略攪進來幾分清醒。

桃園深處有一口井，井旁一間土坯小屋，裡面住著看桃園的老人和他的狗。那老人的頭臉看起來總是灰濛濛的，好像很多年都沒有洗過臉的樣子。他怕這老人會放狗咬他，只要遠遠看見老人走過來就趕緊逃掉。每年三月，到夜深人靜的時候，他就在月光下偷折桃花。一樹一樹的桃花在月光下看是一大片湖水一樣的銀色，連花香也是銀脆的，看不到，指尖卻可以觸到花香裡的那縷神經。

桃園深處傳來幾聲遙遠模糊的狗吠，狗好像也乏了，只是在應付差事地叫幾聲。從枝杈間隱約可以窺到小屋裡那點橘色的燈光。銀色的月光淹沒了整座桃園，只要一碰到那些枝杈，桃花便像雪一樣紛紛揚揚地下起來，落了一地。頭頂是浩大的明月，身後是幽深的卻波街，那個春夜，他站在桃樹下這場一個人的雪中，忽然預知到了一種來自時間深處的幻象，漫天大雪、遲遲春陽、葳蕤青草、人面桃花，包括其中生生滅滅的動物和人其實都不過是幻象，都是往生圖中的幻象，轉瞬即逝。只有時間是真實的，或者說，在這世界上，它才是唯一的真正的主人。

那晚，他偷偷折下一枝桃花回到家裡，小心翼翼地插在裝滿水的罐頭瓶裡。

這個春天，宋書青在桃樹下猛地看到這個男孩的時候，心裡竟哆嗦了一下，疑心是看到了四十年前站在桃樹下的自己。他湊近了一些看，是個七八歲的小男孩，很瘦，眼睛奇大，正在桃樹下的雜草叢裡揮舞著一把塑料做的玩具寶劍。寶劍一碰到樹枝，桃花便像大雪一樣紛紛揚揚地飄落下來，聞上去也像是四十年前的雪。男孩一手提著寶劍，一手接花瓣，一邊獨自咯咯地笑著。宋書青站在不遠處看著男孩，男孩並沒有看到他。他站在那裡恍惚覺得他和男孩之間正靜靜流動著一條大河，有桃花落在河面上，他們隔河相望。

那枝插在罐頭瓶裡的桃花會一連開很多天，他把它擺在窗前有陽光的地方。夏天那裡擺著血紅色的人頭一樣大的西番蓮，秋天擺著金色的雛菊，冬天擺著米黃色的白菜花。白菜花是殺開大白菜從最裡面剖出來的，粉黃粉黃，像新出世的嬰兒。有時母親宋之儀也會站在那枝桃花前看一會兒，但只是一小會兒她便慌忙走開了，對那桃花再視若無睹，好像那桃花看久了便會刺目，讓她眩暈、生病。至於那片桃園，宋之儀更是避之不及，在桃花盛開的季節裡，她下班回家情願繞遠路都要避開那桃園。他一直不明白她為什麼要害怕那片桃園。

眼前的小男孩似乎玩寶劍玩累了，便小心翼翼放下寶劍，趴在草叢裡捉蟲子。這片桃園已經廢棄了好幾年，他記得開始是老人的那條狗走丟了，老人便失魂落魄地滿縣城找他的狗，直到半夜了人們還能聽到老人滿大街帶著哭腔的聲音：「花花，花花。」那條母狗叫花花。他幾乎是挨家挨戶地找，逢人就問：「有沒有看見我的狗？」他找了好久，後來終於在一戶人家找到了。花花在那家人院子裡和小孩玩，他站在門口偷偷地看，第二天又來偷看，第三天還來。一連偷看了很多天，發現這戶人家對花花確實好，他便不作聲地離開了，回到桃園裡，再沒有返回來找花花。

都過了幾個月了，那條狗自己忽然跑回桃園找他去了，脖子上還戴著一條鐵鏈子，背上有片燙傷。回到桃園沒幾天那條狗就死了。老人去找那家人，那家人說這狗流浪到他們家，過了沒幾天就把牠送人了。他又去找第二家主人，結果那家人說他們也是沒多久就把花花送人了。於是又找到第三家、第四家。最後老人不再往下找了，獨自回了桃園。老人把狗埋在桃園深處，築了一座小墳。

又過了一年，滿園桃花再次如雪的時候，人們忽然發現很久沒有見到看桃園的老人了，就進桃園找。土坯房裡卻是空的，窗上架著蜘蛛網，久沒有人住的樣子。然後人們在桃園深處找到了三座墳。那座最小的應該是花花的墳，那另外兩座呢？如果說其中一座是老人的，那另外一座是誰的？又是誰把他們埋在了這裡？

不久又聽卻波街上的人們說，沙河街上的那個瘸腿光棍失蹤有段時間了，一直沒找到。這瘸子早年因為父親成分不好，在「文革」中受牽連被打斷了一條腿，那條腿骨折多日了也沒人管他，就外面連著一層皮，他就拖著那條斷腿在街上爬來爬去。小孩子們見那條腿竟可以像麵條一樣隨意繞來繞去，只覺得好玩，便不時跑過去把那條腿擺個造型，或塞進他的褲帶別到腰上，或像圍巾一樣盤在他脖子上，活像架著線操縱的木偶戲。後來這條腿外面的皮發黑了，腿被截掉了，裝了條木腿。他拄著一只木拐，遠遠地從沙河街的青石板路上走來的時候，就像一匹三條腿的木馬發出的聲音，「篤，篤篤」。坐在屋裡的人光聽聲音就覺得這走路的瘸子下半身已經被組裝成了一部木製的戰車，血肉的上半身嫁接在上面，最上面是蛇芯子一樣昂起的頭。

轟隆轟隆的碾壓聲如坦克一般讓人一陣心驚肉跳。

據說瘸子後來忽然被卻波街的那片桃園迷住，便經常出入於那片桃園，再後來就幾天幾天地住在裡面賞桃花，輕易不肯出來。據說瘸子和看桃園的老人一起睡覺，一起在桃花下飲酒，從廣播裡聽悠長的梆子戲，在秋風中採摘肥桃，每逢週一趕集就挑到集上去賣。後來看桃園的老人不見了，瘸子也跟著不見了。

桃園裡因為坐著那三座墳，墳裡的人死得又離奇，便沒有人再敢進來。桃樹一年年還在按時開花、按時結桃，仍然在三月的時候任性地開出一園子的桃花，只是那桃花比從前更妖更香，有一種陰森森的賣力，似乎暗藏著無人看管之後的委屈。八月的桃子肥碩圓潤，一路從青變紅再變成暗紅，都無人來採摘。人們說這桃子紅得好詭異，只有樹根吸了死人的血才能紅成這樣。肥桃最後像屍體一樣橫陳一地，除了鳥雀和蟲豸，沒有人來吃。

沒有人來讓一園子的寂靜腐蝕得更深一些，更潰爛一些。

他穿過木柵欄走進桃園，走到小男孩跟前。男孩抬頭看到有個大人走過來，連忙轉身抱起了自己扔在草叢裡的寶劍。他以為男孩是要學電視劇裡那樣拿寶劍防身，但很快就發現，不是，男孩只是怕自己的寶劍被別人搶了去。那把塑料寶劍看起來玩了很長時間了，劍把上已經磨起了一層毛邊。他問：「你幾歲了？」男孩說：「八歲。」他問：「八歲了怎麼不去上學在這裡玩?」男孩低頭不說話。他又問:「你媽媽呢?」男孩低著頭說:「在家裡。」他又問:「那你爸爸呢?」男孩忽然抬起頭興奮地看著他,眼睛亮得嚇人,他大聲地、自豪地對他宣布了一句:「我爸爸去澳大利亞了。」

他疑惑地看著男孩,問:「你爸爸去澳大利亞做什麼?」男孩不管他,只是像背誦課文一樣大聲地、上氣不接下氣地說:「澳大利亞在地球的另一邊,我們白天的時候他們是晚上,所以我們看不到他們,他們也看不到我們。我們和他們中間隔著一片很大很大的海洋,我坐上大輪船就可以去澳大利亞。我要是能捉到一隻鯨魚,就騎上大鯨魚去澳大利亞,鯨魚的頭上長著一棵椰子樹,還可以噴水。這樣噴,這樣噴。澳大利亞有大堡礁,水裡有孔雀魚,有數不清的綿羊。還有袋鼠媽媽,口袋裡住著小袋鼠。還有考拉熊,背上背著小寶寶。還有鴨嘴獸,牠們的嘴是這個樣子的,扁扁的。」

他說著就扔下寶劍,用兩隻手把自己的嘴唇捏起來,捏成鴨嘴獸的樣子給宋書青看。宋書青愣了半天才問了一句:「都是誰教給你的?」男孩忽然像想起了什麼,趕緊從地上撿起寶劍,又抱在懷裡,嘴裡說:「我媽媽。」

這時候天色已經悄悄暗下來了,只有在縣城西邊的群山之上還燃燒著一大片血一樣的晚霞,似乎要焚毀整個山腳下的交城。桃園裡只剩了黑白兩種顏色,黑的夜色和白的桃花,大塊大塊地咬在一起，看上去有些恐怖。他對男孩說：「天黑了，快回家吧，你家住在哪裡？」男孩說他家住在離卻波街不遠的麻葉寺巷，宋書青便一路送他回去。走到十字街口的時候，賣燒餅的剛掛起風燈，黑糖和青紅玫瑰絲的香味盤繞在空中。男孩走得很慢，有氣無力地握著自己的寶劍，卻並不向那燒餅攤看一眼，甚至故意把臉扭到另一邊。宋書青停下給他買了兩個黑糖燒餅，男孩也不說一句話，只顧埋頭吃燒餅。直到把兩個燒餅吃得一粒芝麻都不剩，把油乎乎的手指挨個吮了一遍，才抬起頭看著宋書青，忽然把手裡的塑料寶劍遞給他，說：「讓你玩一會兒吧，這寶劍可貴了，是我爸爸花了好多錢才買來的。原來裡面還有個紅色的小燈泡可以一閃一閃的，現在燈泡壞了，亮不了了，不然更好看。」

宋書青接過來打量著這把寶劍，男孩很不放心，仰著頭對他說：「你要拿得小心一點，不要用壞了。我教你怎麼玩吧，要這樣拿，要拿這裡。這真是一把好劍啊，你說是不是？」

走到麻葉寺巷裡一個破敗的院子前，男孩說他家到了。只見院子裡有兩間房，一間黑著，一間亮著一盞昏暗的燈，猛地看上去還以為是遇到了荒郊野外鬼魅變出來的宅子。男孩握著寶劍往屋裡跑，他在後面問：「你叫什麼名字？」

「小調。」

「小跳？」

「小調。」

「小條？」

「小——調——。」

出了麻葉寺巷，正好迎面碰上了母親退休前的同事，在縣中學教過數學的郭老師。他一向怕見人，現在躲閃不及，只好借著慣性迎面往上撞，在靠近她的一剎那，他清晰地感覺到此刻的自己是如此不真實，以至於讓他覺得這不過是他躲在一個暗角裡窺視到的幻影。郭老師也已經退休多年，臀部和肚子越來越臃腫，襯得頭和腳都很孱弱，看上去像一只巨大的梨正穩穩地蹲在他面前。她一見是宋書青，連忙抓住他的胳膊，他一哆嗦，想躲。她問：「是書青啊，我都多久沒見到宋老師了，早說買點吃的喝的要去你家看看她，這不成天不是帶孫子就是做飯洗碗，像簽了賣身契一樣，退休了還得給人賣力氣，就這樣我那兒媳婦還是不滿意，還是要找碴，所以你不娶媳婦也好，省得麻煩。你媽她現在身體是個什麼情況，下得了地嗎？」

他連忙說：「能下能下，已經好多了，就是走路的時候需要人扶著點，別的都好，吃飯也沒問題。」郭老師在路燈下半信半疑地研究著他的臉，嘴裡卻說：「那就好那就好，萬一癱床上可就麻煩了。」他慌忙搖頭道：「她好得很，好得很，再過幾天就能上街串門了。」說完他剛要逃走，忽然又像想起了什麼，猶豫了一下，回過頭問這梨形的老婦人：「郭老師，你們這麻葉寺巷裡是不是有個叫小調的男孩？」老婦人一拍大腿，嘴裡近乎痛苦地呻吟了一聲：「那個小孩啊，你可不知道啊，他爸爸前年因為失手打死了一個人被判了無期徒刑，現在還在監獄裡。他媽以前是個小學民辦教師，現在學校不讓用民辦教師了，她又轉不了正，就沒了工作。身體又不好，見她成天吃藥打針的，不知怎麼還要拿艾葉熏肚子。去給人家門市部站櫃臺也站不了幾天，什麼都幹不了。就你見到的那小孩，八歲了，幼兒園只上了半年就不讓上了，你猜怎麼，連學費都交不起。他媽這不連個正經營生都沒有嗎，得養孩子，還得每月給監獄裡的男人送生活費，你猜怎麼，就靠晚上和男人們睡覺。她家那院門從來不關，大半夜都是敞開著的，便於男人們進出。那小孩也真是可憐哪，巷子裡的小孩被父母教育，都不讓和他玩，連從他跟前走都不讓。」

他跌跌撞撞地又欲往前走，老婦人的聲音從背後追上來：「書青啊，改天我一定去你家看宋老師。」

他丟下老婦人倉皇逃走。

進了卻波街，推開自己家的家門，院子裡靜悄悄的，天上有月亮，腳下鋪著一地冰涼的棗樹影，屋裡黑著燈，看來宋之儀還沒有醒。宋書青坐在棗樹下點起了一支煙。他也搞不清楚這棗樹到底有多少歲了，從他能記事起它就這麼老態龍鍾地站在這裡。這院子裡的主人換了幾次，最後還是他和母親住回來了。當年回來一看，一切物是人非，只有這樹居然還在，他們的眼淚就下來了。

如今他已到不惑之年，它還是一聲不吭地站在原地。它的樹皮變得越來越粗糙，裂滿了口子，像各種異形的文字不經翻譯就被刻了上去。樹的根部則蜷曲著，長滿青苔，看上去像一隻殼背生苔的古老龜獸馱著石碑靜靜蟄伏在這裡。有時候他想，大約在他還沒有出生的時候，就有人這樣背靠大樹坐在這裡，等他死後，也許是再過幾十年，也許是再過一百年，還會有人像這樣背靠著這棵大樹坐在這裡。大樹記不住人，他只是它千年大寐中的一個幻覺。更多的時候，他覺得他是整個社會的一個幻覺。

幻覺。

父親就是他的一個幻覺。他從來沒有見過父親。聽母親說，年輕的時候她和父親都是某大學中文系的老師，後來被打成右派下放到交城縣改造。再後來「文革」開始，過了兩年父親就自殺了。那個時候他剛出生不久，所以他從沒有見過父親的面，家裡也沒有關於父親的任何照片。

他沒有上過一天學，因為出身不好，小時候沒有上學的資格。等到有資格上學了，年齡卻已經大了。他能寫字、能看書、能畫畫，都是宋之儀在夜深人靜的時候悄悄教的。因為怕有人在院子裡偷聽，在教他的時候，她經常會放樣板戲《紅燈記》中的一個唱段做掩護。他記得有一次，她一邊放《紅燈記》一邊給他講古希臘神話裡因自戀而死的那喀索斯。

「就在那天晚上，天也是這麼黑，也是這麼冷，我惦記你爺爺，坐也坐不穩，睡也睡不著，在燈底下縫補衣裳。」

「那喀索斯的母親得到神諭，兒子長大後會變成第一美男子，但他會因為迷戀自己的容貌鬱鬱而終。所以他的母親特意安排他在山間長大，遠離所有有水的地方，讓他永遠無法看到自己的容貌。」

「一會兒，忽聽有人叫門：『師娘，師娘，開門，您快開門！』我趕緊把門開開。啊！慌慌忙忙地走進一個人來。是誰？就是你爹。我爹？嗯！就是你現在的爹。只見他渾身是血，到處是傷……」

「那喀索斯生性高傲，對傾情於他的少女不屑一顧，於是女神涅墨西斯決定懲罰他，便趁他在野外狩獵的時候把他引到了湖邊。然後，那喀索斯在湖面上看到了一張完美的面孔。他並不知道湖面上的面孔就是他自己的倒影，便深深愛上了自己的倒影。」

「左手提著這盞號誌燈……哦，號誌燈？右手抱著一個孩子！孩子，……未滿周歲的孩子！」

「那喀索斯為了不失去水中的愛人，日夜守護在湖邊，終於，神諭應驗了，那喀索斯因為太迷戀自己的倒影，最後枯坐死在了湖邊。」

「這孩子不是別人——是誰？就是你！是我？」

「仙女們趕去安葬那喀索斯的時候，卻發現湖邊長出了一種奇異的小花。原來是愛神憐惜那喀索斯，就把他化成水仙花，開在有水的地方，讓他永遠看著自己的倒影。」

「說明了真情話，鐵梅呀，你不要哭，莫悲傷，要挺得住，你要堅強，學你爹心紅膽壯志如鋼。」

……

半導體裡的樣板戲源源不絕，源源，不絕，源源，不，絕，像是要在這深夜裡高亢堅硬地填滿這整個世界。聽母親說，他們挨打的時候放的也是這段樣板戲。在那些深夜裡，他和母親像兩個即將溺水的人躲藏著、掙扎著、恐懼著，享受著這臨淵的半塌的古堡。古堡裡飄蕩著血紅色的音樂和神經裡的碎片。

宋之儀最後已經是自言自語，她不再是和他說話，她也不需要他聽懂，她的聲音低低地掩埋在樣板戲的褶皺裡、皮膚下。複調的協奏，細若游絲，聽起來如一層皮膚之下的皮膚、血液深處的血液。「古希臘神話中追求理想的結果是讓自己沉入水中，與水中的完美幻象變成一體，愛、美、死本身就是一體，甚至算不上犧牲，因為它們本身就是不可分離的。可是你去看看中國的古代小說，看看中國最美的山水寫意畫，就會發現我們是從沒有完美形象的，我們也沒有真正的犧牲，我們追求的也許不過是些幻覺。比如這音樂，就是一種幻覺。」多年以後，她得了帕金森病，已經臥床不起。一個黃昏，她忽然指揮他給她放一段《紅燈記》。她伏在枕上，開始是安靜地聽，聽著聽著就無聲地、詭異地笑了起來，後來笑得越來越厲害，卻拼命忍著不讓自己發出一點聲音，然後她開始劇烈地咳嗽，再然後，她咳嗽的時候沒忍住，把褲子尿濕了，床單也洇濕一片。

她就聽著《紅燈記》，仰面躺在那片湖泊一樣的尿漬裡，也不讓他給她換床單。她踩著樣板戲節拍裡的空隙對他說話，似乎院子裡站滿了人在偷聽她說話，似乎還要像多年前那樣把自己的每一句話都偷偷掩藏在這音樂的褶皺裡。然而她聲音裡又有一種奇怪的肅穆，好像她正躺在教堂裡說話，又好像她回到當年的中文系課堂上講課：「你知道希臘悲劇的核心是什麼？是歌隊。因為歌隊是神在唱，是神的語言，不是人的語言，才會有那樣的光輝。你再聽這樣板戲的時候，有沒有覺得，它不是人的語言，但也絕不是神的語言。所以它永遠變不成悲劇，也變不成喜劇，它就只是一個時代裡的動作、一個被做好的標本，無法腐爛，會一直懸掛在時間裡。」

後來的一個黃昏，吃晚飯的時候下了一點雨，雨後她說空氣好新鮮，讓把她快點推出去透透氣，他便用輪椅推著她在街上慢慢溜達。空氣裡有一種盛開的雨腥味。走到十字路口的時候，他們看到一群老年女人正在那裡跳廣場舞。音樂濃豔，流光溢彩。她們穿著統一的紫色絲絨衣褲，自顧自認真透頂地在抬腿提臀。他們兩人一站一坐地默默觀看了一會兒，他以為她是羨慕人家，說：「等你好了也帶你來跳。」不料她忽然臉色發灰，搖搖手說：「回吧，快回家去吧。」直到走到家門口了，她才忽然問他：「你覺得她們那舞蹈像什麼？那麼統一，那麼投入……又是集體。看到那種舞蹈的時候你沒有覺得害怕嗎？」

二

屋裡仍然沒有任何動靜，他不想進去，便坐在棗樹下又點起一支煙。

他又想起那時候他有十二三歲吧，宋之儀已經得到平反，又被安排了工作，在縣裡的中學當上了語文老師。他卻無論如何都不願再去上學，也不願和人多說話，也沒有夥伴，每天就願意獨自待在家中或躲在桃園裡。那天他一個人在家裡寫出了第一篇完整的作文，等宋之儀下班回家了就連忙拿給她看。

她接過那張寫滿字的紙時顯得很惶惑甚至很緊張，但一句話都沒有說。她愣了一會兒神，才慢慢走到窗前，就著外面的光線把那張紙抻平，用兩隻手捧著讀了起來。他感覺她都已經讀了很久很久了，卻見她忽然把稿紙掉了個頭，原來她剛才竟是反著讀了半天。他站在那裡只是看著她一寸一寸往下挪動的目光，他不敢看她的手指，因為她的手指一直在發抖。那目光挪下去，又爬上來，再下去，又上來。他默默數著，她反反覆覆一共讀了三遍。

三遍之後她還是什麼都沒說，卻忽然看看桌上的「三五」座鐘說：「呀，已經這麼晚了，該做晚飯了。」便放下那張稿紙做飯去了。她自己在院子裡開了一塊很小的菜地，種了幾棵菜椒、幾架豆角，插了一排大蔥。這個黃昏，她把菜園裡結出的幾顆紅紅綠綠的菜椒一口氣都摘了下來，又拔了幾棵蔥，然後把剩下的半罐煎豬肉都炒了大蔥。對他們來說，這一小罐煎豬肉是要吃一個月的，每次炒菜只敢放幾塊，提提肉味。然而這個黃昏，宋之儀忽然擺出一副大不了不過了的架勢，幾欲把家裡所有能吃的東西全都吃完。

因為一種近乎恐怖的浩瀚與豐盛，這頓晚餐他多少年裡一直都記得。大蔥炒肉，青紅辣椒絲，蔥花炒雞蛋，烙油餅。

在那個食物匱乏的年代，他看著一桌子的菜真被嚇住了，舉著筷子半天不知道該從哪裡開始吃，好像這桌菜獨自長成了一隻龐然大物與他對峙著。宋之儀擺好菜，放了三雙筷子，又拿出一瓶竹葉青酒，擺上兩個杯子，都倒滿了。他看著那雙多出來的筷子，再看著白瓷酒杯裡蛇一般綠茵茵的竹葉青，只覺得背上有種陰森森的感覺。彷彿這屋子裡還有一個透明的隱身人正和他們坐在一起，或許此刻正細細端詳著他。她把自己那杯喝完了，又把另一杯也一口喝完。喝完才說：「你爸爸以前最喜歡竹葉青，今天我就替他喝一杯。」

晚飯當中，她很少吃菜，只催著他多吃。她自己喝了一杯又一杯竹葉青，每喝完一杯她就拿起他的作文大聲朗讀一段，再喝再朗讀，反反覆覆讀。讀到最後他都要哭出來了，她卻終於醉了。她趴在桌子上睡著了，額上一縷細碎的頭髮被晚風吹起，看上去竟像一個小女孩趴在那裡。杯子裡還殘留著半杯酒，翠綠的竹葉青如蛇魅一般盤繞在她的唇齒鼻息間。她渾然不知，獨自醉臥流年。有幾滴酒灑在了那張稿紙上，有幾個字被湮開泡軟了，忽然從紙上跳出來，臃腫醜笨，鐵畫銀鉤，狀如山洞中的甲骨，隨時可以篆刻下這人世間的每一個白天與黑夜。

第二支煙也抽完了，他起身向屋裡走去。自從宋之儀臥床不起之後，他每天只有黃昏時分趁她睡著時可以出去透透氣散散步，順便買好第二天的菜。

走進屋裡一看，宋之儀仰面躺在床上一動不動，正在熟睡的樣子。他也不開燈，躡手躡腳地走到她身邊，忽然就著窗外的月光看到她的兩隻眼睛正大睜著看著他，目光在黑暗裡灼灼的，嚇了他一跳。她其實早已醒了。因為臥床太久，躺在那裡，她全身的肉都是死滯的、沒有生命的，那些肉像石頭一樣挾持著她一起沉入了古潭深處。這樣一個肉身之上，卻長著兩隻活著的眼睛，如枯木上長出的奇異菌類，在深夜裡看上去尤為清醒、疼痛。

他把手伸進她的被子裡一摸，果然褥子又被尿濕了一大塊。汪洋般的尿液正浸泡著她的身體。她的身體摸上去冰涼呆滯，彷彿是在福爾馬林液裡浸泡了太久的標本。他嘆口氣，卻沒有別的辦法，只得開了燈，從櫃子裡翻找乾淨的床單和衣服。宋之儀幾乎每天都要把床單尿濕兩三次，有時候是因為他不在身邊，有時候他就是在身邊她也會尿到床上。因為她不願意一直打擾他，讓他幫自己解手，她就無聲無息地尿到床上，然後再一聲不吭地在自己的尿裡躺半天，直到臀部被浸泡得蒼白潰爛。

看到她又尿床了，他忍不住憤怒地說：「怎麼就又尿到床上了，下午剛洗的床單都還沒有乾就又尿濕了，連換洗的床單都沒有了。我明天去百貨再給你批發上十塊床單，你想怎麼尿就怎麼尿。」

她褲子也濕了，他換完床單再扒下她的褲子。她一聲不吭地盡量把自己蜷成一個團，竭力想遮擋住自己的兩腿之間，也不敢看他，只在他手裡蠕動著，像條準備挨宰的蒼白的死魚。他沒給她再穿上褲子，轉身去洗床單和褲子，讓她把浸泡太久的下半身晾乾。她便裸著蒼白潰爛的臀部明晃晃地晾曬在燈光下，全身只有眼睛和手指在頑強地動。帕金森晚期的症狀是，十根手指如獨立出去的凶悍桀驁的異族，在整個身體之外不停地抖動著、抽搐著。心情好或不好的時候，那手指就抖動得更加劇烈，像把一個盛大野蠻的秋天放在了她的手指之間，瞬間便萬物凋零、落葉繽紛，只剩下了神經末梢最原始、最無法控制的那股抽動。

他坐在屋簷下就著窗裡昏暗的燈光搓洗床單，使勁搓了幾下，力氣便被耗掉大半，整個人忽然萎靡了下來，雖還坐在那裡，內裡卻是空的，一點重心都沒有了。他握著濕答答的床單，忽然想起來三年前的一個夜晚，那時候宋之儀還是帕金森病的早期，被人扶著還勉強能走路。

她每次都堅決要求他把她扶到廁所去解手，自己哆嗦半天才能解下褲子，但也絕不用他幫忙。到後來就無論怎麼哆嗦她都解不開自己的褲子了，直到已經尿到褲子裡了，褲子還是沒解開。

那天他拿著她的工資卡出去替她領了一次退休金，她每月有四千塊的退休金，是母子倆的全部生活來源。晚上他把工資卡隨手放在了床頭櫃上，等到做好晚飯進來一看，發現櫃子上的工資卡不見了。他心裡有些不悅，便陰陰地說了一句：「媽，你還怕我拿了你的工資卡不還你了啊，還要藏起來。」

宋之儀半躺在床上，一隻手抖動起來，慌裡慌張地說：「我是怕你隨手一放就忘了，過會兒找不到了怎麼辦，就先替你放在枕頭下面了。」說著就撐起上半身，昂著頭，把一隻手伸進枕頭下面摸索起來。

宋書青乾巴巴一笑道：「工資卡是你的，你願意怎麼保管就怎麼保管，別找了，先吃飯吧。」宋之儀像是沒聽見，手還在枕頭下面摸索。他把稀飯和饅頭端到床頭櫃上，又說了一句：「快別找了，先吃飯吧。」

宋之儀像是完全聽不見，她費力地挪開枕頭，還在那塊空無一物的床單上胡亂摸索，好像那床單上一定能長出什麼東西來。

宋書青再次說：「飯涼了，快吃飯吧。」

宋之儀的那隻手還在拼命繼續找，就像一隻被鞭打著的轉圈的驢，一步都不敢停下來。她嘴裡還在說：「就放在這兒的，我怕你過會兒找不到了，就放在這下面的。」

她拱起臃腫的屁股，兩膝著地，把兩隻手都塞進枕頭下摸索，看上去像一隻笨重的動物正在四肢著地地尋找食物。

他不願再看下去了，聲音提高了好幾度：「不要再找了，能不能先吃飯？」

她頭也不回，手也並沒有停下來，幾秒之後卻忽然啞著嗓子低低吼了一聲：「你少說我兩句吧。」聲音嘶啞有力，不像是從嘴裡發出的，倒像是從身體的其他什麼部位裡忽然扎出來的，血淋淋的，像匕首。

他不再說話，也不敢看她，只是呆呆站在那裡，不知道該怎麼辦。他忽然看到床頭櫃下面的抽屜開著一條縫，一拉開，赫然看到工資卡正躺在裡面。他對還在床上摸索的宋之儀說：「媽，別找了，你放到抽屜裡你自己又忘了。」

但宋之儀像是已經完全聽不到他的聲音了，她居然在他們中間築起了一道奇異的玻璃牆，把自己關在裡面，任他在外面參觀，只是無法觸摸到她。她像獸類一樣仍然跪在那裡以那個機械的可怕的姿勢刨找著她的工資卡，她像是一心要在床上挖出一個大洞來，把那洞全部掏空，一定要證明她確實放在那裡了，她沒有騙他。

他拿起那張工資卡，在她面前晃了晃，高聲說：「媽，快別找了，在這裡呢，肯定是你放進去自己也忘了。」

宋之儀看了那工資卡一眼，但目光裡是空的，像是完全不認識那是什麼，繼續她手裡倉鼠一般的浩瀚工程。

他幾乎是哀求了：「媽，工資卡是你的，你想怎麼保管就怎麼保管，我只是幫你去領工資，並不是要替你保存工資卡，你放心啊。媽你快不要找了，已經找到了啊。」

她不理他，繼續刨床單。在那一瞬間，他忽然覺得無比絕望，他親眼看著自己的母親正在變成一種遠古的動物，親眼看著她要在時光中挖出自己的洞穴逃走，離開他，永不復返。然而漸漸地，她的手指抖得越來越厲害，終於支撐不住她的身體了，像一座頹敗古舊的建築轟然倒塌在床上。她疲憊地閉上了眼睛，卻仍然不肯向那張工資卡看一眼。

夜已經很深了，天上高懸著一輪月亮，晚風馱著桃園裡的沁香在無人的街巷四處遊蕩。他坐在屋簷下，搓洗床單的手忽然停了下來，呆坐了半天之後他開始無聲無息地流淚。然後他猛地起身，扔下洗了一半的床單，濕著兩隻手跑進了屋子裡。他撲過去緊緊抱住了赤裸著下半身的宋之儀，他的淚水流到宋之儀的胸脯上、脖子裡，他更用力地抱住她，似乎要把她鑲嵌進自己的身體裡、骨頭裡，直至把她變成他的嬰兒。宋之儀一動不動，也默默流下一行淚來，順著眼角的皺紋無聲地爬進了脖子裡。

就這樣過了許久，宋之儀搖晃著五根手指慢慢說：「快給我穿上褲子吧。」他忙找出乾淨的衣服給她換上，把她重新放在月光裡，放平放整。他就著月光躺在她身邊。她對他說：「你不要怨我，我真的是老了，都忘了自己剛做了什麼。」他使勁搖頭，不說一句話。她又說：「我最怕腦子變空什麼都不想了。我日日夜夜躺在這床上的時候，就靠著東想西想去打發時間。這幾天我一直在想，到底什麼樣子才應該是中國人的理想形象。我們的文化裡沒有那喀索斯，那到底有什麼？我想啊想啊，還是覺得最理想的中國人就是嵇康那樣的。那些離自然最近的人才最像中國人吧，醉臥竹林，鳴琴長嘯，採薇山阿，散髮巖岫，高蹈獨立，才應該是最理想的中國人吧。當年孫登『夏則編草為裳，冬則披髮自覆』，阮籍『鄰家婦有美色，當壚酤酒。阮與王安豐常從婦飲酒，阮醉，便眠其婦側』，劉伶『常乘鹿車，攜一壺酒，使人荷鍤而隨之，謂曰：「死便埋我。」』，這樣的心性我們為什麼後來就再沒有了？不光是心性沒有了，就連想法都沒有了。你不信嗎，你不信人可以失去任何一點想法嗎？真的會。那時候我終日被批鬥，每天要做檢查，飢餓、羞辱會讓你失去最後一點想法，只是像一堆肉一樣活著。人完全還原為肉，和任何動物的肉都沒有區別。因為腦子裡沒有了想法，漸漸地，我周圍的現實就對我失去了效力，我身處其中越來越遲鈍，漸漸不再覺得羞恥，甚至失去了恐懼。所以，這也算是人最本能、最卑微的自我保護吧。」

「想太多會耗神的，你好好養病就好。」

「現在我躺在床上不能動了，你知道嗎，我真的很害怕，我害怕慢慢地我可能連意識都沒有了，又變回一堆沒有知覺的肉。你要答應我，千萬不能讓我活到那天啊。你答應我，啊？」

他不再說話，只是靜靜蜷縮在她身邊，像是已經睡著了。

三

過了幾日，桃花已經開始陸陸續續凋謝的時候，宋書青忽然又在桃園裡看到了那個叫小調的男孩。

他正站在一根桃花仍然簇擁繁茂的樹枝下握著自己的寶劍，那樹枝因了這滿枝的桃花，看上去有一種異常明亮的感覺，以至於把樹下小男孩的臉都照亮了。

小調一看到他就跳起來，遠遠地笑著跳著對他招手。他走到了那枝明亮的桃花下，還沒有來得及開口說話，就見小調從自己口袋裡小心翼翼地掏出一只舊手機來，是一只老舊的諾基亞3100手機。男孩把手機遞給他說：「叔叔你能幫我給我爸爸打個電話嗎？這是他以前用過的手機，他去了澳大利亞，這手機留在家裡被我找出來了。我昨天晚上偷偷充上了電，這手機是我爸爸的，那我用它打電話，我爸爸就一定能接到電話，是不是啊？」

宋書青接過手機摸索著，翻來覆去地看著，卻並不打電話。他對男孩說：「澳大利亞太遠了，他接不到我們的電話的，因為實在是太遠了。等你長大了，你就可以去澳大利亞看你爸爸了。」

男孩失望地看著他手裡的手機，問：「不能打？你試過了嗎？要不你再試試？你是說讓我去做個水手嗎？是不是做了水手坐著大輪船就可以去澳大利亞了？叔叔你說是不是坐上輪船就可以去澳大利亞了？」

男孩把手機要了回去，仍舊小心翼翼地裝進口袋裡，然後又握著那把塑料寶劍在樹下揮舞了起來，好像對面正有個隱形人在和他對打。

宋書青看著眼前的男孩忽然再次感覺是與四十年前的自己重逢了，那時候他也是這樣，終日一個人遊蕩在這片桃園裡，至於父親，他連父親的照片都沒有見過。父親對他來說只是一種麻木遲鈍的模糊痛苦，這麼多年裡他對這種痛苦進行了蒸餾提純，最後只給自己留下一點人造的回憶。這點回憶是他看到別的父親做過的，他便強加到自己的身上。比如父親一定給他削過木頭手槍，一定曾把他扛在肩頭。因為每個父親都會這麼做，他的父親只是這個稱呼皮膚下的一個單體細胞。

他看著眼前的男孩，或者說看著四十年前的自己，忽然有一種奇異的衝動，他想挑釁男孩，想把男孩身上那層薄薄的皮揭開，想一直看到裡面去，似乎一直看到裡面去，他才能與那個真正的自己重逢。他說：「你還記得你爸爸長什麼樣嗎？」

「記得。」

「你爸爸對你好嗎？」

「好。他給我買好吃的，還給我買了這把寶劍。」

「你是不是只有這一件玩具？」

「等我爸爸從澳大利亞回來的時候，就會給我買很多很多的玩具。」

「他答應過你嗎？」

「我每次夢見他的時候，他都是這樣對我說的。」

「要是你爸爸再也不會回來了呢？」

他默默收起寶劍，背對著宋書青走到桃樹下抱住了那棵桃樹。宋書青忽然發現他其實是在那裡流淚，是一種很安靜的哭泣，沒有動作或聲音。安靜，無奈，精疲力竭。這樣的哭泣出現在這樣一個小小的人身上，看起來竟有些可怕。

宋書青一邊旁觀著小男孩，一邊窺視著四十年前的自己，越來越近了，近到了逼真的地步，真的就是他自己。小男孩有多痛，他就有多痛。小男孩不過是個演員，在替他飾演這場很多年前的舞臺劇，寂靜的觀眾席上只坐著他一個人。這種帶著血腥味的窺視忽然讓他感到一陣劇痛，他幾乎站立不穩，也伸手扶住了身邊的一棵桃樹。桃花洶湧地落了一地，像是要把這一大一小兩個人都掩埋進這個春天的黃昏。他想，春天的黃昏，其實多麼適合埋葬人們的悲傷。所有的桃花變成了一場一望無際的大雪，直到把這裡的人們掩埋得不留一絲痕跡。

宋書青帶著男孩去飯館裡吃了一碗餄餎麵，又給他買了幾個黑糖燒餅，讓他帶回去給媽媽吃，然後把男孩送到了麻葉寺巷的家門口。男孩一手提著寶劍，一手緊緊抱著燒餅，用那雙奇大的眼睛看了他兩眼，忽然說了一句：「叔叔，等我長大了也給你買好吃的。」然後像個騎士一樣轉身向屋裡衝去，一邊跑一邊興奮地尖叫著：「媽媽，媽媽，你快看我拿回來什麼了。」

宋書青回到家進了屋子沒有開燈，床上躺著的宋之儀一動沒動。一陣夜風吹過，窗前蜀葵和西番蓮的影子透過玻璃印在了牆上、桌子上、被子上。它們像南國雨水充沛的妖魅植物一樣，蓊鬱地、陰森森地覆蓋著她的臉、她的手，還有她木匣子一樣日益空洞腐朽的身體。然而，她還是一路攜帶著自身的重量，以一個加速度向著那個更深不見底的地方墜去，墜去。他習慣性地把手伸進她的被子裡摸一摸是不是濕的，她忽然開口，因為這幾天舌頭已經開始變僵硬，聲音聽起來多少有些陌生：「沒有尿濕，我不喝水就尿得少。」

為了不尿床就不喝水？他賭氣一般拿起她喝水用的奶瓶——她最近已經開始用嬰兒奶瓶喝水了，因為她用杯子的時候總是把水灑滿胸脯。他坐在床頭扶起她的上半身，抱在自己懷裡，用奶瓶餵她喝水。肥大葳蕤的植物倒影在他們的臉上、身上一幕幕上演，像是四季都正在他們身上出生、交錯、凋零、更替，像是桃花與白雪、垂柳與落葉、霞光與夕陽同時盛開在他們的身上。她很聽話地偎依在他的懷裡吸著奶瓶，看起來像個剛剛出世的嬰兒。

他知道，過不了多久，她的吞嚥功能也將出現問題，連奶瓶都不會用了，只能靠注射器打入她的喉嚨裡。

一奶瓶水喝完了，他還是不忍放下她，就那麼緊緊地把她像個嬰兒一樣抱在懷裡。他摸索著她稀薄的頭髮，摸索著她臉上和手上的皺紋，他說：「你不要怕，尿到床上也不要怕，你想喝多少水就喝多少水，尿了床也不怕，我給你洗床單就是。有什麼好怕的……只是，你不要離開我就好，我把你當小孩子養著，只是，媽媽，求你千萬不要離開我。」

她一句話都沒有說，也不看他，那張被他抱在懷裡的臉濕漉漉的。他就這麼坐著抱了她許久許久，以至於讓他覺得好像一千年都要這麼過去了。他輕輕把她放下，讓她睡，她卻掙扎著，像條被砍去了頭尾的怪魚一樣蠕動著、掙扎著，不要走，不要走。他說：「媽你不瞌睡嗎？」

她拼命用目光挽留他，舌頭打著捲：「我要說話，和我說說話……我怕哪天，我連話都不會說了……今晚和我好好說說話吧。」

仍舊沒有開燈，他坐著，她躺著，月光、晚風還有植物的呼吸游弋在他們周圍。又在黑暗中靜默了一會兒，他先開口了：「媽，給我講講我爸爸吧，為什麼很少聽你說起他，以至於讓我從小就覺得自己沒有父親。」

黑暗在他們中間築起了一道溫鈍的隔離帶，使他們彼此都有了些許安全的感覺。她面目模糊地躺在那裡，看上去如一條失去了年齡與性別的河，而他孤獨蕭索地等在河邊。她開口了：「我一直都想告訴你什麼叫盤底盛宴，就是你的盤子裡就剩下那麼一點吃的的時候，無論那剩在盤子裡的是什麼，都將是你的盛宴，不管剩下的是一顆土豆、一片菜葉、一塊麵包，還是麵包屑。如果你不想餓死，那剩下的那點東西就是你的盛宴。你只能去舔那盤子。你仔細想過這個可怕的動作嗎？舔。人活到一定程度的時候會覺得生活看上去骨骼林立，上面沒有任何多餘的東西。這時候無論別人隨便給你點什麼，你都會感激不盡地接住。」

「……」

「我們被下放到交城縣的第二年你父親就自殺了，跳樓死的，那是一九六八年……是的，那時候你還沒有出生。他死後，他曾經喜歡的東西，很多年我都不願去碰，因為我怕傷到我。

當年你父親死後，我還是整日被批鬥，每天在掃大街，就這樣過了好幾年。那時不知道還會平反，我已經一眼看到我的後半生會怎麼過了，沒有工作沒有丈夫沒有家庭，還是牛鬼蛇神，就是以後想隨便找個人再建立個家庭，也會被人嫌棄，最多只能找個引車賣漿之流或是殘疾人，人家還嫌你成分不好嫌你結過婚。那真的是盤子已經看到底的感覺，空蕩蕩的。我必須想清楚我後半生最需要的那一點東西是什麼，到那個時候，什麼文學什麼詩歌都已經沒有一點用了。我甚至顧不上去悲傷，因為悲傷也很奢侈，你根本悲傷不起。我只能去想那一點點最後的東西是什麼。」

「那是什麼？」

「一個真實的孩子，一個親人，不是幻想中的，不是在大腦裡行走的孩子。我需要一個真實的孩子，只要有一個孩子，那我的後半生就不那麼害怕了。有一個孩子我就有了家，就有了親人。有了一個孩子，無論我以後多麼醜陋多麼貧窮多麼活得不像一個人，不論我被整個時代怎麼折磨，他都不會離開我。那時我每天都在掃大街掃廁所，就慢慢認識了一個靠拾荒為生的男人，我從來沒有問過他的名字。他是個善良的人，大概覺得我可憐，就不時關照我一下，白天給我一口水喝，晚上還偷偷給我送過兩次吃的。晚上我一個人躺在光木板床上的時候就翻來覆去地想，就他了，因為只能是他了。他畢竟是個男人，只要是男人就可以。我只是需要一個孩子，而不管父親是誰。」

「……」

「這兩天我預感到我可能很快連話都不會說了，所以我必須告訴你這些祕密。很多人活在這世上都將成為祕密，可我不想讓你這樣。那時我為了說服自己，拼了命地去想他那一點好、那一點對我的關照，想他還給我送來一點吃的東西。我把那一點細節無限地放大，翻來覆去地在心裡背誦，背誦得滾瓜爛熟，背誦得讓自己都開始噁心。就這樣，那點細節比他本人都要更真實更具體，都更像一個活著的人，以至於我能夠拼盡全力地去忘記他那口從沒有刷過的黃牙、黃牙間的口水，忘記他粗魯的舉止，忘記他從不洗澡積攢下來的體味，那種體味我一輩子都忘不了，過了這麼多年，那種體味好像還牢牢長在我的身上，像一層皮膚……後來我真的懷孕了。無論他們怎麼折磨我，最後我終於把一個孩子生下來了，就在那光板床上，自己一個人。對，那個孩子就是你。這就是盤底盛宴。你該知道盤底盛宴的感覺了吧。光光的一覽無餘的盤底，代表著破碎、赤貧、灰燼、一無所有。盛宴卻是華麗的，光影斑斕，流光溢彩，堆積著婉轉的色彩與無盡的想像，甚至是富麗堂皇的。然後生生地把這兩個詞綁在了一起，讓它們成為一體，在虛無中享受著。而那舔著盤底的人，你知道嗎？看起來會不像一個人，而更像一種可怕的獸，會為了盤底的那一點東西，或是一點吃的，或是一點依賴，或是一個人，而去乞求、去下跪、去哭泣、去挽留、去頭破血流地一次次往上撞，直至長成一個人形的怪物，或一個怪物一樣的人。」

「……」

「我這麼多年裡從來不敢去要求你什麼，就是因為覺得我對不起你，因為你是被我硬生生地拽進來的。所以你後來不願去上學，我就不讓你上，你從小不願和外人接觸，我就讓你一個人待在家裡，你長大了害怕找工作，我就養著你。好在我還有一份工資，夠我們兩個人生活，你喜歡一個人安靜地看書就可以一直看下去。可是……」

「不要再說了。」

「可是，我終究是要死的，我死了你怎麼辦？」

「不要再說了，媽，求你不要再說了。」

「我這樣癱在床上幾年了還不忍心去死，我還要拼命活著，你以為我就真那麼喜歡這人世間嗎？我早已厭倦不堪。那你知道是為什麼？因為我一死，我那份退休工資就停了，你沒有收入怎麼辦啊？你一個人可怎麼活啊。」

「你要再說我就把你放到院子裡去。」

「你放吧，你把我扔到街上都可以，我知道讓你伺候一個癱子好幾年早就讓你煩了累了。

我其實真沒有那麼想活，人世間是什麼，四十年前我就再清楚不過了。可是，小書，我死了你怎麼辦啊，你都沒有工作過一天，你連一技之長都沒有，你都不知道什麼是社會。所以我一直不忍心死去。我是真的不忍心。」

「你再說一句我就走，我睡到街上去，你一個人睡。」

「小書，你一定要聽我的，你要記住我今晚的話。如果我死了，千萬不要辦喪事，不要通知任何人，你就悄悄把我埋在誰都不知道的地方，或者把我燒掉，但不能讓任何人知道，你要瞞過所有的人。這樣你就可以繼續領我的退休工資，因為那工資每次都是你替我去領的，他們都認識你，而且領教師工資也不用我自己的手印……你就這麼領著，領一天算一天，你就能活下去，你再領十年的工資，就當我又活了十年。那時候我都八十多歲了，不知道一個人老到八十多歲是什麼樣子，會不會看起來老得嚇人？只要你還領著我的工資，就當媽媽還一直活著，陪著你……只是，千萬不能讓任何人知道我死了，一定要讓他們以為我還活著。」

「不許你再說話，求求你不要再說了。求求你了。」

「我用了這麼多年才想明白一個道理，對人最大的憐憫其實就是對肉的憐憫，你不知道被剝奪了任何想法的人是多麼可憐，就是一堆和動物沒有任何區別的肉。你讓他做什麼他就會做什麼，你想讓他罵自己他就罵自己，你想讓他死他就會去死。所以真正的憐憫是對世間這些行走的肉的憐憫，而不是對人的憐憫。我一直不願告訴你，你真正的父親就是那個看桃園的老人。平反後我去教書了，他去守了桃園。這麼多年裡就在一個縣城裡，我總是避著他，生怕碰到他，就是碰到了我們也像不認識一樣，從沒有說過一句話。他知道我厭惡他，便也從不靠近我，甚至至今都不知道他的名字。可是，就是這樣，我還是能比別人更多地感覺到他的存在。後來他和那癱子一起死在桃園裡的時候，我是最早知道的。因為有段時間一直沒見到他的背影，我就感覺可能他出什麼事了。我這麼多年裡第一次進桃園找他，就看到他和癱子死在一起，已經開始腐爛，身上爬滿了蒼蠅。可是這樣腐爛的肉身與當年你父親跳樓摔成一堆血肉比，又算得了什麼，沒有比一個人硬生生把自己摔碎更可怕的了。我不知道他們是怎麼死的，我猜測也許是自殺，因為他們死的時候躺在一起，姿勢並不痛苦，身邊沒有一滴血，衣服整整齊齊。可就是知道了他為什麼死又怎樣，他沒有一個親人，誰會在乎他？我想了很久，沒有告訴任何人，最後就悄悄把他和癱子埋在了桃園裡，給他們築了兩座墳。每年的清明節我都在他墳前給他點一支煙、倒三杯酒，也算我們在這人世間認識過一場。」

「……」

「你小的時候我從不阻止你去桃園裡玩，是因為我想他雖然不認識你，但就是能多看你幾眼也好。」

宋書青轉過身跌跌撞撞地疾步往屋外走，屋裡沒有開燈，黑黢黢地錯落著一團一團堅固的陰影。他走到門口的時候，忽然整個人重重撞在了門上，他痛苦地呻吟了一聲，彎下腰抱住了自己的膝蓋。床上的人也不再說話，屋裡忽然靜得恐怖。就這麼安靜了幾分鐘之後，他忽然回過頭，踉蹌著向那張裹在暗影中的木床衝過去，一頭扎在床上，把臉緊緊貼在老婦人的身上，無聲地、嘩嘩地流著淚。他抓住老婦人的一隻乾枯的手，放在自己臉上，一遍一遍地摸著自己的那張濕漉漉的臉。那張臉因為無聲的哭泣而變得猙獰、變形。

四

已到四月，楊花飛雪。整個小城的人們都慵懶地倚在飛絮濛濛的窗前看滿城飛雪。

他走進桃園的時候，又看到那個叫小調的男孩子正在樹下揮舞那把寶劍。桃花謝盡，整個桃園從那座巍峨的宮殿裡退了出來，剝落出一樹樹碧綠。小調站在樹下，臉色仍是黃的，換了件不合身的舊衣服，空蕩蕩地在身上晃蕩，袖口挽了兩道還是嫌長。

他手裡拎著一件事先買好的塑料汽車玩具，還有一盒餅乾，向男孩走去。男孩遠遠看見他，便在樹下高興地又跳又叫，拍打著自己的屁股，嘴裡喊著「駕駕」，把自己當成一匹馬，趕著自己往前跑。等宋書青走到他跟前了，他先是偷偷朝宋書青手上看了一眼，然後又假裝什麼都沒看到，只是臉上忽然就明亮了起來，像在腦袋裡面點了一支蠟燭。他舉起那隻握著的拳頭給宋書青看，手掌心裡臥著一只指甲蓋大小的青桃，毛茸茸的，頂著一朵謝去的桃花。他說：「叔叔，地上撿的小桃子，能不能吃啊？我媽媽說要等到秋天，秋天什麼時候才能到啊？我還是喜歡冬天，會下雪，我小的時候我爸爸還帶我去滑過冰。」

宋書青把玩具和餅乾都遞給他，說：「你現在就已經不是小時候了？別老玩你那寶劍了，來玩這汽車。」男孩怯怯地看了看他手裡的東西，猶豫了一下還是接住了。他一邊興奮地拆汽車的盒子，一邊低聲辯解道：「寶劍是我爸爸給我買的，很貴的，是一把好寶劍。」男孩一隻手抱著餅乾，一隻手玩著汽車，又趴在地上，把從地上撿起來的青桃和蘑菇都裝在汽車的車斗裡，滿滿裝了一車，然後一邊推著汽車走，一邊咯咯笑著。

宋書青站在那裡，靜靜地看著地上的男孩。忽然，他清晰地聽到他的唇齒之間跳出來一句話，好像沒有和他商量就徑直蹦出來，把他自己嚇了一跳。他聽到自己說：「你想你爸爸嗎？」趴在地上的男孩不吭聲，繼續玩汽車。他忽然想狠狠抽自己一個耳光，然而一種更可怕更強壯的力量從他身體裡走出來，看都不看他，就兀自對著那地上的小男孩說了一句：「你爸爸什麼時候就回來了？」他踉蹌了一下，幾乎站立不穩，好像真的被誰狠狠推了一把。地上的男孩還是不說話，也不肯抬頭看他，只是機械地玩著那輛塑料汽車。

夕陽從樹枝間落下，被割開，捶打在他身上、臉上。他站在那裡有些眩暈的感覺，恍惚之間覺得地上的男孩其實就是四十年前的自己，而看著自己的其實是另一個陌生人，陌生到了殘忍的地步。他盯著地上那個曾經的自己，那個像蟲子一樣弱小，無法抵擋任何殺戮與傷害的自己，忽然有了一種迷戀的感覺，迷戀傷害，迷戀他身上所有的災難故事，迷戀他身上那些最痛的縫隙。似乎只有更多的災難才能治療他的災難，更多的疼痛才能餵飽他的疼痛。他聽見自己忽然又對四十年前的自己說：「你爸爸到底去了哪兒？他到底什麼時候才能回來？他真的能回來嗎？」

男孩的眼淚終於流了下來，他心裡被這眼淚狠狠割了一刀，但這疼痛又讓他越發貪婪，他失去控制地盯著男孩臉上的每一寸表情。男孩無聲地流著淚，忽然抬起頭對他說：「我爸爸在澳大利亞，他回來的時候會給我買很多玩具，還會買很多好吃的。他快要回來了，我已經給他打過電話了，他在電話裡告訴我的，他很快就要回來看我了。」

剎那，他的淚也幾乎要下來了，嘴裡說的話卻已經完全不受自己控制了，完全是那個陌生人在代替他說。他說：「能告訴我你怎麼給他打電話的嗎？」

男孩抹了一把眼淚，低聲說：「我爸爸的手機就留在家裡，我一打他的號碼，他的手機就響了，就能在電話裡和我說話。」

終於，他的淚嘩地下來了。他滿足地站在那裡，昂起頭，心裡劇痛著，不讓男孩看到他的淚水。

男孩又高聲對他說：「我爸爸還說了，他要是回不來，我就去澳大利亞找他。告訴你一個祕密吧，我有一只儲錢罐，裡面已經攢了一百個金幣了，我已經有一百塊錢了。等我攢夠了金幣，我就坐輪船去澳大利亞找我爸爸去。你不信嗎？下次我把我的儲錢罐拿來給你看，是一只小豬儲錢罐。」

他很想很想一步跨過去，緊緊抱住男孩，抱住四十年前的自己，在這桃樹下，在這夕陽裡，痛哭一場。然而他只是抹去眼淚，輕聲對男孩說：「快吃點餅乾吧，你還喜歡吃什麼？都告訴叔叔。」

天黑透的時候，他把男孩送到了麻葉寺巷的家門口。男孩抱著玩具汽車往裡衝。「媽媽，媽媽，快看我的新玩具。叔叔送給我的，還能裝小桃子，還能裝螞蚱。」

屋簷下坐著一個女人的身影，她正在洗衣服，聽見聲音抬起頭來，他們在黑暗中對視了一眼。他看不清她的臉，只能看到一層薄薄的剪影。女人看了他一眼，然後繼續洗手裡的衣服。

回到家裡，第一件事就是給母親換床單、換褲子，毫不意外地，她又尿到床上了。他把她日益滯重的身體搬開，鋪好床單，又打來一盆熱水給她擦洗身體。她由他擺布著，一動不動，她全身上下只有眼珠還能動，她便使勁地向他眨著眼睛。自從她不能說話了以後，她就依賴這雙混濁的眼睛和他說話。他問：「餓了嗎？餵你點稀飯吧。剛買菜時給你買了些香蕉，可以幫助通便的，吃了飯再餵你。」

宋之儀失去說話的功能是在那個長談之夜後的第二天，她再張開嘴的時候，發現嘴裡一片闃寂。昨晚說過的所有話已經如落葉墜入大地永安之心，草木成灰，萬物凋零。所有關於父親的祕密在這裡戛然而止，所有關於她自己的祕密也永遠被關進了一扇緊閉的窗後。琴弦在月下崩斷，她嗓子裡已經發不出任何聲音了——晚期帕金森的病症之一。接下來，她還會漸漸失去咀嚼和吞嚥功能，失去排泄功能。唯一維持身體機能的辦法就是輸營養液，再把排泄物從身體裡摳出來。

到黎明，她聽到萬物斷裂的聲音
包括碎成幾段的河流

他把她的頭放在自己腿上，像嬰兒一樣給她戴上圍嘴，然後用勺子把小米稀飯一勺一勺送進她嘴裡，她的喉結在緩緩蠕動。她的整個身體忽然在他眼中開始變得透明，他都能清楚地看到她的血液、她的骨骼和她那些正逐漸走向衰竭的臟器，他能看到金色的小米稀飯像一群游魚一樣在她身體裡緩緩游動，正往那深的、更深的地方游弋而去。他恍惚看到自己也像條魚一樣正在母親的身體裡游動，從立春到秋分，從水湄到山澗，從更漏將闌到滿川煙草，他住在她的湖泊裡、血液裡、每一塊骨頭裡、每一根神經裡、每一寸光陰裡。他忽然發現，他真是不想離開她這殘缺破敗、鏽跡斑斑的身體啊，他真想永遠寄宿於其中，她生他便也葳蕤，她死他便也凋謝。活在這世上，猶如月痕，譬如朝露。

那碗稀飯，她吃了很久很久，屋子裡只有勺子碰到瓷碗的叮噹聲和墜入喉嚨的咕咚聲，空氣裡四處蟄伏著她臥床太久發酵成的釃熟與腐敗的氣味。她極溫順、極聽話地枕在他的腿上，彷彿是他新生的小女兒。

閑雲歸後，月在庭花舊欄角。他覺得一生一世就這樣過去其實也挺好。

再次走進桃園的時候，小調果然又站在那裡。他斷定小調一定是在那裡等他。他遠遠看著那男孩孤零零地坐在一棵巨大桃樹的枝杈上望著遠處，看起來像一個正在大海上航行的水手。男孩一看到他，就從樹上跳了下來，先悄悄地看了看他兩隻手裡拿著什麼。一看宋書青手裡不是空的，他便分外高興，卻又忙藏起這高興，不敢去問他拿的是什麼。宋書青見他手裡還是拿著那把寶劍，就問：「上次送你的汽車呢？」男孩說：「放家裡了，捨不得拿出來。」

宋書青把買來的蛋糕遞給他，男孩看見蛋糕，連忙搓著兩隻手，興奮得不知道該如何是好。他最後挑了一塊大的，邊吃邊討好地抬眼看著宋書青說：「叔叔，我媽媽說要我謝謝你。」宋書青看見他嘴裡的一口乳牙基本已經換完了，只有一個豁口還沒有長出來，就問他：「你掉的那些牙都哪兒去了？」男孩說：「都去了它們該去的地方。」他問：「哪裡是它們該去的地方？」男孩說：「上面的牙齒就扔到門後面，下面的牙齒就扔到房頂上，我媽媽說這樣才能長出新的牙齒。」他說：「你怎麼不去上學？你不想上學嗎？」男孩只是默默啃著蛋糕，眼神黯淡下來，不再說話。

他又從包裡掏出兩本畫報，遞給男孩說：「你最喜歡看的是什麼？」男孩立刻又高興了，指著天上說：「我最喜歡看奧特曼，奧特曼住在外星球上，有時候會來到地球上打怪物。奧特曼很高很高很高，有幾層樓那麼高呢，幾下就把怪物打死了。」他翻開一本畫報，說：「那都是假的。我教你看書吧，這是一本《海底世界》。你看這是各種各樣的魚，這是鯊魚，這是鰻魚，這是鯰魚，這是巨口魚，這是燈籠魚。」

男孩連忙說：「燈籠魚會自己打著燈籠嗎？」他說：「燈籠魚的頭頂上就長著一只燈籠，可以給牠照亮海底的路。」男孩咯咯笑起來。他又說：「這是各種貝，有白玉貝、鸚鵡螺、星螺、硨磲貝。最大的硨磲貝能把一個人裝進去，牠們還會在海底走路呢。這是海底的珊瑚，漂亮吧，五光十色。」

男孩連忙跳起來說：「珊瑚我知道，澳大利亞的大堡礁就有很多珊瑚，我媽媽說珊瑚是珊瑚蟲蓋起來的房子。等我到了澳大利亞，我就能看到珊瑚了。」

又是他的澳大利亞。他有些厭煩、有些疲倦地合上了畫報，看看天色，說他得走了。男孩用乞求的目光看著他，說：「叔叔你能和我玩個遊戲嗎？就一個，一個就好。」他嘆了口氣，說：「好吧，你想玩什麼？」男孩眼睛倏地又亮了，說：「那我們玩捉迷藏吧，我藏起來你找我。你快把眼睛閉上，從一數到十才能睜開。」

他閉上了眼睛，聽著周圍的動靜。他能聽到風過樹葉的沙沙聲和蟲子的彈琴聲，還能隱隱聽到男孩子漸漸走遠的聲音。他竟一時不想睜開，只想徹底融化在這黃昏裡。等他再睜開眼睛時，忽然發現天光已經暗下去一截了，整座桃園影影綽綽，看起來有些陰森的感覺。不見了男孩的蹤影，他在桃林裡穿行，四處尋找男孩的影子。走著走著，他忽然有一種奇怪的感覺，似乎他正走在一條隱祕的時光隧洞裡，每走一步，便感覺離自己的童年更近了一步，而他自己也縮小了一點，他整個人正向著一個他最害怕的角落裡墜去。他從不願去回憶自己的童年，以至於到後來他就以為自己已經沒有了童年。此刻那童年就匍匐在桃園深處的陰影裡窺視著他，最後一縷天光從樹枝間落在地上，明暝分際，他忽然明白，他要找的男孩正是那個童年裡的自己。那個四處被人嫌棄、被人欺負的孤獨的小男孩，沒有任何人願意和他玩遊戲。只有一次捉迷藏的經歷，他被別的孩子鎖進了一只破立櫃裡，他在那立櫃裡喊了很久很久才有人聽到把他放出來。

他深一腳淺一腳地尋找著那個男孩，更像是尋找著那個多年前的自己，心裡越來越恐懼。他叫了一聲小調，沒有回應，只有沙沙的樹葉聲詭異地低吟。他又叫，還是沒有人影。他又往深處走去，忽然眼前出現了三座靜靜的墳墓，正與他對視著。

所有的記憶在一個瞬間復活。父親，骯髒的老人。他怔怔地與它們對視了一會兒，然後轉身就往出跑，一直跑出了桃園。他要馬上離開這裡，不再管那個小男孩。走到半路上的時候，他的淚忽然就下來了。他轉身又返回桃園，這時候半輪月亮已經升起了，桃園裡鋪了一層疏淡的月光。他剛走到桃園的入口，就看到一個小小的身影正一動不動地站在那裡。男孩正無聲無息地看著他。

第二天男孩沒有去桃園，第三天也沒去，宋書青便買了一些吃的，又按男孩的身高買了一身新衣服，黃昏時分來到了麻葉寺巷的男孩家門口。男孩正和一個女人坐在屋簷下吃晚飯，看見他進來，男孩有氣無力地叫了一聲叔叔。女人連忙讓他坐下，說：「快喝碗稀飯。」他第一次看見這女人的臉，淡眉疏目，臉色蒼白，倒很清秀的樣子。女人似乎想說點什麼，但也沒有開口，只是很感激無措地站在那裡。他不敢再看女人，只忐忑不安地看著男孩，說：「小調，我給你買了吃的來，還有一身新衣服，也不知合不合身，怎麼這幾天不見你去桃園裡玩？」女人說：「他這兩天在發燒，不知怎麼感冒了。」見男孩蔫蔫的，並不想和他多說話，他便轉身離去。女人一直把他送到門口。一直到他快走出巷子了，回頭一看，女人還站在門口。

門口的蟲鳴高高低低。我曾經與多少人遇見過
在沒有伴侶的人世裡

宋之儀病情惡化，宋書青一連多日沒有出門了。

第三日。宋之儀不再進食的第三日。他把蔬菜、肉、水果打成灰色的汁液，用注射器注入她嘴裡，然而她連最後的吞嚥功能都退化了、消失了。灰色的汁液從她的嘴角溢出，看上去像是恐怖的毒藥。他又打進去，她又吐出來。他再打，她再吐。他恐懼地大聲抽泣著。她怎麼能這樣？她不能這樣對他。她怎麼可以把赤裸裸的死亡一步之遙地擺在他的面前嚇他？她怎麼就不知道他會害怕？他使勁掰開她的嘴巴，一邊抽泣一邊蠻橫地把那灰色的汁液往裡灌。她喉嚨

裡發出了可怕的咕咚聲，然後她再次吐了出來。他抱住她號啕大哭，他使勁搖晃她的身體哀求她：「求求你，求求你了。」她卻只是無聲無息地躺著，如安靜地上班下班，安靜地做飯洗碗，安靜地生和死。

第十日。宋之儀不再進食的第十日。他早已放棄給她的喉嚨注入毒藥般的肉汁，她停止進食，也停止排泄。她像一株植物一樣靜靜地長在泥土裡，承受著日月與流年、春光與秋風。她不再有腐敗之氣，看起來枯瘦而潔淨，通體散發著植物的清香。一只透明的塑料管子插在她手上，營養液一滴一滴地流進她的血液。他日夜坐在床邊陪著她，他也陪著她不吃、不喝、不睡，陪著她活成人世間的一棵植物。草木有大命，枯而又榮，榮而又枯。一隻鳥，不厭其煩地糾纏牠喜愛的那棵樹。液體一滴一滴地落進血液，是時間的腳步，是更漏將闌的聲音。一滴，一滴，漸漸走進黃昏深處。他緊緊握住她的另一隻手，把它藏在懷裡，把它種植於自己的血肉之中。他把臉貼在她的胸前。

那個夏天，還有那個冬天的故事
你忘了也挺好
就是記得，也無妨

就像任何一個夏天和冬天一樣
其實，都不過是
你棲身的土壤

第十五日。宋之儀不再進食的第十五日。她周身變得透明，連皮膚下面紫色的血管都纖毫畢現，縱橫蜿蜒的血管如植物的紋理。她變得出奇地輕、出奇地小，似乎只要一根指頭就可以輕輕把她捻碎。她的骨骼、她的五臟全部被她自己吞噬掉了，像人類一萬種重複的罪孽，上演著萬物芻狗的古老神話。他已經不吃不喝不睡多日，他已經失去人形，就這麼躺在她身邊，緊緊抱著她，貪婪地呼吸著她身上那種屬於母親的氣味。他想變小，想回到她體內，他想死在她的前面，就可以不用看到她的死。

「如果我也死去，我們就會靠近一些，而我知道自己不會死，我也知道自己將親眼觀看著你的死亡。能不能離我再近一點，再近一點，就像我小時候發燒時那樣抱著我，寸步不離我。小時候我很乖很安靜，就坐在小板凳上安靜地等你回來。」

她不吃不喝不屙不語不笑，植物一般種在那裡。他以為她已經不再知道什麼是悲傷、什麼是喜悅，卻忽然看到她的眼角流下一滴大大的眼淚。那滴眼淚一直往下流往下流，流到了枕頭上。他明白她在告訴他什麼，其實他早就明白，於是不去看她的眼睛，她身上那唯一活著的地方。他卻不知道，她原來還是會流淚，她並不是沒有了任何想法的肉。他坐了整整一個晚上，即將坐到天荒地老了。黎明前，他慢慢把幾乎沒有了重量的母親輕輕抱在了懷裡，像抱著自己初生的嬰兒。他親吻她的額頭，她乾枯的皮膚，她脫落的頭髮。然後，他伸出一隻手靜靜地拔掉了那根正滴著液體的塑料管。

他就這麼一直抱著她的屍體，一連抱了幾天幾夜。他一滴淚都沒有流。他終於明白，這就叫擁有，因為她再不會離開，而他將不再感到失去。她終於死了。屋子回到了一種曠古的寧靜，再沒有人會打擾他的寂靜與廝守。

五

這個深夜，麻葉寺巷裡飄過一個失魂落魄的人影，他步履踉蹌地飄進了男孩小調家的院子。院門是開著的，有一間屋子裡還亮著燈。

他無聲無息地站在院子裡，乾枯地、飢渴地、精疲力竭地與那盞燈對視著，它看起來就像母親臨死前的最後一縷目光，他做出擁抱的姿勢向那燈光走去，好像這樣就可以抱住母親。他推開門，空空蕩蕩地飄了進去，只見燈下呆坐著一個女人，她見有人進來，並不驚慌，只是抬頭看了一眼。他什麼都沒有想，什麼都來不及想，就向著那女人直直走了過去，一把抱住了她。多日的不飲不食榨乾了他的所有水分，他身上散發著枯木、深淵、屍體與敗德的味道，然而他又渾身滾燙，幾欲燃燒，似乎此時燃燒的已不是水分，而是血液。血液燃燒產生的蠻力澆築在他手上，他一把就扯掉了她的褲子。女人沒有掙扎，光著下身躺在昏暗的燈光裡，安靜地看著他。他久久地看著女人兩腿之間，女人躺著，一動不動。他忽然低下頭去，把臉深深埋進了她的兩腿間，似乎這樣他就可以從那個部位再次回到母親的子宮裡，這樣他就可以離母親近些、更近些。他伏在她兩腿間一遍一遍地叫著：「媽，媽，媽，媽媽，媽媽。」

「如果我死去，我們就可以靠得更近些。可我沒有死，我只是這樣靜靜看著你生你死你病你老，就像站在楊柳依依的橋邊看著船上遠行的你。最後我看著你就像看著這人世間最純真的嬰兒。你死的那一刻我忽然無悲無痛，周身沒有一點裂縫，我什麼都不想做，我什麼都做不了。我多麼想一直把你擁入懷抱、據為己有，讓你再沒有機會離開我。讓我可以一直隨身攜帶著你，如攜帶著一塊玲瓏的寶石去周遊這人世，去看那一夜的大雪和那一春的桃花。你是否能忘記我曾經對你的所有厭煩和熱愛，能否忘記這人世間曾經對你的所有厭煩和熱愛？」

這麼多天以來，他終於能夠哭了，終於能夠號啕大哭出來，一直哭到後半夜才漸漸安靜下來。在哭聲結束的那一瞬間裡，他忽然覺得自己剛剛被重生了一次，他像一個透明的嬰兒一樣重新來到了這個世界上。周圍的一切看起來熟悉而遙遠、空洞而陌生，像是很多個世紀之前曾來拜訪過的星球，恍惚留著些斑駁的記憶。他哭完之後就一直用那個姿勢蜷縮在她的兩腿之間，好像他是她剛剛生出來的嬰兒，又好像他隨時都準備離開這人世，返回他的故鄉。女人整晚上一直抱著他，輕輕拍打著他。小調在隔壁的房間裡睡得很熟。

第二天早晨離去的時候，他給女人留下一些錢，到晚上的時候又來了，仍是整晚上抱著那女人，離去時又留了錢。周而復始了多日之後，他忽然對女人說：「以後我來養活你和小調吧，我每個月有四千塊錢的收入，夠養活你們。」

他懼怕一個人待在家裡，家裡到處是宋之儀滯留下來的氣息，甚至她屍體上的黴菌都在屋子裡的每一個角落繁衍生長開花結果。他一走進屋子便覺得宋之儀還躺在那張床上，還睡在那綠色小花的被子底下，還在那裡等他餵飯餵水。他真的帶著荒誕的相信走過去了，他想像母親的離去其實是他剛做的一個夢，現在是夢醒的時候了。他甚至滿懷信心地站在了這夢的邊緣，等著縱身往深淵裡一跳。揭開那被子一看，下面是空的，只有一個年深日久烙出來的人形凹槽靜靜地躺在那裡，枕頭上有母親留下的幾根灰白色的頭髮。他再次無法分清究竟哪個是夢境，他到底站在夢境裡還是現實裡，到底是夢中的他在看著他，還是他正陰森森地看著夢中的自己。

立起來的三維空間如高牆一般把他困在最裡面，上面、下面、左面、右面、背面、正面，全是宋之儀破碎的零散的器官和影子。他趴在床上靜靜流了一會兒淚，然後，他小心翼翼地把那幾根灰白色的頭髮收了起來。

他不肯回家，生怕碰見鄰居，白天便去桃園裡徘徊，趁天黑下來再去麻葉寺巷的小調家裡。然而這天他一出門就碰到了對面的段老太，段老太正把手袖在圍裙下站在自家門口，一見他出來了便笑眯眯地看著他說：「怎麼好久不見你推著宋老師出來溜達了？宋老師的病怎麼樣了？我還想著這兩天買點好吃好喝的去你家看看她呢，結果敲門沒人應，整天連你個面兒也逮不住，今天總算逮住你個面兒了。」

宋書青渾身一哆嗦，在陽光下忽然有窒息了幾秒的感覺，好像他正沉在水底看著岸上的段老太。然後他聽見自己冷靜得有些異樣的聲音，摸上去像玻璃一樣光滑寒脆：「我媽她這幾天回我鄉下的小姨家住去了，住一段時間或許對身體好，鄉下空氣好。我小姨家吃的蔬菜都是自己種的，一點化肥都沒有下。我媽已經有好轉了，都能自己拿勺子了，就是手還抖。」

他感到當他特意加上最後一句話的時候，就像有一條蛇從他嘴裡游過，倏忽的，冰涼的，血腥的，然後游到他身體深處狠狠咬了他一口。他幾乎呻吟出來，卻只是痛苦地閉上了嘴。

段老太從圍裙下抽出一隻手，搭起一個涼棚，饒有興趣地看著他說：「哦？已經能拿勺子了？宋老師真是命大，都不用人餵飯了，還能自己拿勺子吃飯了，說不來過兩天就能下地走路了，我可等著她來我家串門了，自打她都不能走路串門了，我這心裡呀，就覺得空落落的。」

他勉強豎起一個直直的背影消失在了段老太的視野裡。然後，背影轟然塌下來，他拖著殘破的影子向桃園走去。前面的桃園像一個大夢一樣正安靜地、詭異地等著他，他只想躲進去，簡直都有些急不可待了。一走進桃園他就看到，那棵大桃樹下正站著一個小小的身影在揮舞寶劍。他陰著臉走了過去，小調看見他過來便停住了，可是也並不怎麼敢看他。他怒沖沖地對男孩說：「你怎麼又逃課了？好不容易把你送回學校上學，你怎麼老是逃課？你看看一年級的小孩們哪個年齡不比你小，你比人家大就更應該好好學習。」

男孩不說話，只是低下頭去仔細摸著寶劍被磨壞的毛邊。男孩的態度更是激怒了他，他一把奪過他手裡的寶劍。「沒聽到我和你說話嗎？你現在不好好學習，長大了怎麼辦？讓你媽媽一直養著你嗎？等你到了我這年齡還讓你媽養著你嗎？」

話剛說完，他感覺像拿兵器砍斫到了自己的骨頭上一樣，是很鈍的痛，他痛苦地彎下腰去。男孩跳起來奪過了自己的寶劍，大聲對他說：「不要你管。我不喜歡你老去我家，你又不是我爸爸，我爸爸在澳大利亞。我給我爸爸打過電話，他就要從澳大利亞回來了。」

他的眼淚幾乎下來了，卻又伸手一把把男孩的寶劍奪過來，做出要把寶劍扔出去的樣子，說：「你去不去上學？你為什麼不好好上學？我小的時候是想上學都沒學可上，學校不要我，我沒有進過一天學校，我連什麼是學校都不知道。可你現在有學上了，為什麼不去上？你說，為什麼不去？」

男孩跳起來要搆那把劍，嘴裡不停地叫著：「要你管我要你管我，你是誰要你管我，你又不是我爸爸還住在我家裡。誰要你管我，誰要你管我。」

他一把把那把劍擲了出去，寶劍掉到了密林深處。男孩突然不說話了，只是陰森森地無聲無息地看著他，看起來正在變成一團發酵的固體，散發出一種能腐蝕人的氣息。宋書青一陣後悔，想開口跟男孩解釋點什麼，張開嘴卻又說不出一個字，只覺得內裡在被一把大火焚燒，五臟六腑都已瞬間成灰。

男孩跑進了密林深處尋找他的寶劍。他看著男孩的背影，忽然覺得眼前的景象是在他自己身體上打開的一扇窗戶，站在這窗前，可以看到神諭般的晨光正滲進這幽暗的斗室。窗外是許多年前的風景，到處是大字報，背著炒黃豆、踩著兩腳血泡的學生們四處走動搞大串聯，學校的老師們在掃大街，八歲的小男孩宋書青則躲在桃園裡最大的那棵桃樹下。那棵桃樹結滿了青色的桃子，那些青綠色的圓形果實擠在樹葉的後面，像大大小小的乳房，以至於看起來充滿了母性，像一個千秋萬世哺育過無數子孫的龐然怪物。

如今窗外的桃樹依舊，那棵最大的桃樹因為蒼老看起來更加虬媚，它似乎可以就這樣永生永世地活下去，可以年年在白髮蒼蒼的頭顱上依舊開出豔麗的桃花，它已經有了妖的氣質。樹下的男孩撫摸著樹的年輪，像在八歲之前就已經路過了湖泊、山川、春風、秋霜，最終埋葬了自己的白骨。他忽然如此想成為男孩的父親，因為他深知一個沒有父親的人的今生和來世。

就在黃昏降臨的那一個瞬間裡，他想不顧一切地衝過去，把那男孩擁入懷抱，把他四十年虛度的光陰如祭祀一樣全部虔誠奉上。他希望男孩能接住這祭祀，能慢慢咀嚼、慢慢吞嚥，能讓其慢慢流入枝杈蔓延的青色血管。如果可能，他願意變成男孩的父親，他願意替男孩提前走過人世間所有的婚禮和葬禮。而這不是因為他愛這個男孩，他愛的其實是這黃昏時分人間所有徐徐開放的傷口。那些傷口飽滿豔麗又安靜詭異，如這桃園深處的那幾座小小的墳墓，正盛開在大地之上。

男孩在桃園深處撿到了自己的劍，但並沒有向他走來，只是站在那裡，像一個小小的劍客一般，執著自己的寶劍冷冷地看著他。

開始有更多的鄰居關心起宋之儀的病情。這天他剛走到自己家門口，房前的老張夫婦就向他包抄過來，張老太的手裡還提著一籃雞蛋。老頭老太唯一的兒子五年前死於車禍，如今就靠老頭販賣點核桃、棗什麼的來維持生計。他在看到那籃雞蛋的瞬間，手猛地一抖，鑰匙差點掉在地上。張老太仔細端詳著宋書青的臉，說：「書青啊，怎麼出去這麼久？你媽一個人在家裡能行嗎？我早就說要去你家看看你媽，這不終於抽出一點時間了，我就想著買點什麼實惠呢，還是給她買點雞蛋吧，咱們房前房後的，什麼實惠買什麼。快開門啊，讓我們進去坐坐。」宋書青緊緊捏著那把鑰匙，聽見自己聲音在發抖：「我媽去了我小姨家，還住在鄉下，沒回來呢，我明天要回鄉下去看她。」

「你媽怎麼還住在鄉下，走了有一個月了吧，老住在人家家裡也不是個辦法吧。」

「鄉下空氣好，對身體好。」

「趕緊接回來，你說你都不伺候她還有誰願意伺候？指望別人那不更是假的？」

等他開了門，老頭老太又堅持一定要把雞蛋給他送進去，他說：「不要不要，你們留著自己吃吧。」張老太臉一沉，說：「是看不起我們嗎？雞蛋是花不了幾個錢，可也不要看不起我們哪，都是房前房後的。」

他不再掙扎，任由他們進去放雞蛋。院子裡多日沒有打掃過，看起來荒蕪破敗、沒有人跡，只有那棵棗樹看起來分外茂密繁盛，葉子上閃著一層異樣的釉光，整棵樹看起來繁茂到陰森的地步。老頭老太放下雞蛋四處張望，一邊狐疑地抽著鼻子，捕捉著空氣裡滑過的蛛絲馬跡。宋之儀曾住過的那間屋子嚴嚴實實地拉著窗簾，看不到裡面，這使這間屋子本身就具備了一種奇怪的硬度，鋒利地矗立在那裡。張老太說：「我就羨慕你媽當老師，退休了還有工資養老，多好哇。」一邊說著一邊朝窗戶裡張望。宋書青忙說：「我媽在鄉下，真不在屋裡。」老太重複了一遍：「你看看我又忘了，你媽她，回鄉下了是吧？」

終於送走了老頭老太，那籃雞蛋卻留了下來，放在棗樹下。他有些驚恐地看著那籃雞蛋，不知該如何處置它們，好像它們是老頭老太扣留下來的一個人質。

六

他日夜躲到麻葉寺巷的女人家裡，好讓鄰居們以為他去鄉下接母親去了。

夜闌人靜，小城深處，昏暗的燈光下有一男一女，女人坐著，男人跪著，男人在給女人洗腳。女人不安卻並不掙扎，只是深深吸一口氣，呆坐在向日葵圖案的床單上。男人一邊為她洗腳一邊說：「直到我媽死了很多天之後我才慢慢清醒，慢慢明白過來，我再沒有機會給她洗一次腳了，你知道我多想再給她洗一次腳。把她那雙瘦骨伶仃的腳捧在手裡的時候，就好像我正捧著她的一輩子。她的腳後跟上滿是裂紋，一個大拇指因為受過傷變形了，特別肥大，看起來很醜陋。可是當你把那樣一雙腳捧在懷裡的時候，你就會覺得她的根在你的手上，就好像她永遠都不會離開你。讓我給你洗洗腳吧，謝謝你。」

他跪在這假想的母親面前，虔誠地為她洗腳。他想用這無邊的靜謐的深夜去包紮她所有的傷口，讓她看起來有一種誓死不休的美。他想起母親臨死前那些無法掩飾的醜陋，那不能人語的醜陋，那兩腿之間的醜陋，那不再粉飾太平的醜陋，那終於要離開桃花與少年的醜陋，那魂魄即將告別肉體的醜陋。他想在這個深夜裡一一給她補償。

他為她剛買的新衣正掛在窗前，一襲紅色的長裙在夜風中飄搖，如同一個柔媚無骨的女人正懸掛在今夜的月光下，合二為一，不知生死，也無須知生死。在今夜，活著與死去已經失去了界線。他買來的肉和點心正擱在盤子裡，如同廟堂裡隆重的祭祀，正裊裊地冒著青煙。

「母親，今夜我在這裡等你就如同你當年帶著陰謀與恐懼靜靜等待我的到來。有時候我恍惚，為什麼那個必將到來的人是我，而不是別人。可是我和別人又真的有區別嗎？如果你此刻從雲端俯瞰下去，我和那些別人是不是都長著一模一樣的面孔，是不是其實根本沒有任何一點區別？其實每個人都有可能做你的孩子，只是碰巧我們相遇了。」

他和女人每晚抱在一起睡覺，就只是抱著，別的他從不想。女人試圖主動過，因為花他的錢，覺得不安。他說：「不行，能讓我抱著你就好，能抱著，我就覺得離我母親還很近。因為有時候我覺得小調就是那個小時候的我自己，看著他就像在看著我自己。對了，明天一定讓他去上學，不能再讓他逃課了。」

隔壁的房間裡似乎傳來幾聲低低的抽泣，他打了個寒顫，是不是小調在哭？女人仔細聽了聽，哭聲停了。她說：「他晚上睡著了就不會醒的，小孩子都睡得死，可能是在做噩夢。」

第二天早晨起來後，他到隔壁房間叫小調去上學，卻發現隔壁的床上是空的，小調已經不見了。他把手放在男孩躺過的褥子上，溫的，說明男孩剛出去不久。他想他是不是自己去上學了，或者又去桃園裡玩耍了。等到中午吃午飯的時候，小調還沒有回來，女人去學校找，他則偷偷摸摸地去桃園找，生怕路上碰到熟人問他：「你媽身體怎麼樣了？你怎麼不守著她自己出來了？她身邊沒人照顧能行？」

他溜進桃園，桃園裡靜悄悄的，沒有一個人影。午後的陽光從枝葉間篩下來，斑斑駁駁地落了一地，樹底下長著蘑菇、蒲公英，還有滑膩的青苔。他一邊找男孩的影子，一邊往桃林深處走去。已經走到那口井邊了，仍然沒有男孩的影子。他知道再往前走就是那三座墳墓了，它們對他一直有一種奇異的引誘，就如同一種必將到來的黑暗蟄伏在那裡，他向它們走近的時候總有一種被催眠的感覺。忽然，一片落葉敲在了他的肩頭，他猝然停住了，慌忙轉身，從桃園裡逃走。

直到天黑男孩都沒有回家，宋書青和女人打著手電筒在縣城裡一直找到半夜，幾乎把縣城裡的每一條街巷都找過了，就是沒有見到小調的影子。半夜回到小調睡的那間屋子，只見被褥還是他早晨離去時的樣子，像一隻遺失在大地上的蟬蛻，冰涼而透明。

「你還不懂得在這人世間，一場大雪因為過於潔白就會接近春天，有多少日子因為耽於薄酒看起來便像極了快樂；你還不懂得一棵樹長得越高、離太陽越近，根就扎得越深越暗。那麼多植物的苦苦生長，不過就是為了鎮壓那一場枯而又榮、榮而又枯的徒勞。」

他把手伸進那被子裡，想觸摸到男孩的體溫，在那一瞬間他甚至懷疑男孩是不是正躲在被子裡和他開了一個玩笑。然而被子裡是一團堅固的冰涼，早已沒有了溫度。他忽然打了一個寒顫，像想起了什麼，打開櫃子尋找男孩的儲錢罐。果然，那只小豬儲錢罐也不見了。他明白了，男孩帶著他的全部積蓄去澳大利亞找他的父親去了。這時女人又發現宋書青給他買的那身新衣服也不見了，大約是男孩穿走了，他想穿著新衣服去見自己的父親。

背上行李來流浪　澳大利亞民歌

背上行李流浪，
從前有個快樂的流浪漢，

紮了帳篷在死水塘旁，
古里巴樹下好陰涼。
他坐著歌唱，
等待壺裡水燒開。
你會跟我一起，背上行李來流浪，
背上行李來流浪，流浪，
你會跟我一起，背上行李來流浪。

他們去公安局報了警。一天、兩天、十天已經過去了，男孩還是杳無音信，下落不明。女人在縣城的每一根電線杆、每一個十字路口都貼上了白紙黑字的尋人啟事，男孩陰森森地站在每一張黑白照片裡，如同一個無處不在的幽靈逡巡在縣城的每一個角落。人們圍著照片交頭接耳，嘖嘖搖頭，但是沒有一個人知道男孩的下落。

男孩已經失蹤半個月了。女人連哭泣的力氣都失去了，白天晚上地陷入一種巨大的昏睡狀態。這個深夜，他看女人已經睡熟，就一個人出門，飄出麻葉寺巷，向著卻波街走去。夜很深了，月光雪白，除了他，街上看不到一個人影，只有零碎的狗吠像夢囈一般在月光下響起又落下。他無聲無息地走過卻波街，打開門進了自家院子。屋子裡黑著燈，一團死寂。院子裡月光流轉，滿地是荒蕪的碎銀，就著月光他看到牆頭上的磚頭有兩塊掉到地上碎了，大約是有人爬牆頭向裡窺視時不小心弄掉的。看來已經有不止一個兩個人在懷疑宋之儀究竟是不是還活著了，也許哪天趁他不在家的時候，他們還會翻牆進來，在院子裡、屋子裡四處尋找關於宋之儀的所有的蛛絲馬跡。一旦證實宋之儀其實已經死了，他們就會立刻向教育局告狀，叫停一個死人的工資，並讓他退回所有冒領的工資。他們不能忍受，當然也在嫉妒，身邊有個活人一直在領死人的工資。

他驚恐地盯著那兩塊碎磚看了很久很久，然後撲通一聲跪在了棗樹下，緊緊抱住那棵棗樹嘩嘩流淚。最近這棵棗樹身上的妖氣越來越重，葉子油綠，結出的棗一個個都碩大無比，雞蛋似的掛在枝頭，站在牆外都能看見枝頭上可怕的大棗。午夜的月光越發凶猛，把人間的一切剪出了黑白的邊緣。他跪在那裡，只覺得千鈞重的月光正夯入他的骨骼、他的血液，似乎整個世界的重量都正壓在他的身上，一定要榨出他的那點原形來。他跪在那裡一直哭到後半夜的時候，才慢慢從地上爬了起來，環顧了一下四周可有窺視他的人影，見一切寂靜，便拿起一把鐵鍬，在棗樹下挖了起來。挖了一會兒，他猛地停住了，再次跪在地上。那埋在棗樹下的正是宋之儀的屍體。

月光把一切白的事物都照黑了：白的霜，白的時辰
白的骨頭

小調已經失蹤一個月了還沒有找到。他不敢回卻波街，便終日躲在女人家中，和女人一起猜測小調的下落。女人呆呆地說：「他會不會是被人販子拐走賣到別處了啊，他會被賣到哪裡？雲南，四川，貴州？他要是真被拐走了，我就一輩子都見不到他了。」他說：「如果他能被賣到一戶家境好的人家，人家供他上學，給他吃好的穿好的，你說是不是你也會放心一點。」女人說：「賣到好人家總比跟著我好，我都沒有給他買過一個新玩具，他就只有他爸爸給他買的那把寶劍。可是那樣他就連媽都沒有了，太可憐。」他說：「或許小調真的被賣到國外了，或許真的就去了澳大利亞，以後他長大了就過來認你，然後把你也帶到澳大利亞。」她說：「我不該騙他的，不該告訴他什麼他爸爸去了澳大利亞，我只是想著說個遙遠的外國地名騙他，沒想到他會記得這麼清楚，是我該死。」他說：「也說不來再過幾天小調就突然回來了，小貓小狗丟了一個月有時候還會自己跑回來，更何況小孩子還會說話，還會問人。」她便期待地看著他，問：「你覺得可能嗎？你覺得他還可能回來嗎？」他說：「說不來的，也許明天就回來了。」她又更期待地看著他的臉，說：「你說明天嗎，你覺得明天有可能？那就等明天吧。」

他們等完了一個又一個明天，男孩一直沒有回來。有時候半夜院子裡有一點響動，女人就會忽然從床上爬起來，披頭散髮地往外衝。「是小調，是小調回來了。」衝到院子裡一看，只有滿地蒼白的月光和房簷上倏忽而過的黑貓的背影。

他把女人抱在懷裡說：「要是小調真的回不來了，我就做你的兒子，我會養著你，會一直對你好。」女人只是精疲力竭地哭泣著，並不說話。有絲絲縷縷的月光從窗格子裡漏進來，在夜裡織出了另一重的時空，在那個時空裡，他看到年幼的自己正站在窗前，窗前擺著一瓶盛開的桃花，在他身後是宋之儀漠然地走來走去，不去看他，也不去看桃花。在他和宋之儀的身後是一面古老的穿衣鏡，年幼的他從鏡子裡看到了那裡面的第三重時空。在那重時空裡，年老的他獨自坐在一張桌子前，桌子的盡頭有一群面目模糊的人正遠遠看著他。桌子上有盤子和勺子，盤子裡是一堆鮮紅色的食物，他仔細看去，那食物正在輕輕跳動，那是一顆心臟，是他母親宋之儀的心臟。

午夜的月光越發慘白，所有的空間在瞬間凋零為幻象，只剩下床上乾枯的男人和女人。

他把女人緊緊抱住，也泣不成聲，他從小懼怕走進這個世界，現在，他和這世界之間唯一的遮擋物就是母親了，準確地說，是死去的已經開始腐爛的母親仍然在為他遮擋著這個世界。他體內的疼痛再次發作，他對女人哀求著：「我叫你媽媽好嗎，讓我叫你媽媽吧。媽媽，我以前對你不夠好，我真的對你不夠好，我知道錯了，可你要給我機會讓我改正啊。現在你是我唯一的親人，就把我當成小調吧，就把我當成長大後的小調，當我是你的兒子吧。求你了。」

一天天過去了，小調還是沒有回來。

女人不再試圖從他那裡得到一次又一次的安慰和假設，而開始提著力氣一天到晚往縣城裡唯一的教堂裡跑。她終日在那裡對著上帝祈禱，和一群年老的女人聚在一起捧著福音書唱聖歌。第一次在教堂裡聽聖歌的時候，她哭得幾乎癱倒在地上，此後逢人就說感覺自己進了教堂像回家了一樣，說看來天上真是有一個父親存在著，他會眷顧他所有受苦受難的兒女。

她也不再流淚，臉上終日掛著一層小心翼翼的僵硬的笑容，有人的時候她這樣對人笑，沒有人的時候她對著石頭也這樣笑。他有些看不下去了，說：「你能不能不要整天都這樣笑，老這樣笑讓人感覺挺害怕的。」她指了指天空，低聲說：「噓，上帝會聽到的。只要我夠虔誠，上帝就會照顧我，就會讓小調回來的。他們說只要相信就一定會實現。我就在心裡想像一個天上的父親，我信賴他、感激他，他就會真心來幫助我。人得信點什麼啊，要是什麼都不信了還怎麼往下活。」

他想起了最後變成水仙花的那喀索斯，那喀索斯願意沉入水底是因為他相信那水中的倒影是世界上最美的人。那倒影存不存在其實都沒有太大的關係，只要他相信。

微風過處，繁花如雨，落紅無數。

他又想起宋之儀跟他講過：「鄰家婦有美色，當壚酤酒。阮與王安豐常從婦飲酒，阮醉，便眠其婦側。」

當壚酤酒，眠其婦側。柳外樓高，雨打梨花。不知春盡。

不知春盡，也挺好。

幾千年過去了，我們還在受難、老去、離世、成灰，唯有留在水中的那些倒影明豔如昨天，連一絲衰敗都不肯。

七

這天他剛走到女人家門口，就被梨形的郭老師一把抓住了。老婦人喘著氣說：「我就猜你在她家裡，你啊你，也不回家去看看，每天就躲在這裡，教育局的人正四處找你核實情況呢。」他腦子裡嗡的一聲，嘴上卻硬說：「他們為什麼找我？」老婦人看看四下無人，連忙把嘴湊到他耳朵上說：「聽人說宋老師其實早就死了，你瞞著不報教育局就為了還能冒領她的工資，這是真的假的？」

他立刻面色如土，幾乎從地上跳了起來，一把抓住老婦人的胳膊說：「這是哪個說的，哪個說的？你帶我找他去，我一定要問個清楚。」老婦人把胳膊從他手裡拽出來，一邊觀察著他的表情一邊說：「我就是不信才問你，我說哪個至於連自己的媽死了都不敢給辦個體面的葬禮，倒還要冒領著死人的錢，那真是忤逆不孝了。」他僵在那裡，虛弱地對著空氣說：「是，哪個至於還要領死人的錢，哪個至於。」

老婦人又說：「那你不回家照料你媽去，一天到晚待在這裡做甚？」他說：「我媽住在鄉下養病，我這兩天就把她接回來。」說完便倉皇逃走。在縣城裡失魂落魄地遊蕩了半日，他只吃了一只燒餅，又躲進桃林獨自待了半日，直到黃昏時分才向卻波街走去。正是晚飯時分，卻波街上家家戶戶正端著飯碗坐在門墩上吃飯，不是小米稀飯就是柳葉麵，日復一日。他從卻波街上一路往過走的時候，所有的眼睛都一路跟著他往前走，這些眼睛都吸附在他的背上，形成了一整塊石頭或者玻璃一樣的物體，冰涼地、沉沉地壓著他的脊背。前方是從大地裡、從泥土中緩緩升起的暮色，看上去彷彿是剛剛停泊在這個星球上的巨大飛船，浩大得近乎恐怖，似乎它將從這個星球上裹挾一切，再帶走一切。

他就這樣一路走到自己家院子門口，開鎖進去。棗樹依舊蠻橫詭異地站在院子裡，黑著窗口的房子看上去越發神祕破敗，自從母親離開之後，他就再沒有勇氣獨自睡在這房子裡。他坐在屋簷下點了一支煙，暮色更重了，不斷把他引向一種更深的寂靜，這寂靜聽久了居然如同一種音樂長出了肌理和花紋，似乎只要他沿著這肌理走下去，就可以走進某一種睡眠。忽然，他跳了起來，原來是煙灰燒到手指了。鮮紅的煙頭掉在地上，他趕緊吹那隻手指。

等到手指的疼痛過去了，地上的煙頭也熄滅了，一切重歸寂靜。他忽然覺得不對勁，似乎這寂靜比剛才的更巨大、更堅硬，幾乎像牙齒一樣咬住了他。他打了個寒顫，慢慢抬起頭，卻看到在他面前、在夜色的籠罩下站著十幾個人，正悄無聲息地看著他。他忽然想起進來時沒有關門，他甚至不知道他們是什麼時候進來的。他本能地後退了幾步，然後在夜色中與他們靜靜對峙著。

對面的那群人裡終於有人開口了，看不到臉，他卻一下聽出是對門老段的聲音。因為面孔在黑暗中消融的緣故，說話的人可能也意識到了這點，聲音聽起來與往日很不同，就像是這聲音吞噬並消化了他的面孔和五官，讓他覺得驕傲又覺得愧疚，便在這聲音裡長出了鼻子、嘴巴、眼睛和牙齒。聽他說話的時候，就能感覺到眼睛和牙齒正像蛇一樣順著這聲音爬過來。老段借助著黑暗的力量，沒有做任何掩護就直直說：「你把你媽藏到哪兒去了？怎麼一個多月了都沒有見到她？」

他又往後退了一步，舌頭幾乎咬到了牙齒。他發著抖說：「我媽她……回鄉下她妹妹家養病去了。」

立刻有另一個聲音從老段後面冒出來：「老早就說你媽回鄉下去養病了，怎麼能在鄉下住這麼久？你為什麼一直不把她接回來？你就這麼不孝？」

他掙扎著，說：「鄉下空氣好，她想多住一段時間，對病好。」

又有一個聲音從黑暗中冒出來，那團黑黢黢的人影看上去就像一隻九頭怪獸，它的每一隻頭都能吐人言，都長著血紅色的舌頭。這個聲音是女人的：「騙誰啊，你媽是帕金森晚期，根本就走不了路，鄉下空氣好對她有什麼用，還不是一天到晚躺著。你這麼久了都不管她？」

他又往後退了一步，但是已經靠到牆了。他想到這些人都是卻波街上的鄰居，在一條街上一起住了這麼多年，見面總會打個招呼，母親身體好的時候他們還時常來串門，他從沒有覺得他們身上有什麼地方讓他害怕的，都是些再普通不過的人，蟲蟻一般活著。可是今晚，他忽然覺得他一個都不認識了，他們的面孔齊齊隱匿，他們在今晚變成了一個集體、一個龐然大物。他忽然想起了小時候看到過的忠字舞，又想起了十字街頭的廣場舞，這個夜晚忽然變成了一個無比熟悉的陌生夜晚。

又有一個聲音朝著他飛了過來，是直直飛過來的，帶著某種利刃，空氣裡都能聽見寒光一閃。這個聲音蒼冷地說：「是不是你媽其實早已經死了，你為了能繼續領她的工資所以不敢告訴別人，也不敢下葬她？」

他整個人都貼在了那面牆上，他真想把自己埋葬在那面牆裡。他幾乎要哭了，說：「沒有沒有，真的沒有，我媽媽好好地在鄉下，我明天就去接她回來。」

另一個聲音很熟悉，是對面的段老太：「光聽你說回去接人就說了好多次了，總是不見你接回來，恐怕這人根本就不在鄉下吧。」

他幾乎號啕起來：「在，在，你們信我，她在鄉下，真的在。」

另一個聲音說：「你不會是還在領一個死人的工資吧？」

他的嘴只是本能地一開一合，像條馬上就要窒息的魚，機械地重複道：「活著的，活著的，她活著的。」

人群裡的怒氣越來越濃重，像白天被曬過的花香在月光下開始發酵，開始膨脹，開始變成另一種更龐大堅固的物質。有人說：「現在我們就進去找，看他能把他媽藏到哪裡去！那麼大一個人，要是死了這麼多天藏在屋裡，都不知道臭成什麼樣了。」眾人響應，於是呼啦一聲，人群擁進了屋子，燈啪地被打開了，他站在院子裡看到一群人的影子如皮影戲一般在窗前游動。他們在兩間屋子裡丁零噹啷地找了半天，什麼都沒找到便又回到院子裡來。就著屋子裡流出的燈光，他看到每個人的臉上都有一個鍍金的側面，像青銅的面具。這群人在院子裡也尋找了一圈，翻找無果，忽然有人指著棗樹下的花池說：「會不會是埋在這裡了，我在牆外就看見他家的棗樹長得不對勁，像追了大力肥一樣有勁，棗比雞蛋還大。」

於是有人拿起鐵鍬就在棗樹下的花池裡挖了起來，又有人從自家拿來鐵鍬也幫忙挖，三五個人在月光下挖了很久，直到在棗樹下挖出了一個陰森森的大坑，卻仍然什麼都沒有挖出來，只好作罷。

折騰到後半夜，有人說「還是回去睡覺吧」，人群便陸續結伴散去。臨出門前，一個女人還是回頭對他說了一句：「你不說你媽在鄉下嗎，那你明天就接回來，要不我們就集體去告你的狀。」

人群終於消散了，只留下空落落的院子和院子裡的他。被挖開的新鮮的土坑在月光下裸露著，猶如一個血淋淋的傷口呈在那裡。他徹夜坐在那土坑邊抽煙，把煙頭像種子一樣一個一個埋入坑裡。

第二天早上，他正想去麻葉寺巷看看女人的時候，忽然見街上的人們都嘩啦啦朝一個方向跑。只聽見兩個小孩子一邊跑一邊興奮地說：「快去看快去看，那邊修下水道的時候挖出了一個死孩子。」他腦子裡轟隆一聲，幾乎站立不穩，連忙扶住牆站了一會兒，然後跌跌撞撞地往麻葉寺巷衝過去。他衝進女人家的院子，院子裡靜悄悄的，沒有一個人。他跑進屋裡，也沒有一個人。他明白了。再走出院子的時候，還有很多人一路小跑著緊走著往前趕，好像今天是一個盛大的節日。他也被人流裹挾著往前走，甚至都不用自己邁步居然就走到了事發現場。

挖下水道的工程已經被暫時擱置，挖開的管道邊圍著厚厚一圈人。他四下裡看看，這是麻葉寺巷和沙河街的交叉處，其實離女人家根本沒有幾步。擠進去的人無不發出驚嘆聲，有的從人群裡跳了出來，捂著眼睛表示不敢再看，有的一邊嘴裡嘖嘖著一邊卻上癮了似的又回頭看去。他站在那裡只聽見裡面有人說：「可惜哇，這才多大的孩子，怎麼被埋到這裡了？你說是不是人販子把小孩打死了，還是小孩偷東西被打死了？」又有人說：「這是哪兒來的小孩，怎麼也沒父母管著，是不是沒吃的餓死了？」有膽大的使勁探頭往前看，邊看邊和後面的人彙報：「看不清啊，臉都腐爛了，哎喲，爛得什麼都看不清了，不過衣服沒爛，頭髮沒爛，看穿的衣服應該是個男孩。」

他站在幾步之外看著這圈密密匝匝的人，覺得此刻自己一個人正在水底看著這群人在水面上划船嬉戲。他只能看到他們的船底，卻無論如何都游不上去，接近不了他們。他恍惚聽到他們說的話了，也明白他們在說什麼，又恍惚覺得聽到的不過是飯時的閑話，是來自異國他鄉的傳說，這傳說距離他還有十萬八千里，他不需要擔心，也不用害怕。但在這樣安慰自己的同時，他感到自己其實越來越焦慮、越來越恐懼，他眩暈到幾乎站立不住。他緊張地尋找著女人的影子，不知道她此刻是否被挾裹在這人群裡。

半天看不到女人的影子，也許她還沒趕到。他深深吸了兩口氣，站穩了，咬住了牙，使勁朝著那厚厚的人牆撞去。有人這樣往裡撞，圍觀的人措手不及，都罵罵咧咧起來，齊齊看他。他趁著這空隙硬是蠻橫地擠了進去，面前的土坑裡果然躺著一具小小的屍體。他忍著巨大的眩暈和噁心仔細辨認著那具屍體，屍體已經嚴重腐爛，臉看不清了，但身上穿的衣服還能看清，多長的頭髮也能看清。他想起小調走的那天身上穿的是他買的那身衣服，便仔仔細細地辨認著屍體上的那身衣服，最後斷定這一定不是小調的衣服，又覺得屍體的身高也要比小調高些。他鬆了一口氣，兩腿一軟，便坐在了地上。他心裡想著，趕緊和女人解釋去，趕緊告訴她，不是，不是小調。

正在這個時候，人群最外面忽然傳來長長的一聲尖叫，那聲音像是從一個山洞的最深處、最靠近心臟的地方發出來的，黑暗濃烈，類似獸的聲音。所有的聲音瞬間戛然而止，他們齊齊回頭尋找著那個聲音的源頭。

他坐在地上就明白了，他拼命想從地上爬起來，卻起了幾次又跌倒，最後他終於支撐起自己搖搖晃晃的身體，從人群最裡面撞了出去，然後一眼看到了人群最外面一個匍匐在地一動不動的女人。

他架著女人走出人群，一步一步往前走。女人已經走不了路了，只是被他架著，拖著兩隻腳往前移動。看熱鬧的人群又從男孩屍體那裡分散出一部分，緊緊跟在他們後面。他拖著女人往前挪，女人不看他，也不看路，不知道正看著哪裡。他對她說：「我已經辨認過了，不是小調，絕對不是小調，你放心，一定不是小調，那是別人家的孩子，真的不是小調。」她不說話，也不哭，看她的側面，安詳得可怕，簡直什麼都看不出來。她好像已經聽不懂他說的話了，她根本不知道他在說什麼。上午的陽光十分燦爛，把她的臉照得特別清楚，他像是第一次看清楚了她究竟長什麼樣。她居然長著兩排長睫毛，眼睛雖然睜大了朝前望，卻像是看不到任何東西。他又口乾舌燥地說了一句真的不是小調，她仍然不語。

他們沿著麻葉寺巷一步一步往前挪，他想起第一次在那棵大桃樹下見到男孩的情景，男孩握著那把磨起了毛邊的塑料寶劍，十分愛惜地對他說：「讓你玩一會兒吧……這真是一把好劍啊，你說是不是？」又想起男孩仰起頭對他說：「告訴你一個祕密吧，我有一只儲錢罐，裡面已經攢了一百個金幣了，我已經有一百塊錢了。等我攢夠了金幣，我就坐輪船去澳大利亞找我爸爸去。」

女人還是沒有發出一點聲音，一點動靜都沒有。他有些害怕了，使勁捶著她的背說：「想哭就哭吧，哭出來就好，求求你了，你哭出來吧。」女人好像終於聽懂了他在說什麼，她的表情開始慢慢變化，她的嘴角、她的眉梢、她的目光在陽光下都忽然開始了一種奇妙的化學變化，這變化很緩慢、很遲鈍，就像一種物質還不足以徹底質變為另一種物質，就像電影分鏡頭一樣一點一點地上演著。忽然，他渾身一怔，便立在那裡動不了了。在他剛才側過臉去看她的一瞬間，他絕望地看到了她臉上最後的表情——一種很詭異的笑容。

他明白了，她終於被自己的恐懼逼瘋了。

八

男孩的屍體一直無人認領。最後他主動要求處理男孩的屍體，把男孩埋在了桃園深處。那裡已經有大大小小四座墳了，一座是看桃園的老人的，一座是瘸子的，一座是那條叫花花的狗的，另外一座是宋之儀的。他在那個月夜，悄悄把她從院子裡的棗樹下挖出來，又悄悄把她埋進了桃園深處。現在，在它們的旁邊又添了一座小小的墳——一個陌生男孩的墳。

他坐在它們旁邊，久久陪著它們，點起一支煙。正是秋天，肥熟的桃子無人來採摘，只有大喜鵲和麻雀們整日飛過來大快朵頤。熟透的桃子撲通一聲掉在地上，過不多久它就會被風沙掩埋到泥土裡，腐爛，發酵，然後冬天一場大雪覆蓋其上。等到來年春天的時候，這只桃子會不會就又長成一棵桃樹？那把一個人埋入土中，到底會生長出什麼？他想起了小時候他唯一一次坐火車出門的經歷，那次是母親帶著他去父親的老家河北。綠皮火車在平原上慢慢爬過的時候，他從火車車窗裡看到路邊的荒原上有很多大大小小的墳墓，有的擠在一起抱成團取暖，有的孤零零地坐在曠野上終日與一棵老樹為伴；有的懷抱著一塊體面的墓碑，有的只是寒酸乾癟的一抔黃土，隨時會被風沙踏平。他平生第一次發現在沒有人煙的荒野裡居然聚集著這麼多的墳墓，甚至發現它們的數量其實並不比活著的人少。它們無聲無息地聚在一起，好像已經結成了屬於它們的另一個王國，在它們的王國裡也有風、有雨、有花、有草、有朝霞、有落日，也許還有國王和僕從，有窮人和富人。它們有它們的四季，它們有它們的循環，它們甚至是永生的，那些千年的老墳會在歲月裡修煉出類似江河群山或群山之上的烽火臺的氣質——永固，彪悍，堅不可摧。遠遠看著怡然平靜的它們，你並不覺得它們是這大地上的創傷，它們只是這繽紛大地上的一個群落。

猶如麥田。

猶如鴉群。

猶如農人。

猶如動物。

猶如植物。

猶如城市。

猶如鄉村。

我在麥田中間，誠懇，坦率。負擔愛的到來和離開

也負擔親人的到來，離開

低矮的屋簷，預備好了為途中的麥子遮雨

他想，活人的世界在它們看來，是不是其實只是一種幻覺、一場大夢？因為它們早知道他們必然的結局，便由著他們、縱容他們、寵溺他們，把他們當成孩子，直到他們也變成它們的那天。

眼前這五座大大小小的墳墓錯落有致地聚在一起，看不出它們活著時有什麼宿怨，有什麼悲傷，甚至也看不出它們有什麼往事。現在它們只是在秋風中安安靜靜地陪伴在一起，也許不久，它們將連最後的一點肉身都消散成煙，它們曾經作為人和動物的痕跡將從這世界上徹底消失。而它們雪白的骨頭將如所有的種子一樣深埋在泥土之下，衍生為一棵新的桃樹、一隻新的蟬、一株新的蒲公英、一個新的孩子。

那個叫小調的男孩仍然沒有回來。他已經發瘋的母親日日守在門口望著那條他離開的路。

宋書青再次出現在了卻波街上。此時宋之儀已經在教育局正式被註冊死亡，工資停發，冒領的工資被退回。這日，宋書青穿了一雙布鞋，布鞋的前臉上蒙著一層白色的孝布，這是在給亡者記孝的意思。他背著一只大筐，筐裡裝滿了五顏六色的布料，他在夕陽下慢慢走過去的時候，簡直像背著一筐璀璨的晚霞。卻波街上的十戶人家，他挨家挨戶地走進去，放下一匹布料作為對母親喪事的回禮，鄰居們一臉慚愧，慌忙擺著手說：「不行不行，不能要不能要，我們又沒上禮，怎麼能要你的回禮。」宋書青並不看對方的臉，也不說話，只是放下布，又在院子裡趴下身，對著眼前的人畢恭畢敬地磕一個頭就離開了，再進下一家院子。他一家一家地磕過去，一家一家地留下一匹布料，路過自己家門口的時候，他只看了一眼，就從那扇門前過去了。棗樹油綠色的枝葉正在牆頭搖曳著。他走過的地方，鄰居們一路送出來，集體站在他背後默默目送著他。

已是黃昏，落日又在西邊的群山之上燒起了一把大火，小城看起來無比寧靜祥和。一群燕子從巷子上空呼啦啦飛過，向遠處的魁星樓飛去。他一步一步走出了卻波街，慢慢走遠，慢慢從人們的視野裡消失了。

此後再沒有人在交城縣見過宋書青和那瘋女人。

後來聽一個去省城剛玩回來的人和別人講，他帶著孩子在汾河公園遊玩的時候見過宋書青和那女人。他們在汾河裡划著一隻租來的小遊船，正一圈一圈地在河裡轉圈。

他聽見宋書青一邊划船一邊對坐在船上的女人說：「沿著這條河一直划下去就可以到澳大利亞了。」

（本文部分詩作引自余秀華《月光落在左手上》。）

校園裡的椰子樹

鄭清文／著

鄭清文的作品，善於描繪一般民眾的日常生活，對人、對事都採取他一貫「簡單」描述卻「豐富」呈現的特殊風格。無論是丈夫被同袍分食的年輕孀妻，中年失業的一家之主，親人自相殘殺的孤獨女子，身體殘障的大學女講師……，這些看似悲劇色彩濃厚的人物，在作者筆下，總能在沉重的身心煎熬之後，雲破天開，找回自己的尊嚴與定位。就如彭瑞金對他的評論：「不以花，不以果誘人，不存心引人注目，總挺立的大王椰子。」其人、其文皆足當此稱。

青春散文選

吳岱穎、凌性傑／編著

本書精選三十位當代名家及高中散文獎得主作品，每篇作品均有兩位作者的深入解析，或者針對文章作法，或者揭露創作意圖，或者提示文學觀念、觸發不同的思考。不同於課堂上制式的閱讀，而是試圖以更輕鬆多元的方式，帶領讀者找回對文學的喜愛。

文學使我們認識人性，認識每一個個別的人。它幫助我們理解世界，也理解自己。使自我擴大與提升，走出混沌蒙昧，讓我們更加完整。閱讀文學作品的過程中，我們突破了作為一個現實的人的侷限性，抵達了人類總體經驗與命運的總合。這也正是文學最重要的核心價值。

一草一天堂

約翰．路易斯－斯坦伯爾／著　羅亞琪／譯

鄉間草原看似平凡，但四季遞嬗孕育出多采多姿的花草與動物。作者以農夫與作家的雙重身分，在一年的自然筆記中，分享被自然環繞的生活與新奇知識，交織人文地景和自然觀察，除生態知識外，亦深富文化底蘊。這是一本擁抱自然的書，透過作者入微的觀察與細膩的筆觸，看見大自然裡美好與複雜的一面。

京都一年

林文月／著

本書收錄了作者一九七〇年遊學日本京都十月間所創作的散文作品。由於作者深諳日本語言、文化，長時居留，故能深入古都的多種層面，以細微的觀察，娓娓的敘述，呈現了她個人對於京都的體會。於是京都近郊的亭臺樓閣、古剎名園；京都的節令行事、民情風俗，有如一幅白描長卷，一一展現眼前。書中各篇雖早已寫就，於今讀來，那些異國情調所帶來的感動，不僅未曾稍減，反而愈見深沉。

長腳的房子

蘇菲．安德森／著　洪毓徽／譯

十二歲的瑪琳卡夢想擁有平凡的生活：住在普通的房子裡，和普通人做朋友。可偏偏她的房子長了一雙雞腳，總是毫無預警地將她和祖母帶到陌生的地方。這一切都因為瑪琳卡的祖母是一名雅嘎，負責引導死後的靈魂前往另一個世界，而瑪琳卡註定要延續這份使命。年輕的瑪琳卡不願一輩子過著與死人為伍的生活，她決心扭轉自己的命運。殊不知這個決定將讓她的人生失去控制，而同時房子也有自己的打算……

我在你身邊

喜多川泰／著　緋華璃／譯

隼人升上國中課業壓力變大，不懂為何要念書？在學校又因為小事受到朋友孤立。有天，他房間出現一個醜到極點，卻會說話的機器人「柚子」。柚子如何幫他成績突飛猛進，不再害怕同學找碴？如此溫暖摧淚的故事，年過半百的大叔看了也涕淚縱橫，怎麼會那麼好哭！

金陵十三釵

嚴歌苓／著

一九三七年十二月十三日，日軍侵占中國首都南京，巷尾街頭隨處可見殘虐的淫殺擄掠，南京城儼然人間地獄。在此末日，一群女學生藏身於威爾遜教堂受美籍神父的庇護，血腥還從未真正沾染上她們。隨後，十三名有著風塵味的特殊女子來此請求收留，分食女學生們為數不多的糧食和水。這兩群身分有如雲泥的女性會如何相處？教堂的圍牆終究抵擋不了殘忍的日軍，單純潔淨的女學生們能否逃得開血腥的磨難？十三名風塵的女子又要如何生存？

國家圖書館出版品預行編目資料

鮫在水中央／孫頻著.——初版一刷.——臺北市：三民，2020
面； 公分.——（M文學）

ISBN 978-957-14-6905-8 （平裝）

857.63 109011959

M文學
鮫在水中央
作者 孫頻
責任編輯 曾政源
美術編輯 杜庭宜

發行人 劉振強
出版者 三民書局股份有限公司
地址 臺北市復興北路386號(復北門市)
臺北市重慶南路一段61號(重南門市)
電話 (02)25006600
網址 三民網路書店 https://www.sanmin.com.tw

出版日期 初版一刷 2020年9月
書籍編號 S811680
ISBN 978-957-14-6905-8

三民書局